致青春 007

王子病

朱熙　著

高寶書版集團

「季夏之月……腐草為螢」

——《禮記·月令》

目錄

CONTENTS

第一章

孟秋之月

1

那是確確實實曾經發生過的事情，只不過在夢境裡重新又演繹了一遍而已。以第三者的視角。是她來到月河第一天晚上邂逅的情景。她記得的。

名為「月河」的這座江南小鎮，被內外兩條城河蜿蜒地環繞著。外城河河水流淌到寧靜的郊野，水面變得平坦寬闊。無月的夏夜，繁星漫天，璀璨的光輝倒映在水中，猶如億萬顆星星從天而降。

她看見那天的自己，走在高高的河堤上。因為滿腹心事，所以並無閒心看風景。因此，也就沒有注意到孑然立於河畔的另一個人。

風驟然變得迅猛，吹得眼睛幾乎睜不開，「她」慌忙抬手遮擋，忽見一道奇異的微光從面前閃逝而過。「她」愣了愣，下意識地朝光芒逝去的方向追望過去，隨後，詫異地瞪大了雙眼。

狂風止息，點點光亮從河灘的蔥郁草葉之間輕輕飄浮起來。螢火蟲的光與水面的波光、天幕的星光相互輝映，生出一種近乎妖異的美感，讓人不知究竟是天上的星墜落了凡塵，還是地上的螢飛舞著，升上了藏藍色的夜空。

視線追隨著螢火蟲的「她」，終於看見了孤身靜立於河畔的少年。那身影在光影闌珊處，優雅得彷彿不屬於這塵世。

輕徐的晚風吹起他純白的襯衫，吹亂了他的頭髮。或許是「她」的目光太專注了吧，少年似有所感，微微轉過臉，目光遠遠地朝河堤的方向投射過來。

在兩人視線即將相接的那一刻——

傅為螢突然睜開眼，猛地翻身坐起，冷汗涔涔。

她用汗溼的手掌握緊了白色被單，頭腦昏沉，太陽穴隱隱作痛，好半晌才從腦海中打撈出破碎的記憶片段。

沒錯。那是下午放學後發生的事情。

她蹺掉了美術社的活動早早離校，抄近路從教學大樓之間的小路走，意外地撞見文科班的女同學被籃球隊的男生欺侮。傅為螢剛轉學過來兩個多月，與女生不過是課間在走廊上擦肩而過的交情，只知道她叫瓊華，似乎是十分怯懦怕事的性格。狹路相逢，籃球隊的男生兇狠地瞪起眼，似是要傅為螢別多管閒事。

不知從哪裡傳來的琴聲。

傅為螢的目光越過男生，投向他身後的瓊華。瓊華畏怯地含著兩滴要掉不掉的淚，哀求似的望著她。

幫幫我。

傅為螢讀懂了瓊華眼中的訊息，腦子一熱，就丟開書包，挽起袖口，大步邁了過去。力氣用得狠了，書包被摔在牆面上，在身後發出「砰」的一聲悶響。遠處的琴聲戛然而止。

那是她最後的清晰記憶。然後呢？

勉強去回憶，卻只是讓頭疼得更厲害罷了。

醫務室老舊的木門忽然尖銳地響了一聲，傅為螢嚇了一跳，抬起頭。

已是傍晚時分，夕陽金紅的暖光從薄簾半掩的窗投入屋內，將空間斜切為明與暗的兩部分。來人推門走入，慢慢靠近病床邊，被落日的餘暉一點一點映亮的面孔與夢境中的那個少年重疊。

仍是纖塵不染的純白襯衫，仍是秀麗俊逸的樣貌。少年薄唇輕啟，吐出的話語卻不怎麼中聽。

「英雄救美，救到一半自己先低血糖昏倒。傅為螢，你可真有能耐啊。」傅為螢睜圓了眼，因太過愕然一時間忘卻了疼痛。

「江季夏？」

2

傅為螢和江季夏。月河鎮的少女們心目中的兩位「王子殿下」。被貼上了同樣標籤的兩人，在各方面的特質卻是迥然相異的。

傅為螢留著短髮，有鴉黑的眉、漂亮俊挺的鼻樑，成天穿一身寬大的男款運動校服，儼然是個活潑爽朗、元氣十足的清俊少年——然而，她是個女生。

傅為螢原本在省城N市生活，高考前倉促轉學到月河，沒趕上考試，只好留了一級，重讀高三。這麼一來，她就比同年級的女孩子大了一歲，便不由得有了種年長者的責任感，為受欺侮的女孩子出頭教訓搗蛋男生的英勇事蹟足以寫滿風紀股長的工作簿。小鎮的高中，對男女學生之間的親密接觸提防得厲害，女孩們無處安放的少女心便紛紛寄託到傅為螢身上。

受女孩們歡迎的，照理說在男生堆裡就很難討到好，可體育萬能的傳為螢甫入學就在包括但不限於籃球、足球、田徑的各大社團留下了不可磨滅的傳說，把男生陣營的傾慕崇拜也一舉收入囊中。

王子A身騎白馬，英勇仗義，卻沒有人知道她出身於怎樣的家庭，又是因何而來到月河鎮。

與之截然相反的是王子B——江季夏家的事，即使他本人刻意迴避，在月河鎮也可以說是無人不知無人不曉了。其父江老先生是畫壇巨擘，母親早年則是風光無限的老牌影后。江季夏是江氏夫婦的老來子，據說上頭還有兩個哥哥。真真正正，是在未沾染人間煙火的蜜罐裡被嬌慣大的小王子。

月河鎮一等一的書香門第走出來的這一位「王子殿下」，唇紅齒白、容貌昳麗，無論冬夏都穿著一身纖塵不染的純白襯衫，活脫脫是從童話故事裡走了出來的男主角。只可惜他性格十分冷淡倨傲，與和男女生雙方陣營都打成一片的傳為螢不同，女生們背地裡為江季夏的長相流口水，卻也只能含恨承認這位「王子殿下」只可遠觀而不可褻玩焉。

男生陣營則直白地表達了他們對江季夏的排斥。

江季夏太過漂亮的樣貌顯然不符合同齡少年們的審美觀，不少人堂而皇之拿他的長相來取笑他「娘娘腔」、「小白臉」。再加上江季夏有潔癖，厭惡室外活動，對一切在塵埃泥土裡打滾的運動敬而遠之，每到體育課就拿著不知動用了什麼特權得到的假條，大搖大擺地去圖書館躲清閒。在最熱衷於用球場競技來表達兄弟情誼的男生們眼裡，這就是十足的不合群了。

他們排斥的情緒由此升級為十足的敵意。有次在體育課前，江季夏拿著書經過籃球場，體育股長看著他的背影，火冒三丈地把球一摔：「跩什麼跩啊？！有本事下來打一場啊！該不會是連怎麼運球都不知道吧！」

對於類似的情況，江季夏從不做回應。似乎是懶得計較。

家境優越、頭腦聰明的少年，生來就沒有什麼他想要卻得不到的事物。所以，在江季夏式的冷淡裡頭，總有點懶洋洋的味道。

如此迥然不同的兩個人，雖然同班，卻是陌路。

王子殿下A。王子殿下B。

江季夏在他陰冷孤高的城堡裡，傅為螢在明媚熱鬧的玫瑰園中，偶爾一個垂眸、一個抬眼，彼此視線交錯，但那也僅僅是瞬息而已。

傅為螢坐教室南邊最末排靠後門的位置，與教室北邊最末排窗下江季夏的位置相距甚遠。傅為螢不知道江季夏怎麼看她，而她對江季夏僅有的了解，全部來自男女生雙方陣營的刻板印象——「皮相還算賞心悅目」、「拒絕穿校服為什麼沒人扣他的德育分數啊」、「從來不參加戶外活動該不會是體能弱爆了吧」。

嬌氣！做作！

在性格大大咧咧的傅為螢看來，這就是一種無藥可救的「王子病」了。

3

若非瓊華親口證實，傅為螢絕不會想到在江季夏如假包換的漂亮王子皮相之下，竟藏著一副惡毒堪比白雪公主後母的黑心肝。

對話發生在隔天晚上，瓊華的房間。

前一天傍晚，傅為螢醒來後確認瓊華平安，顧不得為江季夏為何突然出現，瓊華又去了哪而疑惑，急忙掀了被子抓起書包衝出醫務室。瓊華再找上門，是第二天上午的大課間[1]。傅為螢因為自己半途而廢的「義舉」略感心虛，覺得有些擔不起瓊華專程跑來三年一班道的這一聲謝。

可瓊華顯然不這麼想。

她雙眼睜得大大的，雀躍、期待又有些害羞似的緊緊盯著傅為螢：「那個，你放學之後有沒有時間？要不要來我住的地方玩啊？」

傅為螢轉學來這裡後雖成了月河高中的風雲人物，卻因光芒太盛而被大家當作偶像般對待，所以並沒有十分親密的朋友。瓊華的邀請讓她受寵若驚，想想放學後難得沒事，便點頭答應了。

被瓊華拖著吃了甜點逛了街，沿著內城河往回走時已是華燈初上時分。九月末的月河，太陽下山後起的風已帶著實實在在的初秋氣息了。瓊華打了個噴嚏，傅為螢連忙脫了校服外套披在她肩頭。瓊華笑

1 大課間：中國教育部為了鼓勵小孩與青少年多從事身體活動，而制定出來的比一般下課時間更長的體育或自由活動時間。

笑，揉了揉鼻尖：「沒事的，就快到了。」

傳為螢跟著她停下腳步，仰望高大的院門，腦子片刻間沒轉過來：「是這裡？」

瓊華點頭：「嗯，是這裡。」

傳為螢眨眨眼，有些傻了。

內城河畔，坐北朝南的風水寶地，與鎮子另一頭的明月寺高塔遙遙相望。哪怕是她這麼一個來月河不到三個月的外人，也知道——

「這……這不是……」江家嗎？

瓊華推開旁邊的門，伸手拉傳為螢進去。

門檻很高，傳為螢沒留神，被絆了個踉蹌。

早聽說江家是月河鎮數一數二的大戶人家，這點心理準備卻不夠讓她在內院的景色映入眼中時保持足夠的沉穩冷靜。亭臺水榭精美絕倫，如迷宮般循環無盡的復道迴廊將一汪清池環抱其中。日落西山後，長廊亮起燈火，橙紅的火光跌碎在明鏡般的水面上，美得令人心醉。

江家是上樓下廳的格局。瓊華拉著傳為螢走過庭院，從正面樓梯上了二樓，又繞至一條偏僻的小梯，攀上閣樓。

站在閣樓入口處，瓊華停下腳步，回過頭，抿了抿唇。

「這是我的房間。」

傳為螢這才真正知道了，在她半途而廢的「英雄救美」後，本該八竿子打不著的江季夏究竟為何會出現。

瓊華是江家世交家族寄養在江家的女兒。

瓊華的爺爺年輕時與江老先生是同門師兄弟。與生性懶散、早早攜妻子歸隱故鄉的江老先生不同，瓊老爺子留在省城N市謀發展。瓊華出生時，瓊老爺子已登上政壇高位。瓊華度過了富裕的、無憂無慮的童年和大半個少女時代，不料天有不測風雲，瓊老爺子因違紀落馬，瓊父、瓊母也受到影響牽連出了別的事，因而鋃鐺入獄。瓊家失勢，一夕之間四分五裂，只留下剛過十四歲生日的瓊華，舉目無親。

瓊老爺子受不了打擊，心臟病突發，臨終前撐著最後一口氣，打了個電話給多年未謀面的舊友。誰也不知道這通電話說了些什麼，直到瓊華為瓊老爺子守靈那夜，江氏夫婦突然出現，在靈位前找到了雙眼紅腫的瓊華。江老夫人摸摸瓊華的頭髮柔聲道：「你爺爺讓你跟我們一起生活。月河地方很小，沒有省城這麼熱鬧好玩，瓊華，你願意嗎？」

傅為螢回想起瓊華邀請她時用詞的斟酌。

她說「我住的地方」。

而不是「我家」。

江宅寬敞，閣樓空間也不小。傾斜的天花板上有一扇天窗，月色柔柔地透過窗落下來，映得屋裡很溫馨。

可再怎麼溫馨，也就是個閣樓。

儘管認識才一天多，但傅為螢的王子精神發作起來，就已經把瓊華當作自己人，不管三七二十一為她打抱不平了起來。

瓊華笑了一下：「江爺爺和江奶奶都對我很好的。」

只不料，江家還有個「頂著王子皮相的黑心皇后」。表面冷淡輕蔑，背地裡百般尖刻刁難。瓊華不懂，江季夏是對家裡突然闖進來一個外人分走了原本全部屬於他的關懷和寵愛而深感不滿呢，還是天生驕矜高傲，瞧不起家道中落的她呢？但總之，惹不起，她還躲得起，便央求江老夫人把房間換到了距離江季夏臥房最遠的這間閣樓來。

怎麼會有人這麼討厭啊！

傅為螢忍不住要為瓊華流下同情的眼淚了。

「什麼狗屁『王子殿下』呀，白雪公主她後母都沒有這麼毒吧？！變態吧？！他是不是還要送一臺毒紡車給你呀？！是不是還要逼你在爐灰裡撿豆子啊？！」

一想到瓊華就這麼忍氣吞聲過了三年多，傅為螢義憤填膺地跳起來。

瓊華安撫地扯扯她的袖口：「也沒什麼的。屋子隔得遠，高中又不同班，我們只有吃飯時才會碰面。」

原本有江氏夫婦在上頭鎮著，性格溫和可親的江二哥也還在家，但後來，二哥離家去S市上大學，逢年過節才偶爾回來。這最近的半年，江老先生赴美講學，江老夫人隨行，江家就只剩下瓊華和江季夏，還有一個幫廚的張嫂。

「你昨天救我，卻突然暈倒。」瓊華突然道。

傅為螢噎了一下，搔搔後腦勺：「真對不起啊。」瓊華搖搖頭：「多虧你出現，那個誰……」

傅為螢領會了她的意思，是說籃球隊的那個男生。

瓊華繼續說下去：「他跑掉了，我一個人搬不動你，就只好叫江季夏幫忙。」

傅為螢頓時更覺愧疚。她逞英雄幫倒忙，結果害瓊華向「變態皇后」低頭了！這可怎麼辦才好呀！手足無措之時，瓊華又開口了。

「我在月河沒有家人，也沒有朋友。」說著，瓊華垂下眼，模樣十分落寞可憐，「一個人挺沒意思的。你以後……以後，能不能常來陪我玩啊？」

瓊華的請求，傅為螢自然一萬個答應。

說話間，夜已深了。傅為螢看瓊華瘦弱，擔心她出門著涼，堅持不要她送，自己揮揮手下樓了。走到水心亭附近時忽然起了風，月光被濃雲吞噬殆盡，迴廊沿路的燈火也已到闌珊時，明滅不定的微光讓這方院落有了種不屬於此時此地的超離現實之感。

風聲稍靜，池子那面傳來「吱呀」的開門聲。距離遙遠，傅為螢的耳朵偏偏就敏銳地捕捉到了那微弱的聲響。她應聲朝對面二樓望去，只見一道修長的身影從唯一亮著燈的房間裡走出來。

江季夏嗎？鬼使神差的，傅為螢停下了腳步。對面的人似乎也注意到了池畔的她，朝下面看過來。

又一陣風，吹滅了迴廊上的最後一盞燈。黑暗中，隔著池水，他們的目光或許交錯了，或許沒有。

理應是最唯美文藝的情景，傅為螢卻抬起手來狠狠扒住自己的下眼皮，翻著白眼把舌頭伸到最長，傾盡全力，朝對面做了個醜到極致的鬼臉。

黑心肝！

4

按瓊華的說法，江季夏是個睚眥必報的小人。吃了她一個鬼臉的悶虧，必定要找機會百倍奉還的。離開江家後，傅為螢才忽然意識到這一點。

但她不怕！

比武力值，她可不會輸給這位肩不能扛手不能提的「王子病患者」。比腦力值——開玩笑，她比江季夏多吃的這一年米，難道是光長卡路里不長智商的嗎？！更何況他們的座位一南一北，江季夏要有膽量在老師的眼皮底下跨越一整個教室找她決鬥，就儘管放馬過來！

做好以上心理建設，傅為螢睡了安穩甜美的一覺。因為睡得太過安穩甜美，以至於錯過了清早的鬧鐘。

月河高中有八大名景。其中之一，永遠準確在上課鐘響的前一分鐘優雅地跨入教室門的江季夏。其中之二，永遠踩著鈴聲、頂著一頭亂毛如炮彈般砸進教室的傅為螢。

上午第一節是班主任的課。老師已經到了，傅為螢頂著訓斥、賠著笑臉，縮起脖子溜到自己的座位上。落座前，她下意識地朝江季夏的方向看了一眼。

江季夏正撐著下巴面向窗外，只留給她一個冷漠的後腦勺。「傅為螢你愣什麼呢？還不快坐下！」

傅為螢嚇了一跳，收回目光：「哦！」

難道江季夏昨晚其實並沒有看見她？她一邊掏著書本文具一邊走神，忽然聽見班主任宣布：「利用這節課的時間，我們把座位換一下。」

三年一班的位置布局是一個規規矩矩的七行八列方陣，加最末排靠窗尊享落單 VIP 座位的江季夏。歷來換座位的規矩是江季夏不挪窩，前七行帶著桌椅由北到南依次平移一位，靠走廊最南列直接移動到最北列。

這麼一來……

傅為螢繃起脊背，感覺一股寒氣自後背升起。

身後的江季夏無聲無息。她剛才搬桌子過來的時候瞄了一眼，江季夏懶散地一隻手撐著臉，另一隻手翻著本蠅頭小字的英文書。他對新來的友鄰毫無興趣似的，連眼角一絲餘光都不肯給。高冷小王子人設不崩。

所以江季夏到底看見她的鬼臉沒有？越疑神疑鬼，越覺得毛骨悚然。

座位調整妥當後，課就只剩下了半節。班主任看看時間，索性不再講課，在全班的哀號聲中發下隨堂測驗卷。

高三的物理課傅為螢已經學過一遍，做來還算輕鬆。下課鐘響，大多人在最後的時刻抓耳撓腮時，她早就寫好姓名學號擱了筆。試卷是要從末排向前傳的，傅為螢不見身後的人有動靜，不禁帶著一種「我早知如此」的得意和一種智力高於對方的優越感，準備主動向江季夏拿試卷來看看這位「王子殿下」大題留白的笑話。

她轉過身去。

沒想到，江季夏竟像預料到她這個動作似的，正單手撐著下巴冷冷地等著她。傅為螢毫無防備地和他的視線撞了個正著，彼此的面龐之間相距極近。相比傅為螢一瞬亂了陣腳的慌張，江季夏的反應就漠然得多，僅僅是抬起手來，讓一道薄薄的屏障隔開兩人的視線和呼吸。

一張漂亮完美的答案卷。「呵。」試卷那邊，傳來極輕極冷的一聲諷笑。傅為螢應聲打了個寒顫。一個念頭閃電般劃過她的腦海。她警覺地瞪圓了眼，猛地退後半公尺。課椅被拖出刺耳的「吱」的一聲，傅為螢劈手奪過江季夏手裡的卷子。屏障被抽離的那瞬間，她看見江季夏微微揚眉譏諷的表情。

傅為螢這下篤定了，江季夏昨晚是看清了她的。這傢伙，表面不動聲色，但歹毒的內心一定正謀劃著搞死她的三十六計！

5

兩位「王子殿下」的疆域陰差陽錯接了壤。這個消息，瓊華是當天午休時知道的。

就像每個曾被傅為螢出手相助過的女孩那樣，瓊華也對她極有好感，只要能抽出片刻工夫，便會不辭勞苦地從教學大樓底層最東邊跑到頂樓最西邊，只為和傅為螢說兩句話。

傅為螢的愁眉苦臉，瓊華第一時間就發現了。她仔細觀察傅為螢的臉色：「怎麼啦？」

傅為螢糾結半晌，把她作死挑釁江季夏以及不幸與之坐了前後桌的慘劇說了出來。說著又忍不住唉聲嘆氣：「有本事正面來痛快戰一場啊！這樣陰陽怪氣的，搞得人心裡發毛。」

瓊華的表情有些古怪，隔了一會兒，才「噗哧」笑出聲：「你想太多啦。江季夏只是眼裡揉不得沙子，看不起我而已。對別的人，他倒沒有這麼計較的。」

傅為螢半信半疑：「是嗎？」

「嗯。」

瓊華顯然不想多聊江季夏，把話題轉移到原本的來意上：「我們的舞臺劇彩排，你要不要過來看？」

傅為螢這才知道，文弱內向、不善言辭的瓊華，竟是學校戲劇社的中心人物。下月初是月河高中的百年校慶，戲劇社的節目是重頭戲。《灰姑娘》新編，瓊華是原作兼導演，四幕劇。

午休時間還長，她拉傅為螢去禮堂看舞臺布景，一路說著戲劇社的事情。

與平時拙於應對人際關係的害羞模樣不同，瓊華說這些的時候，雖還是臉紅著，聲音也小，雙眼卻明亮有神。那種略帶膽怯又期待著一點讚揚的神態實在可愛，傅為螢頓時心軟得一塌糊塗，連聲承諾到時一定會去捧場。

走到禮堂門口，幾個低年級男生扛著一塊比人還高的木板與她們擦肩而過。傅為螢忍不住回頭望了一眼，瓊華解釋：「那是我們劇的宣傳看板，剛做完的，要放在學校門口。」

月河高中雖然另有美術社，但戲劇社有自己專門負責道具美術的小組。身為美術社的掛名成員，傅為螢一時好奇，叫住男生們，折回幾步去看宣傳看板正面。她抱著很大的期待，然而宣傳看板的設計之敷衍令她驚訝——簡單塗成白色的底色，正中央的位置隨意勾勒出女孩的裙裝剪影、玻璃鞋及南瓜馬車的輪廓，劇名的字死板僵硬。

「美術組的成員都高三了，不想花太多精力在社團活動上，我能理解。」瓊華苦笑了一下，「能交出東西來我已經很感謝了。剩下的……我彩排抓緊些，把劇排得好看了，大家應該還是願意來的吧。」

即使沮喪氣憤的時刻，瓊華說話也還是輕聲細語的，生怕打擾了旁人，或者給誰帶來麻煩似的。

傅為螢心疼地摟住瓊華的肩，輕輕拍了拍：「需要幫忙的時候，儘管和我說啊。」

她沒想到，兌現承諾的日子來得這麼快。

平靜地度過了週末兩天，傅為螢一早照舊踩著點到校。以往此時，校門前已經沒什麼人了，這天卻一反常態地人潮洶湧。傅為螢掛念著沒寫完的英語作業，卡在人群之中不禁有些煩躁起來，便順手抓過一個眼熟的田徑部男生問：「怎麼回事？」

還沒問出個答案，就被眾人發現了蹤跡。

「是傅為螢！」

「傅為螢來了——」

彷彿是終於等來了營救無辜少女的王子殿下般，大家十分興奮，自動讓出一條路來。傅為螢一頭霧水地被推上前，然後看見了人群中央六神無主的瓊華，以及她腳下碎裂滿地的戲劇社宣傳看板。

瓊華抬頭，像是溺水的人終於盼來了救命稻草：「你說過，你會幫我的！」

6

江季夏一度覺得，傅為螢這個人簡直是十分的莫名其妙和無理取鬧。就像是誤落他由輕軟華貴的絲錦所織造的世界的一塊砂紙，粗糙不說，還髒兮兮的。

傅為螢認為她與江季夏正式產生交集，是在那個烏龍的「英雄救美」的傍晚。殊不知她從天而降，真正闖入江季夏生命中的時刻，比她所以為的要早了那麼兩個月。

真正字面意思的「從天而降」。

那天中午，江季夏嫌食堂擁擠悶熱，帶著一本書到學校後牆邊的一棵老櫸樹下打發時間。

初夏的正午，微溫的風實在令人很想睡。沒有旁人的目光，江季夏的舉止也就隨性了些，一本小說看到第二章就忍不住打起了呵欠，究竟什麼時候睡著的，書落在了草地上也不知道。

很難說江季夏究竟是被那「咚」的一聲悶響吵醒的，還是被沙土嗆醒的。距離老櫸樹很近的地方——傅為螢翻牆後降落的地點有一個沙坑，沙粒被陽光曬得很乾燥，傅為螢連人帶書包跌進去已經掀起了漫天沙土，她踉蹌間偏偏又朝江季夏的方向踢了好幾腳沙子。

江季夏先是眼睛睜不開，接著口鼻也進了沙子，還沒反應過來，冷不防又被第二輪攻擊澆了一頭一臉。白衣勝雪、生來愛講究的「王子殿下」何曾如此骯髒狼狽過？驚醒後的茫然錯愕很快過去，江季夏冷靜下來，揉著通紅的雙眼，對始作俑者怒目而視。

可是始作俑者自己顯然也沒料到有這個陷阱，正淚流滿面地咳得撕心裂肺，渾然沒發覺不遠處還有個受害人。

半晌，飛揚在半空的沙土終於落盡，江季夏先看見的是一個背影——穿著月河高中的藍白色男款運動服，高挑清瘦的少年模樣。亂糟糟的短髮，頸後的頭髮被校服衣領推得微微翹起。

江季夏起初以為惹禍精是個男生，待那人轉過半邊臉來，他才發現，對方濃黑的眉毛下有一雙杏核般漂亮的圓眼，英挺的鼻樑下則是小巧好看的櫻花色嘴唇。

竟然是個女孩子。

江季夏啞然片刻，撣了撣頭髮上的沙，冷冷出聲：「喂。」

從小被寵到大的小江王子，向來只有他冷著臉對別人不理不睬的份，哪有人敢對他的搭話置若罔聞？

然而挑戰這份未知的勇者出現了。

午休結束，上課鐘聲響徹校園，還在抖身上沙子的女孩驚得「啊」地跳起來，撿起書包，拔腿絕塵而去。

真正字面意義上的「絕塵而去」。

猝不及防又被撲了一臉沙土的江季夏：「……」

他咬著牙，仔仔細細琢磨了幾輪，確定自己從沒在學校見過這個惹禍精。

不要讓我再遇到你！

外表看不出來，優雅的小江王子，其實相當小心眼來著。

江季夏絕不會允許自己滿身沙土地出現在別人面前。等他回家洗了個澡、換了身衣服再折返學校，已經是下午最後一節的班會課。他頂著微溼的頭髮，在同學們驚訝的目光中穿過教室，回到自己的座位上。別人好奇又不敢多嘴，班長卻沒辦法，不得不拿著出勤表來找他：「江季夏，你……」

話剛開了個頭，就被走進教室的班主任打斷。「班會開始前，為大家介紹一位新同學。」

高二進入尾聲，絕少有人會在這時候特地轉來月河這麼一所縣城中學。其他學生們興奮地交頭接耳，江季夏對這種事卻沒什麼興趣，重新拿出中午沒看下去的那本小說翻閱起來，只不過在大家鼓掌歡迎新人時無意地抬了頭。

這一抬，視線就不禁死死地定在了那裡。

講臺上分明站著個再眼熟不過的冤家惹禍精。

「我姓傅。」惹禍精還頂著一頭灰。她搔了搔髒兮兮的短髮，絲毫不覺得以這副狼狽相出現在新同學面前有什麼不妥似的，拿起一支粉筆在黑板上寫下姓名，說：「『成為』的『為』，『螢火蟲』的『螢』。」

傅為螢。

江季夏在心底冷冷地念出那個名字。他記住了。

小江王子是小心眼的，是記仇的，外人只要惹到他一次，姓名就會被記錄在神祕的小本本上，永世不得赦免。傅為螢乍一碰面就把江季夏得罪了個徹底，可以說是很有本事了，得罪了江季夏後她自己卻無知無覺，這就更是本事中的本事了。

那麼，本事中的本事中的本事是什麼呢？

是她還在繼續，一而再，再而三地，在「得罪江季夏」這條通往地獄的道路上拔腿狂奔著。

並且其本人對此事始終毫不自知。

體育課——傅為螢的運動才能大放光彩，被足球隊拉去當外援。江季夏經過球場，恰巧傅為螢抬腳一記飛踢，足球飛出場外，正中江季夏的頭。足球反彈回去，剛好砸回傅為螢懷裡。江季夏臉色鐵青，而場中的傅為螢抱著足球，一臉疑惑：「怎麼自己飛回來了？！」

英語課——英語老師在走廊上順手逮到傅為螢，讓她幫忙複印模範作文。模範卷是江季夏的，傅為螢沒注意裡頭夾著張嫂口述、江季夏筆記的晚餐食材購物清單。等到上課，複印材料發下去，全班同學都知道了江家今晚吃清蒸白魚、茭白筍炒蛋和醬汁肉。

生物課——解剖青蛙。江季夏不想沾一手血腥，找了個幫老師拿器材的藉口，躲了出去。等他回到實驗室，只見滿場雞飛狗跳，傅為螢試圖握緊掌心裡的青蛙，卻沒能阻止牠瀕死之際爆發的奮力一躍，江季夏眼睜睜看著一道血淋淋的弧線劃過半空，落在他留在原位的課堂筆記本上。

橫一筆，豎一筆，記到最後，江季夏都已經麻木了。

他還能說什麼呢？這人根本就是傻，是缺心眼。他和缺心眼的傻子一般見識，豈不也傻？索性把傻瓜的名字從小本本上抹去，成為真正互不相干的平行線，他倒還落得清淨。

那天傍晚以前，向來見他如見洪水猛獸般的瓊華，帶著一臉驚惶恐懼的神色，破天荒主動找上他以前，江季夏確實是如此想的。

他跟著瓊華到了教學大樓旁僻靜的小路，看見傅為螢昏倒在那。瓊華陰鬱內向，與傅為螢幾乎是截然相反的性格，不管怎麼想，都是兩個扯不上關係的人。問瓊華發生了什麼，她卻支支吾吾不肯說。

若非瓊華主動找江季夏，江季夏其實也不怎麼耐煩與她打交道。

問不出什麼，就先去看傅為螢的情況。

習慣了傅為螢風吹不敗、雨打不倒的精力過剩的樣子，江季夏一時間覺得她如此虛弱的模樣很刺眼。瓊華哭哭啼啼的，不停地問「怎麼辦」。江季夏被吵得頭疼：「你去看看醫務室下班了沒有。」

瓊華含著淚，忙不迭地點頭：「哦！」

好不容易支開了瓊華，江季夏開始琢磨怎麼對付傅為螢。傅為螢個子高挑，扶也不是，扛也不是，江季夏一時沒辦法，最後只好一手環過她腋下，另一手抄起她的雙腿，就用這個有些彆扭的姿勢把她整個人橫托起來。無意間從教學大樓後窗瞥見兩人的倒影，江季夏才意識到，這就是傳說中的「公主抱」。

如此夢幻美好的姿勢，卻浪費在一個缺心眼的惹禍精身上。真該再給她記一筆。江季夏忍不住想。

抱著傅為螢走到校園中央，迎面遇上折返的瓊華。醫務室在學校的另一頭，江季夏很意外瓊華的動作竟然如此迅速，而瓊華看著他懷裡的傅為螢猛地愣了一下，之後才說：「校醫還在。」

江季夏本以為傅為螢是捲入了什麼與瓊華有關的暴力事件，吃了虧，受了傷。然而校醫檢查一番，道出傅為螢昏倒的原因是低血糖，營養不良。

換個通俗點的說法，就是餓昏了。

江季夏：「……」

校醫替傅為螢打了葡萄糖，留下醫務室的鑰匙。江季夏本想盡快離開，不料瓊華被戲劇社的人叫走，只好由他等待傅為螢醒來。一味地等待畢竟無聊，江季夏回了趟教室，拿了一本小說打發時間。沒想到再度推開醫務室的門時，惹禍精已經坐了起來，因頭痛而皺著眉，茫然地抬頭朝他看過來，看到他時表情剎那間變成了愕然。

他們之間的關係，從來都是一條平行線，冷眼望著另一條平行線。

此刻，兩條線終於相接。

江季夏張了張口。

他難得做一回好人好事，也該把關切的態度擺得明白些，好賺一份感激之情。可也許是長久以來被招惹所累積的怨氣使然吧，鬼使神差的，脫口就是一句——

「英雄救美，救到一半自己先低血糖昏倒。傅為螢，你可真有能耐啊。」

江季夏想，他大概永遠不會忘記傅為螢那瞬間的表情。

該怎麼形容呢？就像是睡美人睜開眼，看見的不是英勇斬斷荊棘的王子，而是白雪公主她後母的驚悚表情吧。

傅為螢當然不會覺得自己是公主，也不需要王子。

過後，江季夏漸漸發現，她根本就是把自己代入到了截然相反的那個位置——英勇的王子角色裡，而且，癮頭似乎還不輕，不管自己的處境是好還是壞，只要眼前出現了需要拯救的嬌弱公主，就會毫不猶豫地揮劍為對方披荊斬棘。

王子病嗎？江季夏越想越覺得這個病名很適合傅為螢。

久病總有後患。

當公主習慣被拯救，便會以為王子的披荊斬棘是理所當然。

哪怕王子本人並沒有這個心理準備。

因突發事件而嘈雜吵嚷的週一清晨，誰也沒有看到，藝術大樓三樓琴房，正對著校門的玻璃窗後，一隻修長白皙的手伸出來，「唰」地扯過窗簾，擋住了滿臉淚水、緊緊攀著傅為螢手臂的瓊華和表情微愕的傅為螢。

「活該。」

7

月河高中百年校慶，可以說是月河鎮這一年的頭一樁大事。

正式的校慶日在十月初，準備工作卻從年初就陸陸續續地張羅起來。多而繁雜的節目裡，由學生戲劇社排演、老校長親自擔任顧問的舞臺劇是重中之重。

為慶典撐場面的這麼一齣重頭戲，卻在公演前夕被人暴力損毀了宣傳看板。老校長震怒！

本來說大可大、說小可小的一件事，老校長一怒，自然就成了大事。

週一清晨，課間操後的例會上，老校長命令傳遍全校，徹查損毀宣傳看板的「犯人」。以班級為單位，各班班主任負責調查，一個個傳喚學生盤問作案動機和不在場證明，校內一時間風聲鶴唳、人心惶惶。導演瓊華，也背上了一個督查不力的罪名，被召進校長室，好半天才帶著一雙紅腫的眼睛出來。

校長簡直把校慶日的風光看得比升學率還重要了，又下令：演出絕不能因此受影響，要盡快趕製新的宣傳看板出來。而高三的學生自然與他不同，瓊華連續幾個課間去找戲劇社美術組的負責人，都吃了閉門羹，好不容易找到對方，卻被指著鼻子罵「虛偽」。

「別給我在這裝可憐，你是導演，名字印在校慶宣傳冊上，演出成功了你長臉，高考也有加分。可是我呢？費時費力，得到什麼好處？做好的宣傳看板，你沒看住，被人砸壞了，關我什麼事？！重新做，說得輕鬆，耽誤了我學習你賠得起嗎？！」

風波發生時，傅為螢不在學校。當她頂著正午的烈日滿頭大汗地回到班上時，下午第一節課的預備鐘剛好敲響。尖銳的鈴聲也影響不了大家交頭接耳傳遞八卦的熱情。一個男生說著風涼話：「嘻，也是哦。這都高三了，花自己的力氣，長瓊華的臉面，誰會這麼傻啊？」

一隻手在他肩上拍了拍。

男生回頭，被傅為螢兇狠的一眼瞪得打了個哆嗦。

「不好意思啊，讓你失望了。」傅為螢說，「我會。」

傅為螢是個信守承諾的人。

何況以她圍觀過戲劇社那麼多次彩排的感覺，瓊華並不像大家說的，是為了什麼功利性的目的才對這齣劇如此上心的。

所以她答應了瓊華的請求，幫忙重製宣傳看板。

因為要兼顧家裡，傅為螢放學後先回去了一趟，等到夜幕降臨的僻靜時刻才回到學校。她出門時，晚間電視新聞剛結束。一個關門的動作，將天氣預報的聲音關在了屋內。

今年以來的最強颱風登陸，最大風速超過十二級，並預計將在當天深夜到達J省南部。請各方面高度警戒，積極做好防禦準備。

校內寂靜無人。

對即將來臨的風雨毫不知情的傅為螢推開了美術社活動室的大門。

要做的正事先擱在一邊，傅為螢進門後第一個動作，是把燈開到大亮，然後把屋裡所有的石膏腦袋旋轉到面對牆壁的角度。

傅為螢力氣大，跑得快，地痞流氓來一個揍一個、來兩個湊一雙，膽大包天的她卻有一個致命的弱點。

她害怕一種超自然的現象。俗稱，怕鬼。

而建校百年之久的月河高中，自然少不了稀奇古怪的鬼怪傳說。日有「八大名景」，夜有「七大靈異」。「七大靈異」其中之一，便是美術社活動室裡會眨眼、目光會隨人移動的石膏像。

做完這些準備工作，傅為螢鬆了一口氣，終於可以坐下來好好琢磨新宣傳看板的設計。

原先的宣傳看板做得敷衍，照樣復原沒什麼意思，可僅剩的幾天，憑她一己之力也不夠精心重繪如此大尺寸的圖樣。傅為螢苦思良久，決定利用殘存的碎片，適當裁切後做成立體透視的三層結構。

最內層，新宣傳看板的主體部分、唯一完整的平面，是燈火輝煌的城堡和華麗的露臺。

第二層，也就是中間的夾層，做成階梯狀，階梯上有提著晚禮服裙擺的女孩剪影和落地的玻璃鞋。

最外層塗成藍色，中間鏤空做成畫框狀寫劇名，左下角立起一輛南瓜馬車。

集中起精神來，晚上的時間就過得很快了。傅為螢定下草圖，把原宣傳看板的碎片切割出理想的素材形狀，摘下棉紗手套，拍掉掌心的木屑，抬頭一看掛鐘，才發現時間已近午夜。

第二天還要上課，她也不想熬通宵拖垮身體。算算剩下的工作，再趕幾晚，能在正式公演前完成。傅為螢便起身收拾東西，把石膏像轉回原位，準備回家了。

白天越熱鬧的地方，夜深人靜時往往越陰森恐怖。

夜深時的校園，可算是這種恐怖的極致了。

傅為螢縮著脖子走在漆黑的長廊上，盡量不去看教室裡面——白日看著沒什麼特別的課桌椅，夜裡整整齊齊地、空落落地排列在那，就好像有什麼幽靈鬼怪會出現在其中似的。她的腳步越來越快，最後幾乎是三步併作兩步地躍下樓梯，狂奔向教學大樓的玻璃大門。

伸出去推門的手卻僵在半空中。

一把U型鎖，牢牢地拴住了兩扇門的把手。

傅為螢呆住了。

藝術大樓門口距離警衛室不遠。懷著一絲僥倖心理，她扯起嗓門大吼：「喂，有誰在嗎？保全？能聽見嗎——」

聲音沿著空蕩的樓梯間遠遠散出去，撞上走廊盡頭的牆壁又折返。回聲綿延不絕，打破了死一般的寂靜，傅為螢自己聽著，卻狠狠打了個寒顫。

隔著薄薄的一面玻璃，她看見外頭突然起了風。

狂風大作，樓前花壇裡落著的幾片枯葉被高高拋捲至半空中，被風狠命撕扯著，不知最終是被颳向了遠方，還是被風的力量碾成了碎屑，沒過一會兒就不見了蹤影。

這時，一縷幽幽的、似有若無的鋼琴樂聲飄進她的耳中。德布西的《水中倒影》。旋律美則美矣，卻因其空靈，因其飄忽，而顯得格外詭異。和著尖銳呼嘯的風聲，越發令人毛骨悚然。

傅為螢突然想起一件事情。她因沉迷於宣傳看板重製的工作而不經意忘卻的，很重要的一件事情。月河高中「七大靈異」傳說中的另一個，遠比美術教室會動的石膏像聽起來更可能真實發生的一個——午夜，音樂教室裡無人自響的鋼琴。

一道閃電突然劈過夜空，刺眼的白光映得樓梯口有一瞬間亮如白晝。雷聲緊接著轟隆作響。琴聲戛然而止。短暫的寂靜，使樓梯間幽幽迴蕩的、由遠到近的腳步聲顯得格外清晰。

傅為螢脊背緊緊貼著冰冷的玻璃門，渾身汗毛倒豎，一顆心提到了嗓子眼。在一道人形的陰影被投射到一樓樓梯轉角的白牆上時，她終於忍不住用雙手緊緊摀住眼，爆發出尖叫：「啊啊啊啊啊啊鬼啊——」

高處傳來冷冷的一聲：「大半夜的，你一個人在這門口鬼吼鬼叫個什麼勁？」

咦？鬼的嗓音居然有點耳熟。

傅為螢拚命鼓起勇氣，在右手的食指和中指之間撐開一條縫。

樓梯轉角處，居高臨下斜眼看著她的人，不是江季夏又是誰？

8

傅為螢憤怒了。並且可以說是超越憤怒了。「江季夏！你這人是不是有毒啊？！」白天陰魂不散就算了，怎麼三更半夜也神出鬼沒的！

「不要試圖用怒火來掩飾難堪。」相對於她過激的反應，江季夏的態度倒很平淡，絲毫不意外還有第二個人逗留在藝術大樓內似的，依然居高臨下，挑了挑眉嗤笑道，「原來你怕鬼？」

傅為螢：「……」

她意識到自己還以一種非常滑稽的防禦姿勢緊緊貼在玻璃門上，連忙把手腳放下來，佯裝活動關節般，若無其事地抖一抖、甩一甩。待火燒火燎的窘迫感冷卻後，她重新積蓄起力量來，朝江季夏開火：「誰怕了啊？！啊？倒是你，大半夜的裝神弄鬼，想嚇唬誰啊？！」

江季夏聳聳肩：「校慶那天我也有節目，白天不方便練，就熬個夜。」

畢竟小江王子的鋼琴演奏賞心悅目，琴房外那些探頭探腦的窺視目光實在很讓他心煩。

傅為螢最煩的就是他這不食人間煙火還把尋常人都當笨蛋的態度，張了張口，還沒來得及反擊回去，突然又一陣猛烈的風，颳得藝術大樓前老榕樹的枝葉隨之搖曳，發出鬼哭般的嗚咽聲。傅為螢被嚇得渾身一震，馬上條件反射地三兩步跳上樓梯，奔向眼前唯一的活物：「嗚哇——」

風來得迅疾，去得也倉促。風聲止後，萬籟俱寂。

江季夏垂眸瞧著死死扒住自己袖口的牛皮糖，忍了忍：「鬆手。」

這場面就非常的尷尬了。

傅為螢乾笑著鬆手，指尖還沒完全離開江季夏的袖口，就聽見又一聲驚雷，暴雨傾瀉如注，浸在濃重黑暗中的藝術大樓頃刻之間便成了一座飄搖的孤島。她渾身一震，頓時毫不猶豫地並且更加用力地握住了江季夏。當對「王子病患者」的偏見和生命安全感被置於天平的兩端，傅為螢毅然拋棄對「王子病患者」的成見，選擇了後者。

「你……你還練琴嗎？」她結結巴巴地問。

江季夏甩了兩下手，沒甩開，冷冷問：「怎麼？」

「那什麼，我……我幫你翻樂譜啊。」她咬著牙，很忍辱負重似的。

江季夏抬腳往樓上走：「風雨聲太吵，不練了。」

傅為螢被他拖著走，聞言不禁倒吸一口涼氣：「那你去哪？！回家嗎？！」

江季夏一言不發地繼續爬樓梯，待到傅為螢緊張得快要窒息之時，才慢悠悠開口道：「颱風，太危險了。還是不要冒冒失失出去的好。」

傅為螢趕緊附和：「就是就是！」愣了下，又說，「不對啊，想回也回不了，門鎖著呢。」

兩人一個拖一個拉，拉拉扯扯地爬到美術教室所在的三樓走廊。

江季夏停下腳步，回過頭，意味深長地瞧了她一眼。

傅為螢被看得很不自在：「幹……幹嘛？」

「琴房的窗戶不嚴實，冷。」

傅為螢總算及時聰明了一回，趕緊盛情邀請：「來美術教室啊，美術教室暖和！明亮！」

當著江季夏的面，傅為螢不好意思再做出把石膏像轉向面對牆壁的膽小鬼行為。所幸屋裡有第二個大活人在，被石膏像包圍注視好似也沒有那麼恐怖了。

鎖緊窗戶，再把窗簾拉嚴實，隔絕了外頭呼嘯的風雨，髒亂的美術教室竟顯出一種別樣的靜謐溫馨來。

劫後餘生，傅為螢有點感動。

但江季夏顯然並不這麼想。他皺著眉頭在屋裡轉了一圈，挑剔的目光掃過結著各色顏料的折凳、布滿灰塵的破舊沙發，絲毫沒有屈尊落座的意思。傅為螢剛在心裡叫了聲「嬌氣」，就冷不防迎上江季夏彷彿能看透人心的冷冷目光。

有求於人，要能屈能伸。

她哆嗦了一下，趕緊脫下運動服外套，撣了撣實際上並不存在的灰塵，鋪在沙發上，小心翼翼地抹平褶皺，然後笑著說：「來來來，坐這裡，這裡軟。」

江季夏冷冷注視著她狗腿子般的笑容。

好半晌，他才「哼」一聲，紆尊降貴地坐下了。

橫豎回不了家，索性就繼續製作宣傳看板。傅為螢重新戴上棉紗手套，扯下蓋著半成品的白布。

江季夏不知從哪摸出一本書在看，眼尾的餘光瞄見新宣傳看板的雛形，驚訝地微微揚起眉。

這幾乎是在短時間內要完成一個像樣的舞臺劇宣傳看板的唯一方案了。

或者說，最佳方案。

雖對旁人的瑣事沒有興趣，但餘波席捲整個校園的戲劇社宣傳看板事件，他亦有所耳聞。老校長下達的新命令根本就是個不可能完成的任務，戲劇社美術組的成員明哲保身，都遠遠避開這個爛攤子。他猜到瓊華走投無路時會求助傅為螢，但沒想到傅為螢身為局外人，卻會如此賣命。

一個連他都認為不可能完成的任務，傅為螢卻做到了。

而且，還做得這麼好。

明明是個缺心眼的傻子來著。

傅為螢正試圖把宣傳看板三層的零件組裝起來，一個人兩隻手兼顧不來，被南瓜片砸了好幾回。她「嘶嘶」地吸著氣：「江季夏，能不能幫個忙啊？」

江季夏收回目光，垂眸，把書翻過一頁。

其平靜，其坦然，其不動聲色，好像剛才盯著傅為螢的背影若有所思的人不是他似的。他頭也不抬：「拒絕。」

「喂！不要這麼小氣吧！」小王子的手是有多嬌嫩啊！

「或者我換個說法——憑什麼？」

傅為螢語塞。她忽然意識到一件事：「怎麼從來沒見過你畫畫啊？肯定會的吧。」畢竟家學淵源，老爸那麼厲害。

「嗯。」

「那——」

「會是會，但我不喜歡。」傅為螢：「嗯？」

「就跟老師的孩子成績未必會好是一個道理吧。」

好像很有說服力的樣子？傅為螢眨眨眼。

話說回來，好像也沒有誰知道江季夏喜歡什麼。喜歡的顏色、喜歡的食物甚至喜歡的科目——江季夏是月河高中三年級無可動搖的魁首，每科都是接近滿分的驚人分數。不偏科，沒有軟肋，好像也就沒有特別拿手和偏好的科目。

全月河鎮，甚至剛安家落戶沒多久的她，都知道江季夏的爹媽姓甚名誰、江宅大門朝哪開，可又似乎沒有一個人真正了解過江季夏。

「愣著幹什麼？再不幹活，天都要亮了。」

「哦哦。」

傅為螢忙得滿頭汗，總算成功將三層零件釘在一起。樓外綿延不絕的是模糊的風雨聲，白噪音的存在反而讓人更容易集中精神。她一個人折騰到後半夜，還差題寫劇名的最後一步就大功告成，環著手臂退後欣賞自己的成果之時，卻皺著眉頭感到很為難。

她畫畫拿手，字卻超級醜的。

這可怎麼辦啊。

她默默站在原地苦惱了一會兒，後知後覺地意識到身後許久沒有聲息。回頭一看，才發現江季夏不知什麼時候睡著了。

清醒著的江季夏黑心肝、嘴毒、討人厭，睡著時倒能讓人專注欣賞他美好的皮相了。可能是睡夢中覺得冷了，原本墊在身下的外套被他捲起一半來蓋在胸前，隨著輕緩而均勻的呼吸微微起伏著。看了一半的小說滑落在地，傅為螢走過去撿起來放回他身邊，順帶肆無忌憚地盯著他的臉打量了片刻，把剛才沒有勇氣說的一句「嬌氣」嘀咕出來。

「有這麼嬌氣的『王子殿下』，怕是要亡國。」

睡意是很容易傳染的。

天色將明未明，她忍不住隨著江季夏睡夢中的呼吸打了個呵欠，拉起防塵布蓋住宣傳看板，蜷在牆角的折凳上，也睡了。

因為筋疲力盡，所以睡得很沉。沉得連夢都來不及做。

醒來時甚至沒有入睡過的感覺，彷彿只是度過了一閉眼又一睜眼的瞬息而已。然而熹微晨光確實已透過窗簾縫投射進屋內，風雨聲消散，取而代之的是清脆悅耳的雛鳥啁啾之聲。傅為螢抬手揉揉眼睛，一件衣服掉落在地上。

是她的校服外套。

她給江季夏墊座的外套，不知什麼時候又回到了她的身上。而沙發上沉睡的江季夏已不見蹤影了。可能是腦袋還沒徹底清醒吧，傅為螢呆了片刻，鬼使神差地起身追出去。她沒追到江季夏，卻在藝術大樓正門口與前來開鎖的保全撞了個正著。

保全被大樓內突然冒出的人影嚇了一跳，定睛看清楚她的黑眼圈後說：「哎喲，同學，你熬通宵啦！」

提起這事，傅為螢忍不住抱怨了句：「昨晚我還在樓裡，您就鎖門啦。」

「大門過了十點就得鎖，是學校規定的。」保全指指走廊盡頭，「但是大樓側面還有個小門，二十四小時開放。經常會有高三學生留校晚自習，或者社團通宵練習什麼的，大家都知道那個門的啊。」

好吧，剛轉來不到三個月中間還夾著個暑假的傅為螢同學對此一無所知。

然而江季夏必定是知道的。

東方既明，傅為螢氣沉丹田，朝著發白的天空醞釀起一聲驚天動地的怒吼：「江季夏你這人是不是有毒啊啊啊啊──」

此時，早已走遠的江季夏，站在淩晨時分薄霧初起的城河邊，揉了揉鼻頭，打出了一個大大的噴嚏。

鼻子塞塞的，頭有點暈，感覺好像是著涼了。

傅為螢那傢伙，果然是他的冤家，最強的惹禍精。因為擔心惹禍精冒冒失失頂著颱風跑回家不安全，又或者獨自留在學校被臆想的鬼怪嚇破膽，他一時發了多餘的善心，決定陪她到天亮──這種衝動的蠢事，他絕對、絕對，不會再做第二次了。

另一邊，傅為螢吼完一嗓子，發洩了心中的鬱悶，神清氣爽地折回三樓美術教室，拉開窗簾迎接大亮的天光和暴風雨後沁涼的空氣，準備硬著頭皮挑戰劇名題字。

她伸手拉開防塵布。

塵埃被抖落，四散開，輕盈地飄浮在清晨的陽光裡，顯出透明的淡金色來。傅為螢瞪大雙眼，愣在原地。

宣傳看板最外層，她昨夜留下的靛藍底色之上，多出了一行漂亮的白色花體字──

灰姑娘，Cinderella。

第二章
仲秋之月

1

月河高中的學生們都覺得，他們王子殿下B的私生活是個謎。

父母都是名人，因為宅邸實在講究得誇張所以其家庭住址也盡人皆知，江季夏幾乎算得上月河鎮的半個公眾人物。然而，卻無人知曉，卸下淡漠冰冷的外殼之後，真正的小江王子究竟是何模樣。

在學校裡總是獨來獨往、毫不掩飾渾身上下「生人勿近」氣息的江季夏，雖不比傅為螢那樣放學鐘聲一響就百米衝刺光速消失，但也同屬對社團活動敬而遠之的類型。曾有好事者試圖潛伏觀察江季夏的課後行程，躲在窗戶下面左等右等，等到教室裡的人都走光了也不見江季夏起身，不禁疲倦地打了個呵欠，沒想到就這麼一眨眼的工夫，前一秒還在座位上看書的江季夏竟然就不見蹤影了。隔天，「王子殿下B實乃精靈化身，擁有隱形及瞬間移動之超能力」的流言席捲全校。

可在江季夏本人看來，他度過課餘時間的方式其實再平凡簡單不過。

不參加社團，只是因為不喜歡體力活動和多餘的社交而已。下課後習慣在教室多待一會兒，等人都走光了，才起身去圖書館。通常是看完了一本書，待到天黑時分就回家。回到家，也沒什麼別的事好做，除了偶爾幫母親整理庭院，就悶在房間裡，還是看書——何止平凡簡單，甚至可以說是極其單調乏味了。

這天照舊。

放學鐘聲敲響，大家嘰嘰喳喳地湧出教學大樓，不到一會兒大樓內便空空蕩蕩了。節能型的小江王子闔上書，抬起頭，金紅的暮光從窗口斜斜地切進教室，一切都一如平常，只不過少了前座的惹禍精匆匆忙忙撞開桌椅飛奔離去的動靜而已。

傳為螢今天沒來學校。按班主任上課前說的，是家裡有事，請了假。江季夏度過了久違的安寧的一天，此刻卻忽然覺得有點悶。

大半是因為前一天在美術教室過夜而著了涼，頭痛鼻塞，可也有一小半，是心裡不平衡的緣故——他因為一時發了多餘的善心而遭受池魚之殃，感冒症狀嚴重至此都堅持來上學了，那個惹禍精活蹦亂跳的憑什麼請假？

傅為螢那傢伙，果然是冤家，最強的惹禍精！小江王子十分幼稚地計較起來。

可能是感冒藥的副作用吧，他覺得腦袋昏昏沉沉的，整個人一直犯睏。特殊情況，江季夏也就沒在圖書館逗留，還回先前借的一本書後就離開了學校。

江季夏回家的途中，會經過月河鎮上唯一的郵局。走了千百回的道路，即使從未特意留心，不起眼的細節也還是爛熟於心。

郵局的玻璃窗上滿是灰塵蛛網，從不見人清理。玻璃內面貼著一張薄脆發黃的郵票樣品，十枚成套，普通的花鳥圖樣，看起來有些年頭了。

從來無人問津的這套樣品，這天終於等來了垂青者。

一個六七歲模樣的孩子，懷裡抱著個A4尺寸的牛皮紙信封，趴在玻璃窗上目不轉睛地盯著郵票樣品，小小的眉頭皺得死緊，十分困惑苦惱似的。

江季夏的腳步聲驚動了她，孩子回過頭，眼睛亮了亮，小步跑過來。

「叔叔，能請你幫個忙嗎？」

江季夏：「……」

孩子攤開手，掌心裡是兩枚乾淨極新的硬幣。她的個子太矮了，盡力仰著頭，才能找到與江季夏視線的接點：「我想寄一封信，但是不知道該怎麼買郵票。你能幫幫我嗎？」

江季夏扯下口罩，露出表情淡漠的一張臉，居高臨下地與孩子對視。

無動於衷。

孩子沒有被他冷淡的臉嚇跑，可也有點吃驚，怎麼會有這麼不和善、不友好的大人。盯著江季夏看了好半晌，她腦子才終於轉過來，「哦」的一聲明白過來：「哥哥？」

江季夏：「寫錯了。」

孩子困惑地眨了眨眼。她雙臂環著信封，正面向外，地址露出了一半，寫著「S市百川出版社《藍櫻桃》編輯部收」。

江季夏指指地址欄：「格式錯了。」

孩子把信封翻過來，低頭看看，懊惱地「哎呀」一聲。

下午五點多，郵局快要關門了。收件的綠色郵務車已經停在門口，郵差正扯著一個蛇皮袋做最後的分揀工作。孩子握著信封，頓時有點慌了，想叫住郵差但又不敢的樣子，十分可憐。

江季夏性格再怎麼冷淡，眼下再怎麼頭痛想回家睡覺，也不至於真的冷眼旁觀一個小孩子手足無措。他伸手：「拿來。」

可能他最初的冰山臉給孩子留下了心理陰影吧。孩子的手臂收緊了些，一臉不想給他卻又別無選擇的糾結表情。終究還是郵務車的喇叭聲提了醒，孩子趕緊把信封塞進江季夏手裡。

江季夏低頭，看見先前被孩子的手臂遮住的寄件人資訊。

「J省月河鎮百花巷十號傅為螢寄」。

他愣了一瞬。

孩子生怕他誤會似的，趕緊解釋：「這不是我的名字，我……我幫別人寄的。」說的是「幫」，但看那目光飄忽的心虛模樣，顯然是在背著人擅作主張。江季夏在櫃檯買好郵票和空白信封，孩子緊緊地跟在他後頭。

「傅為螢是你的什麼人？」

「是我姐姐哦。」孩子頓了一下，反應過來，「你認識我姐姐？」

傅為螢的私生活比他還要神祕，誰也沒聽說過她還有個這麼小的妹妹。

江季夏還是那張沒表情的臉，不置可否。他找了張桌子，彎腰重新謄抄地址，然後拆開原來寫錯的信封，取出裡面的東西換進新的信封裡。他刻意將目光別開了一些，盡量不去看信件的內容，卻沒想到裡頭竟然並非書信文件，而是彩繪的畫作。

孩子絲毫不介意多一個人欣賞這些畫作，甚至拉著他俯下身，把重疊的幾幅畫展開成扇形來炫耀：「姐姐畫的！很厲害吧！」

他知道傅為螢會畫畫，但宣傳看板的圖樣畢竟簡單。此刻垂眸打量紙面上的手繪圖，江季夏終於不得不承認，傅為螢的水準竟然……相當不錯。

是的，即使以他挑剔的眼光來看，傅為螢的繪畫技巧也是相當出色的。

可是她為什麼要畫美少女？傳為螢的形象，和長髮大眼、俏麗可愛的美少女，也實在是太搭不上邊了。

《藍櫻桃》。名字很熟悉。江季夏想了半天，回憶起來，那是很有名的少女漫畫雜誌。

孩子極珍惜地摸了摸那幾幅畫：「專門畫給我的呢。」頓了頓，她又垂頭喪氣，「要不是……我才捨不得寄出去。」

江季夏沒有多問，黏好封口，把信封交還給孩子。孩子頓時忘卻了片刻前的沮喪，又高興起來。她小跑著追上郵務車：「請等一等，這裡還有一封！」

孩子的世界非黑即白，喜惡都很單純。江季夏既然幫助她圓滿完成了任務，就是大好人，是英勇的白馬王子。

當然了，江季夏極符合「白馬王子」人設的好皮相，也是很大的加分項目。總之，孩子完全拋開了先前的疑慮和戒備，表現出對他十分的喜歡來，出了郵局大門還樂滋滋地跟在江季夏身後，哪怕江季夏仍是不搭不理的態度，也絲毫冷卻不了她的熱情。

「謝謝你呀大哥哥。」

江季夏：「……」

「多虧你了欸！弄錯地址，畫寄丟了就慘啦。」

孩子說著，伸手想要牽住江季夏。江季夏馬上戴回口罩警覺地摀住口鼻並後退一步。孩子牽了個空，驚訝地睜大眼睛仰視著他，有些受傷的模樣。硬心腸如江季夏，也經受不了那可憐的目光，沉默了一瞬，破天荒地開口解釋：「我感冒了。你離遠一些，不要被傳染。」

嘴巴被口罩捂著，聲音聽起來有點悶。

孩子眨眨眼睛，聽懂了，重新高興起來：「那我跟在你後面走！」頓了頓，又投以譴責的眼神，「多大的人了，怎麼不好好照顧自己呀。」

江季夏：「……」

你自己回家去問問，我這都是因為誰！

孩子才六七歲，性格卻很老成，越嘮叨越同情江季夏。前面路邊有家雜貨店，櫃檯上插著大把的棒棒糖，孩子看見了，眼睛突然一亮：「我請你吃糖呀！姐姐說，生病的時候吃甜的，會好得快。」

雖然表達形式不太一樣，可這不依不饒的勁頭，真是像極了某個人。今天請假的某個人。

江季夏深吸一口氣，回過身，低頭：「你——」

孩子點點自己的鼻尖，笑眼彎彎：「我叫小滿。」

這一輪交鋒，江季夏一敗塗地。

隔著櫃檯，他從雜貨店老闆娘手中接過兩根棒棒糖。小滿的個頭還不及他腰際，一手握著他的褲腿，努力踮起腳，嚴肅地補充：「我要草莓的！」

老闆娘見小滿長得可愛，不禁多看了兩眼，和江季夏搭話：「你妹妹呀？」

江季夏正從錢包裡翻找零錢——也不能真讓小孩子請客吃糖，一時沒顧上回話，腳邊的小鬼頭就擅自點了頭：「嗯吶！」

老闆娘笑得合不攏嘴，忍不住接著逗她：「哥哥對你很好哦！」

小滿看看老闆娘，仰臉又看看江季夏。江季夏保持著無動於衷的冷臉。小滿轉頭，向老闆娘笑眯眯地、更加用力地點頭：「嗯！」

誰也不知道為什麼。反正事實就是，那一刻，江季夏掏錢包的手一抖，硬幣「叮叮噹噹」地掉出來，滾落了一地。

嗯。果然還是感冒的緣故吧。

2

江季夏和小滿肩並肩坐在內城河西北畔吃棒棒糖的同時，內城河的另一頭，傅為螢一路狂奔，在明月寺敲響六點的鐘聲時衝進了「孟記大排檔」。

大排檔門口的涼棚下放著矮桌和板凳，老闆坐在那，嘴裡叼著根煙，正埋頭往竹籤上穿碎羊肉。胖胖的老闆娘捧著一盆新洗切好的生鮮食材走到老闆身邊，冷不防被傅為螢擦著肩過去嚇了一跳：「哦喲，著什麼急！咱們家又不打卡上班，跑啥啊。」

傅為螢衝進裡屋，三兩下甩了校服外套，扯過圍裙一邊胡亂往身上繫，一邊重新鑽出來，急急忙忙地去搶老闆手裡的那把竹籤：「孟叔，我來我來！」

孟記大排檔在天黑後開張，烤串的準備工作本來就歸傅為螢做。老闆也不客氣，摘了塑膠手套遞給她，一言不發地起身進店。

「喊，不就是讓你幫著穿幾根肉串嘛，脾氣大得很！」老闆娘沒好氣地朝著老闆的背影翻了個白眼，「小傅啊，別跟他一般見識，嬸子罩你！」

傅為螢剛坐到矮凳上，趕緊又彈起來，連忙道：「不不，孟嬸，是我來晚了。」

孟嬸把塑膠盆放在她腳邊，也不走，扯過一把折椅來跟她面對面坐著，湊近了看她的臉：「最近學校挺忙的？你這黑眼圈，怪嚇人的呢。」

傅為螢一時語塞。

昨夜的颱風直到天明時分才停。她踩著熹微晨光匆匆趕回家時，小滿已經自己穿衣起床，正踮著腳在熱一杯牛奶。她連忙接手，突然想起小滿今天要開家長會。家裡沒有別人能擔起「家長」這個名頭，她只好打電話給班主任請了假，一秒鐘都來不及闔眼，又匆匆洗漱換衣，憋回呵欠，陪小滿去幼兒園。

自以為倒楣被鎖在教學大樓裡熬通宵，誰知道竟然還有偏門，這烏龍事件說出來簡直要惹人發笑。心裡把有毒的江季夏咒罵了無數遍，然而想起對方幫忙題寫的劇名，她又不禁生出些許拿人手短的心虛來。

寫下那行字的人，除非美術教室的石膏像半夜長出了手腳，否則除了江季夏，還能有誰？

傅為螢搖搖頭，甩去心裡亂糟糟的念頭，說：「沒有，沒什麼。今天去小滿的家長會，所以才耽擱了。」

負擔一家的生計並非易事。帶著小滿在鎮上安家落戶後，傅為螢就開始尋找打零工的機會。她雖已成年，可名義上還是高中生，許多店家怕被人說閒話不敢用她。傅為螢屢屢碰壁，最後找到孟記來——孟叔性格剛正，不怕事，而老闆娘孟嬸心腸好，因為傅為螢家那些亂七八糟的事而同情她，便把她留下了。每天放學之後來，開店前準備食材，點單、上菜，午夜關門後做簡單的店內清掃。若沒有孟記大排檔這份工作，傅為螢真不知自己該怎麼帶著小滿維持在月河的生活。

關於家裡的事情，她雖不認為有什麼可恥丟人和值得隱瞞的，可同時也覺得並無大肆宣揚、博人同情的必要，所以學校的人都不了解她轉學到月河來的始末。為免麻煩，晚上在孟記打工的事她也三緘其口，久而久之，就給大家留下了一個「美術社幽靈成員」、「一下課就跑得不見人影」的神祕印象。除了上課，她根本無暇在學校多待，所以「學校忙」是無從談起的。這次替瓊華做宣傳看板，是唯一的例外。

「總之，以後不會了。抱歉。」

孟嬸心軟，沒責怪她，反倒替她鳴不平：「怎麼連小滿的家長會也要你開呀？方郁是死了啊？」冷不防聽到這個名字，傅為螢愣了一下，苦笑道：「她要去，我還不放心呢。」

「也是。那瘋婆娘……對了，你聽說沒有？方郁又惹上事了，好像是在城南的撞球室輸了一筆大的，不認帳。那邊天天在商量怎麼收拾她呢。」孟嬸長長地嘆息，「攤上這麼個姨娘，你也真是不能省心。」

傅為螢停了手，垂著頭，沉默片刻。

「只要她作死不作到小滿頭上，她的事就跟我沒關係。」說著，她繼續穿著肉串，卻一時不留神，失了準頭，籤子銳利的尖端穿過塑膠手套，重重搗上了左手無名指指腹。

「哎喲。」孟嬸連忙扯了幾段衛生紙遞過來。傅為螢搖搖頭，摘了手套，將沁出血珠的指頭含入口中。

孟嬸握著紙團，一臉恨鐵不成鋼的表情。

「要我說啊，不單方郁的死活不干你的事情，就連小滿，你都不該這麼上心地照顧。哪有人家十八歲的姐姐、花兒似的姑娘，又當爹又當媽，自己顧不上穿衣打扮、好好念書，起早貪黑帶孩子，管吃管喝管開家長會還要賺錢養家的？！何況又不是親……」

「孟嬸！」傅為螢突然喝道。

孟嬸的話戛然而止。

「對不起。」傅為螢垂眸，低聲道。

意識到自己多舌失言，孟嬸也有點尷尬。兩相沉默之際，廚房裡傳來孟叔咳嗽的聲音，被煙嗆著了似的，一時間咳得撕心裂肺。

傅為螢擦淨指尖的血，重新拿了雙手套戴上，把肉串整齊地擺在不鏽鋼盤裡。「孟嬸，您為我著想，我知道，也很感激。但這是我在報恩，吃點苦，也是我應該的。」額前的碎髮滑下來，讓傅為螢得以藏住眼底的情緒，但微微顫抖的嘴角還是暴露了她真實的感情。

她還記得那兩個人的樣子。不會忘記的——畢竟，小滿長得很像他們。最好的人。最善良的人。對曾經遍體鱗傷的她而言，無異於救贖的人。

他們說：「阿螢，沒事的。」

他們說：「阿螢，一起回家吧。」

他們說：「阿螢，不要哭。」

許許多多溫柔的話裡，卻偏偏殘忍決絕地，缺少了最後該有的一聲「再見」。

「如果不照顧好小滿，我良心不安，夜裡都會睡不著覺的。」

3

午夜時分，大排檔收攤。

傅為螢到家門口時，不遠處的明月寺敲了一聲鐘。

夜半鐘聲在初秋越發冰冷的空氣裡飄蕩，最後一絲縹緲的餘音也很快被晚風捲走。風捲過城河上石橋口的老榆樹，驚起數點寒鴉。牠們大聲地嘶鳴，拍著翅膀向無星無月的漆黑的夜幕而去。

外城河東南面，百花巷，一座小而破舊的老平房——狹小破舊到什麼程度呢？那些認為傅為螢家境富裕的月河高中女生們見了，必定會驚愕失色。

傅為螢走進院子裡，小心翼翼地轉動鑰匙，輕手輕腳推開門。剛踏入玄關，腳下便踢到一個玻璃瓶。瓶子發出悶悶的「咚」的一聲，隨後滾到別的地方去。叮叮噹噹，是它與其他瓶罐相撞的聲音。

黑暗讓嗅覺變得更敏銳。

屋裡充斥著刺鼻的酒味。

連續幾十個小時沒有睡覺，傅為螢已經極睏倦了，不過靠一口氣硬撐著而已。疲憊睏倦讓她整個人變得焦躁，彷彿控制情緒的身體機能已經早一步沉睡過去似的，不過一點酒味，就點燃了她心頭的怒火。

她揚起聲：「方郁！說過多少遍了，你在外面怎麼鬼混我不管，別把這些亂七八糟的東西帶進門！」

手指摸到開關，霎時燈光映亮了滿地狼藉。

被點到名字的人不在這客廳裡，不該被驚擾的人卻從臥室探出了頭來。

「姐姐？你回來啦。」

臥室的門打開一半，小小的身影站在那，懷裡抱著一隻貓玩偶，睏倦地揉著眼睛。

傅為螢一愣，控制情緒的身體機能瞬間復甦。

「吵醒你了？」她連忙放緩了語氣，「對不起哦。」

小滿搖了搖頭：「我還沒有睡。」

傅為螢見她光著腳站在地上，只穿著薄薄的睡衣，便也顧不上再為客廳的狼藉發火，急忙脫了外套裹住她。小滿吸了吸鼻子，甕聲甕氣地道：「小姨晚上回來了一趟，又出門了。我不知道她去哪裡了。」

「沒事，我們不管她。」

小滿「嗯」了聲，乖巧地伏在傅為螢的肩頭，好半晌不出聲。傅為螢以為她睡著了，一手熟練地托著小滿，一手推開臥室門，彎腰整理好淩亂的被窩。傅為螢把小滿放進被窩，正替她塞被角，沒想到她突然睜開眼，又道：「姐姐，你還在為小姨生氣嗎？」

傅為螢愣了愣，嘴角扯出一個微揚的弧度來，捏捏她的鼻頭：「沒有，別多想。」

小滿努著嘴，伸手指了一下傅為螢的下眼圈：「黑黑的。」她皺著小小的眉頭，「我們來月河以後，你一直不開心。不是在為小姨生氣，就是忙著打工。太累，會病倒的。」

傅為螢隔著被子拍拍她：「不會，別亂擔心啦。」

小滿很執拗：「會的！有人跟我說的。」

傳為螢失笑：「誰和你說這些？又是你們班那個多管閒事的小胖子？」

小滿把被子拉高一些，用被角遮住下半張臉，眼裡放出抵死不出賣夥伴的堅定光芒。

小滿懂事得早，心思重，傳為螢為了寬慰她，回到家裡時總是笑著的時候多。但終究有敷衍不過去的時候，她笑著笑著，就笑成了一聲嘆息，正色道：「方郁……小姨現在名義上是你的監護人，我們躲不開她。但也沒有關係，兩個人的日子我還扛得起。等熬過了這幾年，等我……到時候，姐姐帶你回省城去。爸爸媽媽的房子還在呢，我們有家的。」

以小滿的聰明，並不需要將她當作無知的幼童來哄騙，明明白白地說出來才最好。小滿聽得懂，傳為螢知道的。

她又嘆了一口氣，重新找了個開心的話題：「對了，孟嬸今天說，快到中秋了，貼補一點獎金給我。回頭找個時間帶你回省城去玩幾天怎麼樣？都說新開的遊樂場不錯呢。」

小滿仍是半張臉躲在被角後面的姿勢，悶悶地搖搖頭。

「剛才說得你難過啦？別這樣嘛，姐姐還是有點小錢的啦。」

「不去遊樂場……姐姐你們高中裡面，是不是要辦校慶了呀？」

傳為螢驚訝地揚起眉毛：「你怎麼知道的？」

小滿避而不答。

「不去遊樂場，你帶我去看看校慶，好不好？」

語氣竟然是很沉靜而堅決的。

「不得了，不過一個晚上不見，你從哪裡搞到這些新情報的？」孩子老成的樣子是很好玩的。傅為螢這下真的是被逗樂了，忍不住伸手去搔她癢癢。小滿左躲右躲，掀開被角努力坐起來，不滿地瞪著她。傅為螢笑夠了，把小滿按回被窩裡：「你怎麼會想起要湊這個校慶的熱鬧？我沒參加社團活動，也沒什麼才藝好表演的，校慶跟我一點關係都沒有，我還打算那天混水摸魚出去再找個零工打打呢。遊樂場不喜歡嗎？」

「不喜歡。」小滿目光飄開了一瞬，口是心非的樣子，但很快移回來，又堅定地望著傅為螢，「要去看校慶。」

小滿難得吵著要什麼東西。傅為螢思及此，立刻心軟，無奈地點頭：「好啦好啦，帶你去。現在，你快睡覺。」

「你呢？」棉被太大，小滿還小，掙扎著鑽出一個頭來追問。

傅為螢走到門口，回頭答：「作業還剩些沒做完，我過會兒再睡。」

小滿忽然露出欲言又止的神色。

傅為螢問：「怎麼啦？」

小滿咬著嘴唇糾結半晌，最後還是搖搖頭。傅為螢正要追問，卻見她「嗖」地躲進被窩裡，並再次拉高被角把自己整個人埋住。

傅為螢看著小滿露在外面的一小撮頭髮，好笑地搖搖頭，關門回到客廳。

她和小滿睡同一個房間，但因為睡得晚、起得早，怕影響小滿的睡眠，所以就把課桌放在了客廳的牆角。傅為螢拿了個垃圾袋，收拾乾淨地上的東西，然後走到桌前，打開檯燈，瞬間領悟了小滿欲言又止的原因——自己放在桌上的畫，剛用鉛筆打了草稿、還沒來得及描線塗色的那幅，不翼而飛了。

「這就急著摸走了？」傅為螢愣了愣，隨即哭笑不得。

「還不都是為你畫的，早晚都是你的嘛。笨蛋小滿。」

4

月河高中百年校慶是在週五。

從週四起就全校停課，由各班的班主任帶隊分組布置會場，進行最終的彩排。週五清晨，全校師生及受到正式接待的賓客聚集於禮堂聽校長講話。演講過後，場地才讓位給正式的慶典活動。

從一早起，校門口便拉了幾十響的禮炮。

月河鎮難得有如此熱鬧隆重的活動，恰巧路過的、鄰近的，哪怕原本對校慶不感興趣的人們也都被吸引，從外面探頭張望。負責外聯的學生抓住機會，一手揮舞著宣傳單，一手把大喇叭朝天舉著，音量開到最高：「今天全校對外開放，大家有空的都進來看看，節目可多可好玩呢！」

月河高中平日門禁森嚴，連學生家長都難跨進去一步。

機會難得，眾人想想是這個道理，便都欣然接了宣傳單。

校園裡一時間人聲鼎沸，熱鬧非凡。

傅為螢本以為像她這樣游離於學生會和社團組織之外的閒人，安心做個吃瓜群眾就好，卻沒想到當頭砸來一張志願者胸牌。找上門的事情都不大，卻多而雜，還夾雜著籃球部、乒乓球部的表演賽人手不夠，十萬火急地拉王子殿下A去做外援的緊急事件。傅為螢一直忙到午休時間，才偷出片刻的時間趕去幼兒園接小滿。

時間正值下午一點鐘。慶典這一天裡最黃金的時段，《灰姑娘》舞臺劇開場。

傅為螢鬆了一口氣：「趕上了。」

沒有人比她更清楚小滿的公主夢。小滿要看校慶，瓊華的這齣劇簡直再合適不過。

禮堂爆滿，連走道和側邊的空間都擠得幾乎沒有立足之地。傅為螢倒是沒有想到這裡面也有她那塊別出心裁的宣傳看板的功勞，事實上她根本已經忘了自己也曾為這場演出勞心勞力過一番，在開心了片刻「瓊華的付出總算得到回報」之後，就光苦惱著小滿的個頭太矮了，這樣擠在最後一排邊邊的角落裡根本看不見舞臺。

她索性把小滿扛上肩頭。

小滿只顧好奇打量著人群，沒提防身體突然騰空，不禁有點慌張地抓了一下傅為螢的頭髮。她反應過來之後趕緊鬆手，推推傅為螢的肩膀，很不好意思似的。

「放……放我下來啦，很重的。」

恰巧此時，禮堂的喇叭響了一聲，全場燈光暗下。傅為螢笑了笑，沒再說話，也沒再有動作。

小滿只好小心翼翼地挪了挪屁股，試圖調整到一個能盡量減輕傅為螢負擔的姿勢。

演出開始。

傅為螢從幼兒園接到小滿的同時，另一邊——

瓊華本想拉傅為螢一起到後臺，她趁著還沒化妝換衣服，專程親自跑到一班去找人，卻撲了個空。從旁人口中聽說傅為螢行色匆匆不知幹什麼去了，瓊華頓時有些悶悶不樂起來。演出時雖強打起精神，但待布幕一落下，她的情緒也隨之又低落了。

舞臺劇如此成功，老校長滿意，旁人便極有眼色地一改先前冷漠的態度，對瓊華百般殷勤起來。見瓊華陰鬱沉默，他們也只當她是下戲累了，露出體諒的微笑，甚至還有幾個貼心地跟上來幫她挽起裙撐，一路將她送回化妝間。

說是化妝間，其實只是禮堂大廳後面一個平時做會客室用的小房間而已。

學校自己的劇團，沒什麼大明星，也沒人會頭腦發熱地去窺探後臺。見瓊華關上門，熱心者也就散了，門口亦未留人守衛，以至於傅為螢探進頭來的時候，背對著門坐在鏡子前發呆的瓊華實實在在地被嚇了一跳。

傅為螢只開了一條門縫，往屋裡左右瞄了瞄。

「可以進來嗎？」

瓊華一貫性子軟，對著人當面生不起氣來，但還是覺得委屈，就只好倔強地不轉頭，用一雙微紅的眼睛從鏡子裡瞪著傅為螢。傅為螢毫不知自己惹惱了對方，「嗖」的一下又縮回了腦袋。瓊華覺得莫名其妙，忍不住轉過身。片刻後，才見傅為螢閃身進屋。

「我家的小朋友吵著要來見識見識校慶，我就趁午休時間把她接過來了。」傅為螢帶著一臉惡作劇似的表情，把小滿往瓊華面前一推，「你不是最喜歡公主了嗎？喏，為漂亮的公主殿下做個自我介紹吧。」

瓊華的嘴唇薄而色淡，唇角還有些略微向下垂，用月河鎮的老人一貫的話來說就是有些「苦相」。其性格又內向，即使偶爾笑起來也總是緊張地抿著唇。這舞臺劇的最後一幕是婚禮，瓊華為配合場景而破天荒地盛裝打扮起來，連妝容都走了復古濃豔的路線，一反日常穿著校服、素面朝天時楚楚可憐的苦相，還真有些公主氣度了。

連傳為螢都驚嘆地多看了好幾眼。

平常看見公主圖片就犯花痴的小滿此刻卻極冷靜地指出：「她不是公主，她是灰姑娘。」

傳為螢「噗」地發出一聲笑：「最後嫁給王子殿下就變成公主了嘛。」

小滿皺著眉，有點搞不清這個「嫁給王子殿下就變成公主」的邏輯。好半晌終於揮揮手，留下一臉「算了我不跟你計較」的無奈給傳為螢，往前走近瓊華一點，仰頭打量她。

「我是妹妹，我叫小滿。你是姐姐的朋友嗎？」

瓊華這會兒也反應過來傳為螢中午去哪了，連忙收起臉色，還像有些擔心自己無理取鬧的悶氣被傳為螢察覺似的，心虛得不停往小滿身後瞄。

「嗯。」瓊華頓了頓，又加重音，「特別好……的朋友哦。」

瓊華複雜的心理活動，粗線條如傳為螢，當然是看不見的。

她甚至只當瓊華講了個笑話般，倚著門框笑彎了腰：「哈哈哈，別這麼肉麻吧。」

反倒是被瓊華當作不通事理人情的小孩子而受到忽視的小滿眨了眨眼，隱約讀懂了什麼似的。

傳為螢笑夠了，伸手招小滿回去：「好了，看完公主殿下，我們該走啦。」

瓊華驚訝：「這麼著急？幹什麼去？」

傅為螢拎起胸前的志願者名牌甩了甩：「雜役嘛。剛才來找你的路上被抓了壯丁，說校長想把後面的節目順序調整一下，讓我把表演者一個個通知一遍。」說著她又嘆氣，「這會兒學校裡亂七八糟的，誰知道人都在哪啊。」

「那小滿跟著你跑也太累了。」傅為螢嘆氣：「可不是嗎。」

瓊華急於為中午自己的誤會做補償，連忙道：「不如我先帶著她吧。我的節目完了，之後也沒什麼事情了。」不等傅為螢說話，她先徵求小滿的意見，「讓姐姐去忙，好嗎？」

小滿又眨眨眼，然後垂下眼：「嗯。」

5

傅為螢是對人的情緒感應比較遲鈍，卻不是瞎和傻。

瓊華的情緒波動反常，她並非全然不曾注意到。走出禮堂大門，被正午明晃晃、白亮亮的陽光一照，就突然回味過來，明白了幾分。

倒也不覺得意外。

可能是因為第一次交到朋友而很有新鮮感吧，在這段烏龍的「英雄救美」事件中締結的友情裡，瓊華實在顯得過於熱心了。相識數週以來，瓊華不單課間與午休的時間不肯放鬆，放學後也總拉著她不鬆手，不是盛情邀請她參觀戲劇社彩排，就是拖她回家一起寫作業。在她漂亮地解決了宣傳看板的危機後，瓊華黏人更甚，她幾乎有些疲於應對了。

倘若她只是個普通的高中女生，有這麼個親密的好友，還真是求之不得的事情。

然而她不是。

對她而言，形影不離的天真友情實在是奢侈品。在維持學業的同時盡可能地多打工來賺取生活費，才是生存之道。

可她又無法與瓊華劃清界線。

因為，只要她露出一點為難或遲疑的神色，瓊華就會立刻醞釀出兩朵可憐的淚花：「你嫌我煩了嗎？嫌我的話，你要說呀，你說了，我就絕對不煩你了。」

瓊華或許並非刻意在使用以退為進的戰術，但對傅為螢來說，卻是被一刀戳中了軟肋。

吃軟不吃硬是她最大的弱點。

倘若對方先服了軟，她的心理防線就會迅速變得不堪一擊。

於是，她只能從本已少得可憐的休息時間裡盡可能地分出一些來給瓊華。好在辛苦維繫的這段友情還是有回報的。把小滿託付給瓊華，傅為螢一個人奔波起來就快得多了。她大步橫穿過校園時，迎面走來一個同樣掛著志願者胸牌的同學。對方叫住她：「你也是要去通知表演者調整節目順序的？」

傅為螢剎住腳步，點點頭。

「其他人都已經在禮堂候場了，只差一個江季夏。」兩位「王子殿下」形同陌路的設定深入人心，對方遲疑了一瞬，才試探著問，「就麻煩你，去通知一下江季夏？」

傅為螢：「……」

原本分派到她手頭的那部分名單裡並沒有江季夏。

她倒是沒忘了江季夏今天也有節目。對王子殿下B的鋼琴獨奏，女生們雖不敢明目張膽地拉橫幅、舉燈牌來壯聲勢，興奮期待卻早都寫在了臉上，連帶著整座禮堂的空氣都雀躍騷動起來。竟還有膽大包天者潛入休息室，想用一套集資購買的純白燕尾服換下原定的中規中矩的黑色西裝，只是此番壯舉最終因為被訓導主任抓了個「現行」而慘烈失敗。

沒忘歸沒忘，但——

她和江季夏之間，不管怎麼看都不是和平的「通知」與「被通知」的關係吧！

江季夏的去向倒是好猜。

鋼琴獨奏，他還沒到禮堂，就是仍在琴房了。

緊緊張張地老早趕去候場未免掉價，和其他表演者嘰嘰喳喳地擠在一起又成何體統？不到最後一刻絕不肯紆尊降貴現身，登臺時間近在眼前還事不關己似的獨自窩在琴房——這倒是挺符合「王子病患者」一貫的作風。

午後，人都擠在禮堂那邊，藝術大樓裡寂靜無聲。琴房在三樓的走廊盡頭，傅為螢敲了敲門，不見應答，遲疑片刻，她大著膽子將門推開了一條縫。

屋裡除了一架三角鋼琴之外，空蕩蕩的。

江季夏不在。

說「不在」似乎也不太準確——像只是暫時離開的樣子。外套搭在琴凳上，琴蓋掀起，樂譜也平攤在那。傅為螢不清楚他此次獨奏的曲目，便好奇地走過去，伸手翻了翻。

柴可夫斯基，《六月・船歌》。

實在太安靜了，靜到讓人忍不住想製造點聲響出來。傅為螢有了這個念頭，也確實這麼做了。她在琴凳上坐下，食指隨意「叮咚叮咚」地按了幾個鍵，繼而連成了旋律。

「裝清高也不看看場合嗎？校慶的表演，選這麼冷清清的曲子，也不怕校長找碴？」話是這麼說，但傅為螢也知道，校長哪怕找遍了全校人的碴，也找不到江季夏的身上。

皮相漂亮，頭腦聰明，孤僻、獨來獨往換個角度說也是不招惹是非。做人師長的，都會對這種學生愛到心坎裡吧。當然，就算江季夏是一坨扶不上牆的爛泥，校長也一定不敢找他的麻煩。月河鎮小，鎮上的人或多或少或遠或近的，彼此之間都沾親帶故。聽說要真論起來，校長得管江季夏他爸江老先生叫一聲「師叔」。

唉，關係戶可真討厭啊。傅為螢鬱悶地想。

《六月・船歌》她不熟，如此沉靜的曲子也不符合她的性格。斷斷續續地彈了一小段後，她就停了手。

憂鬱的琴音漸淡繼而散去，琴房回歸寂靜，彷彿比剛才更寂靜。傅為螢在寂靜之中呆坐了一會兒，又難受了，雙手忍不住摸回琴鍵上，由著心情隨意地敲了一句。

一、閃、一、閃、亮、晶、晶……

她頓住，歇了片刻，忍不住又去彈下一句。

滿、天、都、是、小、星、星……

這感覺才對嘛。將這兩句重複了幾遍，傅為螢高興起來，隨著旋律搖頭晃腦哼唱著，終於在又一遍的重複後，她手指一轉，繼續向前。

莫札特C大調第K.265，《小星星變奏曲》。

珍珠般圓潤亮澤的音符在琴房中蹦跳著散落一地，驅散了沉寂凝滯的空氣。琴房的門沒關緊，有幾顆音符不安分地從縫隙間滾出去，被門外來人的鞋尖阻擋了去路。

門內，傅為螢自娛自樂著，絲毫沒有發覺身後投來的若有所思的目光。

「你的能耐還真不少啊！一樣一樣的，倒是都藏得深。」

兩個變奏之間突然插入的人聲讓傅為螢嚇了一跳。

她條件反射地手一哆嗦，突然轉頭，琴蓋在她轉身時被胳膊一帶，「哐啷」倒下來。傅為螢全部注意力都在身後，沒提防雙手被砸了個正著。

哐——

十指下的琴鍵發出悶響。

傅為螢疼得瞬間飆出熱淚：「江季夏你這人是不是身上帶瘴氣?!」

琴蓋沉得很，傅為螢自己動彈不了。畫畫又彈琴的人，萬一壓壞了手那可不是鬧著玩的。冷情如江季夏，也不禁猛地變了臉色，顧不上去計較口頭上的得失，大步走上前去，掀開琴蓋把傅為螢的雙手解救出來。

「沒事吧?」很不習慣的關切句式，說得有些乾澀。

傅為螢則像是怕了這架鋼琴，根本沒聽見江季夏的話似的，禁錮一除，整個人就跳了起來，心有餘悸地甩著手——她晚上還要去大排檔穿肉串、端盤子呢，若是折在這可怎麼得了！

所幸小江王子再聰明也沒有讀心的超能力。要是讓他知道了他難得稀罕的一雙彈琴作畫的手在正主的心裡更重要的竟是這麼個用途，怕是要氣得當場人設崩毀變身惡毒皇后。

江季夏聽不見傅為螢的真實心聲，也就使他將罕有的關心多延續了一會兒。他盯著傅為螢過動症似的揮個不停的手，看不清其情狀，便走近半步：「怎麼樣？要去醫務室嗎？」

他罕有的多餘的善心，傅為螢卻不領情，並警惕地連退數公尺。

「你……你……你離我遠一點。」

江季夏挑眉：「怎麼？」

傅為螢瞪眼：「你帶衰啊！」

這可不單是個惹禍精，還是個沒良心的惹禍精。江季夏不怒反笑，是冷笑：「難不成是我請你來琴房的？」

傅為螢這才想起她身負的重任，手忙腳亂地找出新版的節目單：「我是來通知你，下午節目順序要調整。你變壓軸了。」

節目單被她折了幾折，又放在屁股口袋裡壓著坐了好一會兒，原本平整的紙張已經變得皺皺巴巴。江季夏毫不掩飾滿臉的嫌棄，只用兩根指頭拈著節目單的一角。

「知道了。」

「反正你準時去候場就行啦。好了，我通知到你了，拜拜。」

傅為螢胡亂地擺擺手，拔腿就要溜，不料被江季夏從身後拎住。

「等等。」江季夏眯起眼，「你會彈鋼琴，當初報節目的時候怎麼不說？」

若非當初實在沒有替補人選，懶散的小江王子也不至於慘遭老師們輪番轟炸，被趕鴨子上架地出節目。

傅為螢一對上江季夏驚訝的眼神，頓時領悟了這點，心虛地移開目光。報了節目就要費工夫排練，校慶當天也肯定逃不掉，她才捨不得浪費寶貴的打工時間……這種心聲怎麼能跟江季夏坦白！

「就……就只會個《小星星》嘛。」

「會《小星星》和會《小星星變奏曲》是兩碼事。」

傅為螢掙開江季夏。她很不喜歡這種受制於人的感覺，火氣也上來了：「就算我真會又怎麼樣啊？！就准你躲懶，不准我深藏功與名嗎？」

傅為螢不憚以最大的惡意來揣測江季夏，但從江季夏的角度，他的想法其實很單純。

他只是非常驚訝。

同樣的感覺，在看傅為螢的畫時就已有過兩回。眼下又知道了傅為螢還會彈鋼琴——全是些和她大大咧咧的性格及粗糙的外表十分違和的技能。這種驚訝的感覺並未因反覆出現而打折扣，甚至還以近乎平方的勢頭更強烈地襲來，讓一向對人類這種生物沒多大興趣的他也難得地對某個人生出一探究竟的興趣來。

「如果我沒記錯，你是從N市轉來的吧？」

王子殿下B頂著一張冰山雪原似的冷臉突然話起家常來，實在是讓人毛骨悚然。傅為螢傻了：

「啊？」

「以前學過琴？」

「也不叫學過……我媽是鋼琴老師啦。」傅為螢抓抓頭，「其實我連譜子都不太會讀，基本就是聽著旋律跟著瞎彈。」

「那畫呢？」

「也一樣啊，我爸是美院老師。」

江季夏若有所思。

校內一眾無聊人士憑著空想把傅為螢的身世傳得十分玄乎，而他有心卻是可以探到些線索的。傅為螢在省城本已快要高考，不料父母橫遭車禍，雙雙身亡。家庭一夜間破碎，下頭還有個年幼的妹妹，需要傅為螢應對的事情實在太多，高考自然也就錯過了，她只好留了一級，重讀一次高三。她轉學來到月河，則是因為這裡是她父母的老家，如今能投奔的唯一的親戚就留在月河。

打聽到這一步，照理說傅為螢的家境已經明明白白了，可江季夏心裡仍存著疑惑——他爸江老先生生平最愛與同好交遊，月河鎮出了這麼一對文藝夫婦，旁人不知道就罷了，他江家怎麼可能一點都沒聽說過呢？

這話卻是沒法詢問本人的。因為傅為螢答了兩題就已經戒備起來，瞪大眼：「幹嘛，查戶口啊？！」

江季夏懶得搭理她過剩的警戒心，丟一個「你想太多」的眼神給她。

傅為螢被他那眼神招得又惱火起來，捏起拳頭：「江季夏你是不是想打架！」

揮到半空中，拳頭卻被攔下。傅為螢一直對自己的武力值很有自信，也很瞧不起小江王子那副精緻易碎品的模樣，可沒想到江季夏這麼一抬手，就輕巧地把她的拳頭給握在了掌心裡。

「還不知道有沒有被琴蓋壓傷，就敢這麼拳打腳踢，手不想要了？」

王子殿下B不食人間煙火，全校女生為其皮相魂牽夢縈，卻沒人想過能與之有肢體接觸。

小江王子不是這個次元的人嘛——女生們的意見很一致。

傅為螢看江季夏的角度與其他女生雖有些不同，卻也覺得江季夏搞不好就是一個虛幻的立體投影，是一串冷冰冰的數據，一拳打過去能打穿——而當她真的付諸行動卻遭遇了意料之外的阻力時，整個人不禁呆在了原地。

握住她的那隻手五指修長，皮膚白皙細膩如瓷，視覺效果自是美的。指尖猶如其人一般的冰冷，掌心卻是意料之外的溫熱。

溫熱地提醒著她，這是個活生生的人，並且還是一個異性。

傅為螢馬上漲紅了臉——疼的。

「當然要！！快鬆手啊混蛋！！！」

同樣是藝術大樓，樓梯口。

小滿沒等瓊華，邁著小短腿率先爬上三樓。瓊華生怕她摔倒了不好向傅為螢交代，便緊張地護在後面：「你姐姐不可能在這裡的啦。」

小滿卻很相信在校園裡碰見的路人：「人家說在的。」

「連音樂課都蹺課的人，這會兒來琴房幹什麼呀？」瓊華覺得傅為螢連五線譜都不識。你知道什麼呀，姐姐鋼琴彈得可好了——小滿不說話，悶頭沿著走廊往前跑。

傅為螢離開後，瓊華帶小滿在校園裡轉了轉。本以為六七歲的小孩子很容易取悅，沒想到小滿並不買她的帳。小滿倒也沒有哭鬧，但不管怎麼哄都只能得到淡淡的眼神回應，這已經足夠讓人尷尬了。瓊華無論如何也想不到初次見面的孩子會對自己有什麼不滿，只能理解為小滿的性格天生冷硬不討喜。所以在聽到小滿說想找姐姐時，她馬上如釋重負地答應了。

小滿跑到三樓的走廊盡頭，臉上終於露出了點高興的神色，伸出胳膊就要推門。瓊華慢了幾步跟上來，無意間先從窗戶往屋裡看了一眼，臉色驟變，猛地拉住了小滿。

匆忙之下，她用的力氣大了些，小滿被拉了個踉蹌，張嘴就要叫。瓊華趕緊捂住她的嘴：「噓——」

小滿皺著眉頭打量瓊華驟然陰鬱下來的表情，順著她的視線，扒住窗臺也往屋裡看。

「姐姐確實在這裡嘛。」

她再看一眼，又驚訝地道：「啊，感冒的大哥哥也在。」

瓊華正將視線死死定在江季夏與傅為螢交握的手上，被小滿的話一驚，臉色更沉了幾分：「你也見過他？」

江季夏有多懶怠與無關緊要者交際，沒有人比她更清楚。傅為螢有多寶貝小滿，把這個妹妹藏得有多深，在這短短半天裡她也體會到了。然而江季夏和小滿見過面？

傅為螢和江季夏，這兩個人到底……

在一團亂麻的思緒裡，瓊華選擇先扯過小滿：「我們再去別處逛逛。」

她們靜悄悄地離開，就像從未來過一樣。

第三章
季秋之月

1

誰都不曾見到過的，十七歲的最後一天的傅為螢——

「女生的衣服這麼貴啊？！布料也不好洗，裙子還得燙呢。」

月河高中高二數學組的辦公室，她和班主任覃老師隔著一張茶几相對而坐，茶几上放著幾套校服。月河高中雖然只是個縣中，校服的設計和用料卻很講究。男女款式分開，女生是及膝百褶裙，男生則是西裝服長褲的款式，夏、冬、春秋各一套。傅為螢捏著女款校服的訂購單，瞪大眼，一臉肉痛的表情。

「我穿自己的衣服不行嗎？」

覃老師也很為難：「我知道你家情況特殊，可學校沒開過這個先例，若是讓你穿了自己的衣服，其他同學該有意見了。」

父母遭遇事故雙雙身亡，帶著年幼的妹妹回月河老家來投奔小姨，偏偏這監護人又是個嗜賭成性、惡名遠揚的無可救藥的酒鬼。老實說，接到傅為螢的檔案資料時，他花了好半天的時間才終於消化掉這位新同學太過不幸的人生際遇。

如此看來，「身世悲慘」的傅為螢本人，性格倒是出乎他意料的灑脫爽朗。要知道，他可是做了許久的心理建設，甚至買了一大堆心理學書籍，準備好了要迎接一名心靈受創、陰鬱自閉的學生的。

覃老師又說：「而且你的衣服……」

傅為螢低頭看看身上。這條亮黃色、後腰繫著誇張的蝴蝶結的連身蓬蓬裙是她從N市帶來的，是前一年的夏天，她十七歲生日時收到的生日禮物。她很喜歡這條裙子，在N市穿的時候看著沒什麼，可到了月河，似乎確實是太過大膽和惹人注目了。

可她以前偏偏就喜歡這樣的。中看不中用，也沒有比月河高中的女款校服方便多少。

琢磨一下帶來月河的行李中的衣服，傅為螢洩了氣，再次數了數訂購單上的價格後面的零：「你們月河還有沒有別的學校啊？」

在他們愁眉苦臉地兩相對視、束手無策之際，覃老師突然坐直身體，猛地一拍巴掌：「差點忘了，還有這個！」

是印著「月河高中」字樣的運動服，專供體育課穿。簡單素淨的藍白色，與校服相比甚至有些土氣。滌綸材質，好清洗。最重要的是，這一套可以應付一年四季，價格也便宜。

傅為螢的眼睛一亮：「就它了！」

她腿長，女款運動服的碼數太小，就只能要了稍大些的男款。

抱著全新的運動服離開學校，經過第一個路口時看見「剪髮五元人民幣」的破舊燈箱在夜色中明明滅滅。她走進理髮店裡，把微捲的長髮撥到身前，攏成一束，在耳垂附近比劃了個「喀嚓」的手勢。

「老闆，借用一下剪刀，我自己來剪，能便宜多少？」

傅為螢親手剪下那一刀時，當下並未覺得那個時刻有多麼特殊，過後才遲鈍地回味過來，她剪下那一刀，就是親手把長髮、嬌氣、愛漂亮、愛幻想的花兒似的傅為螢，永遠地埋葬在了十七歲的年紀裡。

十八歲的傅為螢，頂著一頭亂糟糟的短髮，穿著髒兮兮、鬆垮垮的運動服，粗糙地活成了一株不畏風雨的野草。

2

傅為螢很珍惜自己的「校服」。

雖然這並非她曾鍾情的甜美可愛的樣子，但到底是她在月河鎮擁有的唯一一套衣服。她其實是愛乾淨的，因為沒有可替換的，就只能勤洗曬。好在滌綸料子乾得快，夜裡回到家搓洗後晾出去，清早收回來就能穿了。因為洗得太頻繁，不過短短數月間，衣領袖口的藏藍色就已經褪得斑斑駁駁。

距離高考還有大半年，她仍要在月河待很長一段日子，就只好更謹慎地對待這套衣服。所以，儘管穿的是運動服，可真正到了運動場上要在塵土裡打滾的時候，傅為螢總會脫下外套來，將它仔仔細細地疊好，鎖進儲物櫃裡。

然而現在，她珍重愛惜著的這件外套不翼而飛了。事情發生在校籃的球隊訓練賽當天。

校慶圓滿落幕，月河高中在市裡大大地長了臉。老校長愉悅且舒心，批核社團活動的申請時也手軟了許多。幾天後籃球隊將訓練賽的申請遞了上去，很順利地得到了一個「許可」的紅印章。

高一新生算一隊，高二的主力隊員算一隊。兩隊之間實力差距懸殊，傅為螢便被拉去新生隊做外援。

傅為螢忙於家事和打工，越來越少在體育社團露臉。難得登場這麼一次，全校的女生都瘋狂沸騰了，提前好幾天就辦起看臺前排座位的抽選活動，甚至還有人從倉庫偷出校慶時掛在教學大樓門口的大紅橫幅，用白膠布貼成傅為螢的名字和愛心模樣，仗著老校長和訓導主任去市裡接受表彰了不會來看比賽，堂而皇之地把長長的橫幅從體育館的這頭扯到那一頭。

傅為螢換上了新生隊的黑色球衣，高個長腿越加顯出玉樹臨風的瀟灑氣質，幾個簡單的熱身動作，就讓女生們爆發出恨不能把體育館屋頂掀翻的尖叫聲。

「你來這麼一下子，可把我們的風頭全搶了。」穿白色6號球衣的高二主力隊員湊過來撞她的肩膀，做出半開玩笑半認真的嫉妒表情。

傅為螢被撞得回過神。

恐怕全場不會有一個人猜到，小太陽似的王子殿下A難得在人前露出漫不經心的冷淡表情，是在苦惱家裡小孩的晚餐菜單。

小孩子還是要胖呼呼的才好呀，小滿太瘦了。傅為螢忍不住嘆了口氣，才去看和她搭話的隊員。一看之下，不禁愣住了。

她不太能記人面孔，只覺得對方很眼熟。定睛看了片刻，才將數週前某個傍晚，那個把瓊華攔在教學大樓的樓間小路上的男生的樣貌與面前之人重疊起來。

然後，她馬上就沉下了臉，躲開一步。

傅為螢雖說性格開朗大方人緣好，卻也不是沒有脾氣的。欺負弱小的敗類，恰恰是她最不屑於給好臉色的那種人。

看臺離得遠，瞧不分明場中的情況，場外的人只以為這是球員之間友好的打鬧，還發出起哄的笑聲。可與傅為螢面對面站著的男生本人，卻能清晰地感覺到她的冷淡和敵意。男生訕笑著去搭她的肩膀：「哎？幹嘛啊，我沒惹過你吧？」

老校長和訓導主任去市裡領獎，還帶上了幾個在校慶活動中表現突出的學生。瓊華也是其中之一。臨行前的午休時間，瓊華還特意跑到一班的教室來，為無法到場替傅為螢加油而滿臉愧疚不安。傅為螢當然不會計較這種細節，但還是感動於瓊華的用心。思及此，她更覺得惱火，拂開男生的手，冷冷地道：「你沒惹過我，但惹過別的什麼人，你自己不記得了嗎？」

哨聲長響，比賽開場。

第一節，教練想試試兩隊的真實水準，就沒讓傅為螢上場。傅為螢環臂默默站在教練身邊，反而比場上的球員更吸引看臺上的目光。眼看著新生們被主力隊員打得幾乎沒有還手之力，教練無奈地喊了停，一拍傅為螢的後背：「去吧。」

傅為螢出場，瞬間逆轉了局勢。憑一己之力，她在兩節的時間裡輕輕鬆鬆地拿下了40分。十幾分鐘，足夠讓看臺上的人從狂熱裡稍稍清醒幾分。有同學敏銳地率先察覺到異樣：「咦，是錯覺嗎？傅為螢怎麼像是在壓著白色6號打……」但不等他從同伴那裡尋求到共鳴，體育館中就因傅為螢的又一次進球而再度沸騰。

學校裡的兩位「王子殿下」，江季夏不可能出現在運動場上，這裡就成了傅為螢一個人的舞臺。新生隊的比分大幅追過主力隊。儘管傅為螢在第四節時又被換下，新生隊還是得以將優勢維持到了終場哨聲響起的那一刻。

隊友們衝過來，歡呼著將傅為螢拋至半空。教練也很感激傅為螢的幫忙，一定要她參加晚上的球隊聚餐。但傅為螢惦記著要去孟記打工，趁眾人收拾東西沒注意她的片刻工夫，就一溜煙跑了。

眾星捧月的王子殿下A，到底還是女生。

球隊替她在體育館裡單獨開了個小隔間出來做更衣室。可男生們無所顧忌地和傅為螢在一塊兒嬉笑打鬧久了，時常會忘記這一點。

傅為螢剛套上衣服，就被「哐」的一聲門響驚了個哆嗦。她趕緊拉好衣服，回過頭，只見貿然闖進來的白色6號球衣男生漲紅著臉，緊閉雙眼，以一種非常滑稽的僵硬姿勢背貼著門板：「對不起，我……我不是故意的。」

居然結巴了。

全然不見戲弄瓊華時那居高臨下、遊刃有餘的姿態。

傅為螢在月河過慣了粗糙的日子，不至於為這點小意外而動肝火，只是驚訝於對方的羞澀純情。怎麼好像我才是耍了流氓的一方呢？她好笑地搖搖頭，揚眉問：「什麼事？」

男生冷靜下來，從十萬八千里外撿回自己的來意。

「我想起來了，如果你說的是那天放學之後的事情，我可以解釋。」他急忙道，「我根本就不認識那位學姐。那天也是她叫住我的，什麼話都還沒說呢，你就路過了。」

「我就打算抄個近路去球場而已，好好地走在路上，莫名其妙被攔住，又差點莫名其妙被你打了一拳……這都是什麼事啊？！」個頭高大健壯、五官天生有些凶相的男生說著，竟然露出了十分委屈的神情。

傅為螢愣住了。

她還記得瓊華那時的樣子。畏怯的、恐懼的，遠遠地望著她，哀求似的。

她不是蜜罐裡、象牙塔裡長大的不知人間愁苦的小王子，多年寄人籬下的生活讓她能嫻熟地體察別人微妙的情緒波動。可那個讓她瞬間相信了的瓊華的表情，卻有可能是作假的嗎？

到底是誰在說謊？就算白色6號球衣男生和瓊華之中真的有個人說了謊，這個唯有她偶然撞見的謊言又有什麼意義呢？

傅為螢愣在那，連白色6號球衣男生是什麼時候走的都不知道。

小隔間的氣窗開著一條縫隙。十月底的冷風鑽進來，讓她打了一個噴嚏。她揉揉鼻子，也從腦海的一片混沌裡回過了神，搓了搓胳膊，去開儲物櫃。

也許這注定是混亂的一天。

一個混亂結束，總還有下一個更大的混亂等著她。

傅為螢呆站在儲物櫃前面。

櫃子裡空空如也。她的校服外套不見了。

3

孟記大排檔的門口種著兩棵枝繁葉茂的百年老銀杏。天氣轉涼，傅為螢傍晚坐在樹下一邊穿肉串一邊發著呆，偶爾一陣秋風颳過，就被黃澄澄的扇葉落了一頭一臉。

孟嬸買菜回來，瞧見她蓬亂的短髮裡歪七扭八簪滿了銀杏葉的狼狽樣，笑著過來幫她摘葉子。孟嬸一邊摘一邊打趣她：「小傅你終於肯換衣服啦？我還以為你要一件運動服穿到畢業呢。」

傅為螢喜歡穿她的藍白色運動服，好清洗，在校外也總是這件衣服不離身，猛地換了件棉衣，孟嬸一眼就發現了。

傅為螢笑笑：「天冷了嘛。」

沒說是丟了。

她選擇運動款的校服，就是看中了它便宜耐穿。月河高中的校規很嚴，尤其在學生的著裝這方面管得滴水不漏，放眼全校，能堂而皇之不穿昂貴的正規校服的，除了她這麼一個由於家庭原因而被網開一面得到特殊照顧的，就只剩一位背景很厲害、嬌氣任性的小江王子殿下。大家都有自己的校服，誰會閒得來偷她這麼一件不值錢的破運動服？

傅為螢很納悶。

氣溫驟降，已不是一件T恤能撐過的季節了。她在N市帶來的行李中翻來找去，總算找出這麼一件能穿的墨綠色舊棉衣。孟嬸像發現了新大陸似的上下打量她，一低頭又看見她手腕上的那副全新的深藍色護腕。

「新買的呀？蠻漂亮的哦。好好的年紀，還是要打扮打扮嘛。」

「不是……」傅為螢下意識地否認，緊接著閉了嘴，「嗯。」

趁孟嬸不注意，她默默摘下護腕塞進褲袋裡。

這是籃球訓練賽那天午休時，瓊華匆匆跑來塞給她的，她也戴了一副同樣的護腕。瓊華一定要她當場戴上，然後小心翼翼地扯起自己的袖口，把手腕和她的貼在一起。手腕細得傅為螢可以用拇指和食指環過一圈還有餘的瓊華，戴起並不合宜的寬大護腕來，反倒有種奇異的嬌俏可愛感。

護腕上有顯眼的白色繡線 logo。傅為螢認得這是個很昂貴的運動品牌。

「送給你的！喏，我們的一模一樣！」

傅為螢隱約感覺到，如果說先前瓊華緊跟著她是出於剛交到朋友很有新鮮感的話，校慶過後瓊華變本加厲的表現，就很像是缺乏安全感般的患得患失了。

聯想到白色 6 號球衣男生的話，她越發覺得詭異。

孟嬸坐下來幫著挑了一會兒菜，突然道：「對了，小傅啊，你在我們家打工的事情，學校不知道的吧？」

傅為螢把自己從茫然的思緒中拔出來，眨眨眼：「嗯。」

她年紀已滿十八歲，打工並不違法，但要被校方知道，難免會有些閒話傳出來。如果更倒楣些，被強制要求辭了這份零工，她就只能帶著小滿喝西北風去了。不過孟記大排檔與學校之間距離甚遠，學生們也不會跑到這周遭來，傅為螢並不擔心會被人無意間發現。

孟嬸皺著眉，憂慮道：「我剛才回來的路上看見有個穿著你們學校校服的女孩子，不知道在這附近閒晃什麼呢。看到我像見了鬼似的，轉頭就跑了。她該不會是跟蹤你來的吧？」

傅為螢的心頭突地一跳。

4

秋天往更深處走，一場寒流讓月河的氣溫一下子又跌了好幾度。第二天的早晨，傅為螢原本還擔心自己丟了校服會被管風紀的老師訓斥，特意早了十幾分鐘出門，手裡裝模作樣地抓了本物理題冊打算假裝專注於邊走路邊演算習題，以迴避與風紀老師的視線接觸。一直心驚膽戰到了校門口的小路上，她才發現因為驟然降溫，大家都不約而同地在校服外面罩上了厚外套。

她的變化也就不是那麼顯眼了。

傅為螢鬆了一口氣，沒提防就被後面走來的人撞了個踉蹌。她手忙腳亂地抓穩了書，回頭對那個不長眼的傢伙怒目而視。

身後，江季夏摘下耳機，目光冷冷地回望她。

傅為螢：「……」

在這個所有人都鵪鶉般縮入厚重棉襖中寒風凛冽的早晨，江季夏竟然還死要風度不要命地只穿著一件白襯衫。傅為螢真想立刻衝到班上去看看，江季夏到底是在教室裡布置了替他暖手暖腳的奴僕，還是偷偷替他那至尊 VIP 座位的牆邊砌出了一個壁爐。

「C。」江季夏突然說。

傅為螢從奇葩的想像裡回過神，滿頭疑問。

第一遍早讀課預備鐘的響聲越過他們頭頂的圍牆傳出來。江季夏沒再說話，戴回耳機，越過傅為螢早一步跨過校門。

傅為螢慢了半拍地反應過來，低頭看書頁攤開的那題，再翻到參考答案，一個大寫加粗的C，赫然綴在長篇大論的複雜推導計算步驟之後。

傅為螢內心五味雜陳，屏息片刻，然後猛地一提氣：「喂，等等！」

江季夏當然沒有等她。

傅為螢踩著早讀課的整點鈴聲衝進教室，也沒有看見江季夏。

王子殿下B無端缺勤，自然引起了女生們的悄聲議論。傅為螢沒有加入議論，卻覺得身後的座位突然空了很不習慣，好似那沒了個人擋風，教室就突然冷了幾分。她心不在焉地過到了午後，班主任才喜氣洋洋地宣布了江季夏的去向。

江季夏作為學校代表，到省城N市去參加物理競賽了。

如果能順利捧回一座冠軍獎盃，那麼不僅月河高中顏面有光，江季夏本人也能獲得三十分的高考加分。

教室裡同學們的討論聲霎時「轟」地炸開。

「江季夏那成績，不用加分也是狀元沒得跑了吧！」

「給我們凡人留條活路好不好呀！」

傅為螢沒說話。她面前攤著早上握在手中的那本物理題冊，江季夏倒著瞥一眼就給出答案的那題，她花了大半天的時間，寫畫了四五張計算紙，也沒找著通往答案C的正確道路。

她也不知道自己為什麼突然就跟一道物理題認真了起來。

讀了兩次高三，只勝在比第一次讀的人提早熟悉了課本上的公式定理而已。事實上她並不擅長理科，等課本講完了，做起習題來，那麼一點微弱的優勢早就散得杳無蹤影。

偏偏她能夠學習的時間，也就只有在學校的短暫一天而已。

答應了要帶小滿回N市，高考說什麼也不能搞砸啊。

聽著教室裡亂哄哄的聲音，傅為螢有點煩躁地丟下了筆，搔亂一頭短髮。她為人生大事煩躁著，哪還記得一件離奇失蹤的校服。也就沒有料到，一件不起眼的衣服，竟會成為讓她平靜生活土崩瓦解的暴風雨的伏筆。

放學鐘聲敲響，傅為螢收拾書包起身，準備照常去孟記上工。她剛走到樓梯口，就被班主任覃老師攔住了。年輕的老師臉色沉肅，很為難似的抿著嘴脣，沉默了片刻，才低聲道：「傅為螢，你來一下。」

她被帶到了訓導處。

通常被叫到訓導處的學生有兩種。江季夏那種雲端之上的，學校有求於他、不得不放低姿態三催四請的優等生，以及頑劣不堪、惹了禍的壞學生。

傅為螢不是校方另眼相待的優等生，卻也並非桀驁不馴的壞學生。

她是沒來過訓導處的。

學生之間把訓導處傳得好似龍潭虎穴般恐怖，可真正來了，才發現這裡與普通的教師辦公室也沒什麼不同。

沒什麼不同，也就沒有什麼特別的地方吸引傅為螢的眼睛。所以，她第一眼的目光，就落在了訓導主任手中抓著的衣服上。

熟悉而陌生。

運動服外套，滌綸材質，印著「月河高中」的字樣。熟悉的是那衣領和袖口因她經常穿著而造成的斑駁褪色，陌生的是她一向珍惜對待、從未懶怠過洗曬的衣服上，此刻居然沾著木屑和深色的顏料碎片。

慘遭暴力損毀的原《灰姑娘》舞臺劇宣傳看板的碎片。

訓導主任的臉色陰沉得可怕：「傅為螢，這件衣服是不是你的？」

5

傅為螢傻了。她怎麼也想不到，事情竟然會發展成這樣。

據說，她的外套是某班學生課後值日時偶然在學校的垃圾場發現的，再晚一刻，垃圾處理廠的回收車就要來了。用氣急敗壞的訓導主任的話說，就是「千鈞一髮之際」「差點就要被毀屍滅跡死無對證」。

訓導主任面紅耳赤，把桌子拍得震天響。傅為螢低頭站在桌前，一言不發。既然訓導主任不相信她的校服是意外弄丟的，那麼也就沒有什麼別的話好辯解的了。

畢竟她也不能逃避現實，硬說這衣服不是她的。

和江季夏標誌性的白襯衫一樣，月河高中的所有人都知道，數月如一日從不離身的寬大褪色的運動服，是她傳為螢獨一份的。

班主任覃老師到底還年輕，沒有被校慶的榮耀沖昏頭，暫且站在了傳為螢這邊，在一旁幫忙苦勸著：「這事還沒個準呢，不能單憑一件衣服就給學生定罪啊。」

好不容易抓到了差點讓校慶的榮光蒙上陰影的「嫌疑人」，訓導主任激動得喉嚨沙啞：「好吧，就算單憑衣服不能，這東西又要怎麼解釋？！」

傳為螢退了一步，才沒被訓導主任盛怒之下扔過來的重物砸到腳尖。

值日生撿到外套時，衣服裡頭還包著一把榔頭。榔頭上當然也有碎屑。

覃老師勸不住訓導主任，只能回頭催促傳為螢：「你自己也說兩句啊！」

孤零零的一個人，孤零零的一張嘴，能說什麼呢？

只能說：「不是我。」

那天，傳為螢在訓導處足足站了三個小時。

訓導主任問得口乾舌燥，可到底也沒能盤問出什麼有用的東西來。好不容易抓到浮出水面的「嫌疑人」，訓導主任不願輕易放過，於是放下話來，若傳為螢無法證明《灰姑娘》舞臺劇的宣傳看板損毀事件非她所為，就將受到處分。

證有罪容易，而要證清白，何其難也。更何況還是自證清白。

這件事在學校裡傳開，是隔天上午大課間的時候。

傳為螢去找了瓊華。往常都是瓊華殷勤地跑到一班來找傳為螢，這還是第一次，傳為螢主動去文科的樓層。

原以為早已不了了之的宣傳看板損毀事件竟還有後續。他們坦蕩磊落、熱情善良的王子殿下A，居然有可能是「嫌犯」！這逆轉可太厲害了，月河高中為此而近乎沸騰地熱鬧起來。傳為螢和瓊華在樓梯口說話，這個消息一傳十，十傳百，最後周圍明裡暗裡不知擠了多少副窺探的眼耳。

當然了，學校裡幾千個學生，到底還是沒有現場耳聞目睹兩人對話的居多。便有好心的目擊者爭先恐後向局外人轉述，加油添醋使故事越發生動。

「可惜你沒看見，瓊華直接痛哭出聲呢！」

局外人不明白：「她哭什麼啊？」

「以為交了個真心義氣的朋友，結果對方就是害慘她的兇手，可不得哭嘛。」

未能親歷現場的局外人到底存了幾分理智：「怎麼就確定是傳為螢幹的呢？」

「已經鐵證如山了呀。聽說是用校服外套包著榔頭扔在了垃圾房。」

「可是後來新的宣傳看板不是傳為螢熬夜做的嗎？砸一個又重做一個，她圖什麼啊？」

目擊者被問倒，頓了好一會兒，突然很篤定地大聲叫起來：「自導自演一齣英雄救美的大戲唄！先砸了舊的宣傳看板讓人家走投無路，然後若無其事地挺身而出，救人於水火之中，多光彩啊。」

嘩，原來他們的王子殿下A，竟然是個無藥可救的「王子病患者」呀。

既然瓊華的事情如此，那麼以前的那些，想必也是別有目的的逢場作戲吧。

大家越想越確信這便是真相，頓覺被欺騙了感情，態度陡然轉變，原本有多熱烈擁護王子殿下A，如今就有多嫌惡痛恨她。校方還未正式宣布處分，他們就已然將傅為螢看作「真凶」。先前籃球賽時搶也搶不著的貼有傅為螢的照片的應援扇，被畫上了惡意的塗鴉，把教學大樓前的垃圾桶填得滿滿的。

境遇與傅為螢截然相反的，是瓊華。

那天上午，傅為螢去找瓊華，希望瓊華能幫忙在訓導主任面前說句話。傅為螢並沒有覺得這是多麼過分的請求，無論白色6號球衣男生的話是否屬實，無論瓊華當初接近她是為了什麼，至少眼下她們已經算是朋友了。瓊華的反應也確實如此，雖然當場委屈地失聲痛哭，但還是如傅為螢所願，連聲表示相信她。

可在圍觀者的眼中，瓊華的話卻另有深長的意味。

「果然瓊華也知道是傅為螢幹的！」

「只不過是看在朋友的情分上，委屈自己來袒護傅為螢吧。」

唉唉，心軟善良的可憐人啊。大家慨嘆著。從同情產生好感，再從好感產生親近，實乃人之常情。

原本毫無存在感的瓊華，一躍成為月河高中的焦點人物。

6

學生們自覺被欺騙了感情，自以為正義地為瓊華打抱不平，因而對傅為螢進行了所謂的懲罰報復——胡亂畫她的作業本，在各種需要分組合作的課上故意讓她落單，往她的課桌桌面上刻「騙子」、

「戲精」什麼的。這些對傅為螢本人而言，卻都不過是幼稚的意氣之舉罷了。除了覺得補寫作業、獨自完成原本要幾個人完成的課堂實驗，以及向班主任申請換課桌有點麻煩之外，她並未因身處流言蜚語的漩渦中心和被人排擠疏遠而一蹶不振。

畢竟她早已經歷過遠甚於此的人生災難。

她在月河鎮，只是個過客，來到此處，是因為一個意外。且早晚，她是要帶著小滿離開的。

在那之前，打工賺錢、讓小滿吃飽穿暖、將兩人在月河的生活維持下去，才是對她而言唯一重要的事情。至於天真和氣的友情遊戲，有就有，沒有也無傷大雅。

又一個普通的清晨。傅為螢搗著酸痛的脖頸醒過來，才發現自己趴在桌上，手裡抓著筆，臉枕著作業本就睡著了。

睡得不安穩，也就記不太清楚，究竟是做了夢還是沒有。

客廳的窗簾沒有拉上，熹微晨光投射進來，一塊畸形的光斑落在斑駁骯髒的牆面上。傅為螢轉頭看一眼牆上的掛鐘，此時比她平時起床的時間還早許多。

她起身到臥室裡看了一眼，小滿還睡得很熟。

傅為螢鬆了一口氣，抬手揉了揉臉。被書頁壓出痕跡的臉頰很疼，脖子很疼，頭也隱隱作痛。渾身不舒服，橫豎是睡不著了，她索性去廁所用冷水洗了把臉，讓大腦清醒過來，開始做早飯。

剛把雞蛋打進鍋裡，家裡的電話就響了。

來電顯示是個未知號碼，來自S市。

傅為螢一愣。

無論是她和小滿，抑或是已去世的那兩人，都沒有S市的親戚熟人。擔心是方郁跑去外地招惹了麻煩，也擔心電話鈴聲再響下去會把小滿吵醒，她猶豫了一瞬，還是接起來。

那頭是個很年輕的女聲：「您好，這裡是S市《藍櫻桃》雜誌……」廚房裡突然傳來一陣劈哩啪啦的油點飛濺的響聲。

傅為螢想起自己剛才忘記順手關火，匆匆說了句「對不起你打錯了」就連忙掛斷電話，衝回灶臺邊。好不容易收拾了一片狼藉，重新倒上油，就聽身後傳來小滿的聲音：「姐姐，誰的電話？」

「別過來，這邊油煙重！」傅為螢緊張地把她趕遠幾步，「沒聽清楚，應該是搞推銷的吧。自己去刷牙哦，馬上就可以吃飯了。」

「噢。」沒一會兒，小滿咬著牙刷又轉回來，「對了姐姐，我在垃圾桶裡看見了你的作業本。好好的本子，幹嘛撕了扔掉啊？」

傅為螢打雞蛋的手一抖，幾片碎蛋殼跟著落進鍋裡。

她趕緊手忙腳亂地撈起來，才道：「放在包裡被書壓著了，往外掏的時候不小心扯壞了……丁小滿小同學，你今天早上問題怎麼這麼多，快去吐了牙膏沫準備吃早飯！」

有言道，屋漏偏逢連夜雨。

有言道，禍不單行。

說的都是一個意思——人在以為自己已經很倒楣很倒楣的時候，總還能更倒楣一些。

送走小滿，洗刷了鍋碗瓢盆，傅為螢才拿起單肩書包出門，開始自己的一天。

幼稚的破壞活動暴風雨般密集地進行了幾天，總算消停下來。傅為螢久違地得以安然上了一天的課，照例放學鐘聲一敲響就起身走人。經過那天和瓊華說話的樓梯口時，她的步伐頓了一頓，恍惚間發覺，那天以後，她沒再見過瓊華了。

想來瓊華如今也不缺朋友了吧。不必再委委屈屈地迫切黏著誰，有的是人主動與她做伴。這樣也好。

傅為螢輕嘆了一口氣，舉步走出教學大樓。

她趕到孟記時，距離上工的六點鐘還有幾分鐘。往常此時，孟記已經開張了，孟叔在廚房洗洗切切，孟嬸拿著掃帚簸箕打掃衛生，有時忙著忙著就吵起嘴來，兩個人能吵出宵夜時間客人爆滿的動靜。可是這天，捲簾門居然還上著鎖，傅為螢疑惑地把耳朵貼上去聽了聽，店裡一片寂靜，繞到店後面，還好廚房的小偏門開了一條縫。她擔心地朝門縫裡喚：「孟叔？孟嬸？出什麼事了嗎？」連喊了幾聲也沒人應。

透過廚房的窗戶往店裡看，隱約能瞧見燈光。人明明在裡頭，怎麼就是不出聲呢？

傅為螢視孟叔孟嬸如親人，心裡便不由得一驚，急忙推門往裡衝。因為孟記的店面是狹長的形狀，所以她第一眼先看見了坐在靠廚房的餐桌邊的孟叔，孟叔已換好了幹活的白褂子，卻只顧悶頭抽煙。第二眼，看見的是雙手緊緊握住圍裙邊，臉色蒼白的孟嬸。

孟嬸聽到腳步聲，回頭，失聲叫道：「小傅你別進來——」卻已經遲了。

傅為螢第三眼，才看見狹長的店面的另一頭，白熾燈冷光下站著的兩個人。臉色鐵青的訓導主任，還有一臉難色的班主任覃老師。

若非場景與先前在訓導處時不同，一切便宛如倒帶重演。

而這一次，傅為螢終於被扼住了命門。

7

傅為螢被帶回了學校。

這時，社團活動尚未結束，大部分學生都還在校。「傅為螢被訓導主任和班主任親自押進校門」的消息一時間傳遍了校園，運動社團的馬上拋開了剛才爭搶不休的球，美術社團的馬上丟了畫筆，音樂社團的馬上放下了樂器，紛紛跑到訓導處門口探頭探腦。

他們當然探聽不到什麼。

訓導處大門緊閉。僅僅一門之隔的屋內，訓導主任正在大發雷霆。

傅為螢復讀高三，身份證上已滿十八歲，已經到了合法打工年齡。但以縣城中學的保守，還是無法允許在校學生擅自出去打工。

「影響風紀！榜樣很壞！」訓導主任聲嘶力竭地拍著桌子。

傅為螢乖乖地垂首聽訓，直到訓導主任口中吐出「辭職」二字，她才觸了電似的陡然抬頭：

「不——」

訓導主任因訓斥累了而消下幾分的火氣頓時又燃起來：「還敢頂嘴？！」

沉默許久的覃老師站出來，拉住訓導主任，轉頭對傅為螢道：「有人把你打工的事情舉報到了學校。」他遞過一個牛皮紙信封來，「同樣的東西，往家長會的公用信箱裡也投了一封，現在家長們的意見很大。我理解你的困難，但是……」

傅為螢的腦海中因混亂而出現了片刻的空白。

她以為是自己倒楣，被訓導主任在回家的路上無意間親眼撞見了，才乖乖聽訓。畢竟訓導主任前些日子剛在內城河東南的位置買了幢兩層樓的房子，這在學校裡不是祕密。

可是……舉報者另有其人？

傅為螢突然轉頭，與覃老師的目光對上。

覃老師彷彿看穿了她想問什麼，苦笑著搖搖頭：「匿名舉報。」

傅為螢眼下有兩大人生目標，眼前的短期目標是打工賺錢、養活小滿，長遠目標是考上大學，帶小滿回到N市。當這兩個人生目標發生衝突時，當然是後者優先。

訓導主任以開除學籍來威脅傅為螢辭去工作。

傅為螢咬著牙，終究還是妥協了。

她最後一次去孟記大排檔那天，孟叔沒有露面，而孟嬸抓著她的手連聲嘆氣，到頭來也沒能說出什麼話。傅為螢回家後才發現，孟嬸趁她不注意時，偷偷往她衣服口袋裡塞了一個厚厚的紅包。

紅包裡的錢，比這個月理應結給她的工錢多出數倍有餘。日子多苦、多受人誹謗排擠也沒有哭的傅為螢，那瞬間卻鼻頭一酸，落下淚來。

在此期間，學校裡也不平靜。
圍觀者們在訓導處門口一無所獲，但這並不妨礙他們發揮豐富的想像力。當晚似乎是某位家長無意間告誡了孩子「和做那種事情的壞學生保持距離」，第二天一早，「傅為螢和社會上的人混在一起」、「傅為螢在偷偷參與奇怪危險的工作」的消息就擴散開來。
僅存的寥寥無幾的一些中立者，終於也站到了敵視傅為螢的那一面去了。這天下午第四節上生物實驗課，兩至三人一組，做植物細胞有絲分裂的觀察。
傅為螢並不意外自己會再度落單。但生物老師是個只顧埋頭做學問的老學究，並不清楚教務風紀方面的事情，也不清楚學生之間的流言蜚語，見其他學生都三三兩兩湊成了對，只剩傅為螢孤零零地站在那，馬上推推老花鏡厲聲道：「你怎麼沒跟人分組？」
傅為螢抿了抿唇，道：「老師，我一個人也可以的。」
「至少得要一個人做觀察，一個人記錄！你自己怎麼能行。」生物老師的態度很堅決，環顧教室一周，問，「有沒有哪個兩人組願意和傅同學擠一擠？」
教室裡鴉雀無聲。
和沉默著的眾人相比，大聲讓她成為視線焦點的生物老師，反倒是最無惡意的一個。
傅為螢知道的。
可是生物老師毫無惡意的固執，卻讓她感受到了前所未有的尷尬與難堪。
她不會為這些幼稚的仇視目光而受傷，並不意味著她不會覺得難堪。就在她幾乎承受不住，險些就要沒出息地奪路而逃時，一個聲音突然在她身後響起。

「抱歉，老師，我來晚了。還有沒確定分組能跟我搭檔的同學嗎？」

那聲音仍如玉石般清冷，不過數日未曾聽見，卻彷彿相隔經年。

傅為螢突然回頭，隔著大半個生物實驗室，看見了門邊的江季夏。

8

時隔一週，江季夏回到了月河。

競賽其實只花了週末兩天時間，他本該週一就回來的，然而瓊家托人帶話，要他幫忙捎些東西。江老夫婦出國前再三叮囑，要他留心照顧瓊華，父母之命難違，江季夏再怎麼煩心，也只得耐下性子把事情辦妥。

瓊家出事的時候，他沒有隨父母一同來N市，故並不太清楚其中的詳情。過後想想，瓊老爺子一人落馬，瓊家失勢確實難免，卻不至於淪落到這樣分崩離析的地步。如今幫忙跑了一趟，他才終於明白原委。原來瓊華的父母經商，當初借老爺子的勢力拿下了Z省H市的新區建設項目，大賺了一筆。幾年前Z省大地震，號稱符合8級抗震標準的建築群卻在7級地震中全部坍塌損毀，造成大量傷亡，而瓊家在施工過程中使用大量劣質建材，以次充好、偷工減料的事敗露，這才落得如此下場。

「我們害人，但瓊華是無辜的。」瓊華的父親流著淚求他，「請一定要好好待她。」

江季夏幫忙辦妥了事情，但對這句請求，卻沒有應承。

這樣一來，就耽擱了數日。

校方是派了車送他去N市的。週日得到江季夏奪冠的消息後，老校長一夜沒睡，週一一大清早就帶著全體校務人員在學校門口列隊，準備撒花迎接月河高中的英雄凱旋。等車子駛入校園，車門一開，老校長一揮手，「砰」的一聲禮花齊放。可沒想到，等漫天紙花彩帶紛揚落地，眾人面前只站著一個懷抱獎盃、哭喪著臉的司機。

江季夏把專車連帶司機和獎盃一起打發了回來，本人卻遲遲不歸。

這一天，訓導主任聽說江季夏終於來了學校，連忙跑出來迎接他，搓著手說著一點也不好笑的笑話：「可真嚇死我們了！還以為你被N大附中拐走了呢！」

江季夏並不捧場，甚至連一個附和的微笑都沒有，逕自大步往校門裡走。

還是冷淡的樣子，與往常卻有些不同——竟然像有了心事。

訓導主任頓覺困惑。省物理競賽的冠軍，三十分的高考加分，多麼風光！得有多嚴重的事情，才能讓一個學生顧不上為此而歡欣雀躍？他困惑著，也脫口問了出來。

江季夏猛地停了腳步。

說出來恐怕不會有人相信，在被瓊家耽擱的這些天裡，他想回月河的心情比校長更急迫。

物理競賽的賽場設在N大附中。決賽前，對手說要盡地主之誼，帶他逛一下校園。江季夏對別人學校的老房子沒興趣，對手興高采烈地介紹的那些話，他也是左耳進右耳出。心不在焉的狀態保持到了教學大樓走廊的紀念櫥窗前，無意間掃過去一眼，江季夏的目光便狠狠地定在了那

舊照片上，長髮白裙、站在鋼琴旁朝鏡頭微微笑著的，分明是傅為螢。

「傅為螢原來是N大附中的？」

「對呀。」對方跟著看向照片，「那會兒她剛拿了鋼琴大賽的獎，全校的男生都追著她跑呢。後來傅學姐轉學，還有許多人哭了……你怎麼也認識她？」

江季夏沉默片刻，道：「她轉學到月河了。」

對手露出恍然大悟的表情：「她家出事的時候正趕上高考和期末，在大家都沒留神時，她就突然不見了。原來是回老家去了啊。」說起數月前的慘劇，男生不禁嘆息起來，「她爸是我們N市有名的外科醫生，不知道救了多少人的性命，自己卻死得那麼……好人沒好報啊。」

江季夏正盯著照片上模樣與如今截然不同的傅為螢出神，聞言猛地轉頭看向對手。

「醫生？她爸不是美院的老師嗎？！」

「你在說什麼呀。」對手一臉莫名其妙，「且不說別的，咱們N市哪裡有美術學院啊？」

原來那不僅是個沒良心的惹禍精，還是個渾身祕密的、會騙人的惹禍精。

此時看著訓導主任，江季夏開口後，才發現自己的聲音居然有些沙啞：

「傅為螢轉學過來的時候，您看過她的檔案嗎？」他並沒有得到想要的答案。

訓導主任呆了片刻，問出了和他的對手同樣的問題：「你怎麼這麼關心她？」不等應答，就暴躁地跳了起來，「你……你怎麼能和那種混帳學生攪和在一起？！」

江季夏皺了皺眉。

雖然他主觀上嫌棄傅為螢粗糙、老替他惹禍添煩，但放在大環境裡來說，傅為螢成績尚可，又熱心助人，怎麼也不至於被判定為「混帳學生」，稍微一提名字就惹得訓導主任暴跳如雷。

江季夏是何等聰明，馬上明白過來。

在他離開的這一個星期裡，出事了。

9

生物課後，傅為螢回到教室，發現自己的桌面上被貼了張紅條。這回倒不是惡作劇了，而是學校的圖書館催促還書的通知。

傅為螢這才想起，一週前，江季夏離開的那天，她一時衝動從圖書館借了本物理競賽習題冊，準備捲起袖子奮發用功來著。但隨後接二連三的波瀾完全打亂了她的生活，連帶著那本習題冊也被忘到了九霄雲外。

杵在原地琢磨了半晌，才從記憶的角落裡刨出習題冊的下落。

辭去了孟記的工作之後，她也不必著急踩著放學的鐘聲離校了。傅為螢從課桌的抽屜深處挖出習題冊來，慢慢往圖書館走去。

學校的圖書館裡白天有老師值班，放學後的幾個小時則由學生輪流值日。值日生既要管書籍借還，又要負責書架的整理和衛生清掃，難免有分身乏術的時候。傅為螢見借書臺後的座位空著，便往書架間走了幾步，叫道：「哈囉，值日生?值日生你在嗎?」

她一邊叫，一邊朝四下張望，冷不防在書架轉角處撞到了一個人。這一下撞得不輕，傅為螢踉蹌著往後退了半步才站穩。她摀著被撞疼的鼻子抬起頭，目光透過朦朧的淚花對焦了半晌，終於看清對方。

她馬上瞪著眼跳起來：「你怎麼會在這裡？！」

想來N市一行並未能讓對方壞死的顏面神經有任何好轉，還是那張沒表情的臉。他惜字如金地沉默著，朝門邊的小黑板的方向抬了抬下巴。傅為螢轉頭看過去，黑板上用白粉筆寫著斗大的五個字——「值日生 江季夏」。

傅為螢一愣。

江季夏一臉沒耐心等她反射弧跑完的樣子，走到借書臺邊，轉身，伸手。傅為螢「噢噢」兩聲，回過神，把書遞過去。圖書借還，照例是要由管理員和值日生檢查書籍狀況的。江季夏接過習題冊隨手翻了兩下，發現裡面有一些紅筆寫畫的痕跡，於是抬起頭淡淡地瞥了嫌疑人一眼。

「嗯？」傅為螢發出一個茫然的單音，低頭看看書頁，又看看江季夏，遲鈍地反應過來，馬上激烈地辯白，「不是我幹的！！」

江季夏環起手臂，等她解釋。

「因為這本習題冊我借回去後根本就沒有看過！！」

江季夏：「……」

傅為螢氣壯山河的一嗓子吼完，半晌等不到江季夏出聲，就偷偷去瞄他的臉。嗯，該怎麼說呢——同樣還是面無表情的樣子，但眼角眉梢好像露出了一點被打敗的神情。良久，才聽他嘆了口氣：「算了。」

江季夏收了習題冊，翻出圖書借還名簿勾去傅為螢的名字，然後自顧自越過高大的書架往窗戶那邊走。傅為螢緊緊跟過去，才發現他剛才既不是在打掃衛生也不是在整理書架，而是席地坐在窗下，倚著靠牆的矮書架在看書。

圖書館在一樓，後窗鄰著操場。暮秋的傍晚，晴朗且微微有風。微風輕輕拂起垂地的純白紗簾，同時遙遙送來運動社團的喧囂吵嚷之聲。

分明喧囂吵嚷，卻給人一種極安然寧靜的感覺。

小江王子到底還是嬌弱懶散的，能坐著絕不站著。他撿起書，一抬頭，見傅為螢還杵在面前，不禁揚眉：「還有什麼事嗎？」

傅為螢無措地抓了抓衣角。

倘若將時間倒回一週以前，她絕不可能相信，她會有心甘情願地對江季夏說出這句話的一天。她蹲在江季夏的面前，咬咬牙，道：「剛才生物課上，謝謝你。」

「謝我什麼？我只是不想沾一手的洋蔥味。」

那一臉「愚蠢的人類你想太多」的表情實在可惡。針鋒相對成了習慣，傅為螢條件反射地就想吼回去，但千鈞一髮之際，她冷靜了一下，發現邏輯漏洞：「不對啊。老師課前就解離漂洗過了，哪裡還有味道啊。」

「喂，江季夏。江季夏你抬頭看我一眼。」

江季夏被吵得頭疼，沒好氣地從牙縫裡擠出兩個字：「幹嘛？」

「你該不會是難得做件好事，害羞了吧？」

傅為螢歪著腦袋，咧著嘴角，笑出一口整齊漂亮的白牙，眼底浮出饒有興味的狡黠光亮。那笑容竟十分的純澈明朗，不像遭受過一夜間父母雙亡的打擊，也不像正深陷於惡意和流言的漩渦之中。

江季夏忽然間有種說不上來的心煩意亂，「啪」地將書一闔：「你這人到底——」

話剛起了個頭，忽然聽到有人推門走進圖書館。

江季夏猛然意識到自己錯了。

因為他分明看見，傅為螢眼中明亮的笑意如潮水般霎時退得無影無蹤。她驚弓之鳥似的跳了起來，好像生怕被人看見和他獨處於此，這就要奪路而逃。

江季夏理不清自己在這電光石火間的想法，他從來就是個說到做到的人，他早就發過誓，絕不再一時衝動對這個惹禍精做什麼多餘的事情了。

咬牙切齒地發誓的是他，在傅為螢轉頭想跑的瞬間抬手用力拉住她的手腕的，也是他。

傅為螢蹲得久了，腿有些發麻，使不上力，被江季夏這麼一拉，身體頓時失去平衡，整個人重重地摔在江季夏的身上。她下意識就要叫，卻被江季夏眼明手快地用另一隻手摀住了嘴。

彼此之間的距離極近。

幾乎是額頭抵著額頭、鼻尖抵著鼻尖的距離。傅為螢甚至在江季夏顏色淺淡的眼珠中看見了一個愕然瞪圓了眼的自己。

她聽見江季夏說：「噓。」

厚重的精裝硬殼書掉在地上，砸出一聲悶響。

來的是兩個男生。隔著一排書架，其中一個停止了說笑，問：「什麼聲音?!」

另一個茫然反問：「什麼『什麼聲音』？」

操場那邊結束了比賽，歡呼聲震天響，在圖書館都能聽得一清二楚。

「可能是我聽錯了吧。往圖書館裡藏漫畫的不是你嗎？警惕一點行不行啊！被抓住可就完蛋了啊！到底塞在哪裡了，趁值日生不在趕緊拿了走人啊！」

或許是覺得同伴的警告有理，另一個趕緊供認了藏匿地點。只聽借書臺那邊一陣窸窸窣窣的聲響，兩人挖出偷藏的漫畫，一邊擊掌慶賀著勝利，一邊迅速撤離「作案」現場。

圖書館是木製的推拉門，闔攏時發出「砰」的一聲，鎖住了滿室寂靜。

遠遠的，操場上的歡呼聲也停了。

江季夏屈膝坐在窗下，一手還拉著傅為螢的手腕，一手摀在她唇上。傅為螢姿勢有些彆扭地單膝跪在他身前，雙眼瞪得溜圓。兩人一時間都沒有動作，唯有他們身後長長的紗簾被風吹得揚起來，證明著時間的流動。

直到風也止息，紗簾又重新垂落下來，落在傅為螢背上，將她和江季夏籠入一個狹小的，除了彼此眼底之外再無處容身的空間裡。傅為螢眨了眨眼，觸電似的掙開江季夏的手，幾步蹦得老遠。

「你……你幹嘛啊！」她臉漲得通紅，「做賊似的……」

見傅為螢亂了陣腳，江季夏反而冷靜下來。

「既然不是做賊，那你為什麼要逃跑？」

傅為螢深吸一口氣，就要否認。

江季夏直接戳穿她尚未脫口的違心之言：「你其實是害怕正面碰上他們吧？」

一針見血。

藏進心底裡，到最後連她自己都險些被矇騙過去，以為真的就不存在了的真實情緒，江季夏居然一眼就看見了。傅為螢將深吸的那口氣緩慢地吐出來，低聲道：「那兩個人，是校籃球隊的。之前去訓練賽做外援的時候，我們是隊友……如果沒有正面遇上，也許就可以假裝還是朋友吧。」

江季夏其實有許多話想問她。

比如她的家庭，比如她陡然的形象轉變，比如這一週時間裡她的心情。

可是他張了張口，吐出的竟是一句：「傅為螢，你是不是很缺錢？」

「連你都知道了啊。是誰這麼大膽，敢找你聊八卦？」

江季夏沒有接她這句自嘲，只用一雙顏色淺淡的眼珠盯著她看。

傅為螢沉默了，似乎是在思考。片刻後，她輕輕笑了一聲。

「不。」她說，「其實，如果按口袋裡有的可以自由支配的錢來算，把學生排個名次，搞不好我是咱們學校最有錢的人。」

江季夏一愣：「那你怎麼還……」

傅為螢打斷他：「但是，還不夠啊。」她再度咧嘴笑起來，還是一口整齊漂亮的白牙，可那笑容分明是有點苦的，「還不夠，還要存很多很多才行啊。」

10

丁寧生、方倩夫婦車禍身亡，留下的遺產歸小滿繼承。但因小滿年幼，便由方倩的妹妹方郁做監護人，撫養小滿並在其成年前保管財產。按理說，小滿的生活費也應從丁氏夫婦的遺產裡出，然而方郁防傅為螢如防賊，一分錢也不肯給。這位小姨混帳荒唐，傅為螢只好打工來賺錢養家——她雖動不了那份遺產，可那錢是否存在，還是有很大的不同的。知道有那麼一筆錢在那，真發生了什麼的時候能拿來應急，總是讓人安心的。

傅為螢對眼下自己肩頭的重擔並無怨言，甚至覺得，等到小滿十八歲，將一份完完整整的家業交還給她，是個很好的主意。

沒了孟記的工作之後，傅為螢鄭重地算了一筆帳。月河鎮的生活開銷不大，她自己過得節省，有穿有住又不用付房租，已存下的工錢加上孟嬸給的紅包，勉強能撐到明年六月高考。話說回來，也確實到了該專心衝刺高考的時候了，她最近幾次隨堂測試的成績都不理想，物理尤其慘不忍睹。班主任覃老師教物理，在打工之事敗露後更留心照顧她，三不五時就在放學後召她去辦公室補習。

這天同樣守著她做完了兩套模擬試題，批改後把錯處細細為她講解了，才放她回家。

要說傅為螢在月河鎮感激的人，除孟叔孟嬸之外，就是覃老師了。

她從不拒絕覃老師的好意。要補習的日子，就一早做好小滿的飯，用保鮮膜封好放在冰箱裡。小滿十分懂事，會用微波爐也會自己洗漱鋪床，只要方郁不惹事，傅為螢是很放心小滿獨自在家的。

方郁比姐姐方倩小兩歲，也三十好幾的人了，卻沒個正經工作。她性格尖刻，喜怒不定，酗酒、賭博，怎麼荒唐怎麼來。她守著祖宅的這間平房過活，但其實回家過夜的次數並不多，傅為螢知道她大部分時間都窩在城南的一家撞球室裡。

方郁要嘛不回來，一回來，必定是帶著麻煩的。

不是酒醉發瘋，就是又欠了錢，被人追得無處可逃。傅為螢走到巷子口時，夜已深了。理應萬籟俱寂的時刻，巷子裡卻吵吵嚷嚷的，幾道粗啞的男聲在說著低俗的玩笑話，偶爾發出輕佻的口哨聲。她心頭一跳，大步走上前。

巷子裡沒有燈，藉著下弦月的微光，她看見幾個混混模樣的年輕人正用油漆往方家的外牆上寫著不堪入目的詞句。傅為螢認出了其中一個人，是方郁在撞球室的「朋友」。

「你們幹什麼呢？！」

傅為螢的呵斥讓幾人齊齊回頭。

那個方郁的「朋友」似乎是帶頭的，陰陽怪氣地道：「方郁欠了錢，也不回家，不知死到哪裡去了。我們就在她家門口留兩句話，提醒她別忘了。」說著眯眼打量傅為螢片刻，「咦，你不是方郁的那個便宜外甥女嗎。怎麼，你要替她還？」

原來方郁沒回來。傅為螢鬆了口氣。

「我幫她還，你們就滾嗎？」

對方嬉皮笑臉：「那得看你能還多少了。」

傅為螢摸了摸口袋，裡頭有幾百塊錢，本來是準備交小滿在幼兒園的午餐費的，還沒來得及給出去。對現在的她來說，這是一筆不小的錢。

心裡默念了幾句「破財消災」，傅為螢把錢扔過去。

對方用手指沾了口水點了點，變了臉色：「這點錢，糊弄誰呢？！」

他朝左右的人使了個眼色，幾人紛紛扔了刷子和顏料桶，獰笑著朝傅為螢逼近。

「那你們還想怎麼樣？」

巷子的左右牆角處擺著沿路人家的雜物，多是沒用又不捨得扔的破爛舊物，好多年都不會動的。傅為螢回憶著雜物擺放的位置，一邊冷靜地說著話，一邊後退半步，不動聲色地往一口水缸的蓋子上摸過去，將一根細鐵管握在手中。

然後，在混混們跳起撲向她的同時，疾風般橫掃了出去。

縣城裡的混混，空有一身蠻力，但要論打架技巧，卻是遠遠不及曾為逃避母親魔鬼式的鋼琴訓練而躲在武館玩了整個小學時代的傅為螢。傅為螢顧念著家裡的小滿，手下不留情，眼光裡亦帶著狠，甚至讓慣於打架滋事的混混們也感到幾分膽寒畏懼。最後那帶頭的人丟下一句「這事沒完」，就帶著鼻青臉腫的同伴灰溜溜地跑了。

等他們的身影消失在巷子的盡頭，傅為螢才踉蹌一步，朝前栽去。

她勉強用細鐵管撐住自己的身體，總算沒摔個五體投地。

對方畢竟占人數多的優勢，她在混戰中難免吃了幾拳幾腳。額角溼熱，怕是流血了，腹部被踹了個正著，也疼得厲害。傅為螢就那麼狼狽地支著細鐵管，垂著頭，在原地喘了好一會兒，等呼吸平穩了，才丟了鐵管伸手推門。

客廳裡遍地狼藉，卻沒有往常方郁回來過之後濃郁刺鼻的劣質酒精味。傅為螢心頭一顫，大步走向書桌。

為防方郁偷拿，存摺和大面額的現金她都是鎖在抽屜裡的，還另上了兩把銅鎖以求雙重保險。然而現在，銅鎖被撬開了，抽屜盒倒扣在地上，雜碎的小物件撒了一地。最關鍵的，存摺和現金已不翼而飛。

頭上流了血，傅為螢有些暈眩。她起身太快，身體晃了一下，扶住桌子才站穩。

她擦了擦臉，又去看方郁的房間。

房裡空空如也。

方郁一直放在床頭櫃裡的身份證件，偶爾會回來拿的換洗衣物，都不見了。傅為螢知道自己的人生不算順遂，心底卻還存著一絲天真的僥倖，所以沒能料到，現實竟然能對她殘忍到如此地步。

方郁連夜逃走了，並且帶走了家裡全部的現金和存摺。

傅為螢一時間只覺得手腳冰涼。忽而又有另一種不祥的預感襲擊了她。

她剛才翻找東西的動靜不小，這要在以往，小滿早就被驚醒，從臥室探頭出來叫「姐姐」了，可是今天毫無聲息。傅為螢的心狂跳，趕緊轉頭去小滿和自己的臥室。

「小滿？你睡了嗎？」

臥室的門沒關緊，輕輕一推就開了。房裡空無一人。床上被褥淩亂，伸手一摸，卻是冰冷的。

「小滿？！」

接連的狂風驟雨，都不及這壓到她身上的最後一根稻草來得兇狠。傅為螢終於崩潰了。

11

江季夏想不到自己跟這個叫小滿的孩子如此有緣，居然在他們並肩舔過棒棒糖的內城河畔又碰見了。

只不過時間不太對。他抬腕看了看錶，已是晚上十點多了。月河鎮民風再淳樸，治安再好，這都不該是小孩子獨自坐在河邊石階上發呆的時候。

張嫂還等著他手裡的這瓶黃酒來醃明天午餐的排骨。江季夏在原地默然思索片刻，腳下拐了個彎，走到小滿身後。

「喂。」

他看見那小小的背影一抖。

小滿回過頭來，臉上的神情竟極驚惶，像是受了什麼極大的驚嚇。看清他的樣子之後，小滿才鬆了口氣：「啊，是感冒的大哥哥呀。」說著還高興地揮了揮手，「你的病好了嗎？」

「半個月還不痊癒的感冒是絕症了吧。為什麼一個人在外面？你姐姐呢？」

「姐姐留在學校補課。」

江季夏點頭，他知道班主任幫傅為螢課後補習的事情。

小滿接著道：「小姨回來了，把家裡翻得亂七八糟，外面還有壞人在大吼大叫。我害怕，就偷跑出來了。」

「壞人？」

「姐姐說，小姨在外面胡鬧，欠了別人許多錢。但那些借錢給小姨的人也不好，借多少，都要還幾倍的。」

賭博？借高利貸？

監護人如此作為，所以傅為螢才那麼急著要錢？江季夏皺起眉。

「我先送你回家。」

小滿似乎很喜歡他，高興地站起來，伸手牽過來。夜間風大，不知小滿已經出來多久了，小手凍得冰涼。小滿樂呵呵地跟著他走了幾步，又遲疑地垮下了肩膀：「可是姐姐還沒……」

「如果她還沒回來，有我在，你不用怕。如果她回來了，找不到你，該有多著急？」

小滿被說服了。有了安全感，就又囉唆起來，一路上絮絮叨叨的：「對了大哥哥，我還不知道你叫什麼名字。」

「江季夏。」

「怎麼寫？」

「禾子季，夏天的夏。」

「噢。你媽媽姓季嗎？」

「不。」江季夏頓了頓，「夏天的三個月，舊曆中是四、五、六這三個月，又叫孟夏之月、仲夏之月、季夏之月。我在舊曆六月出生。」

「這樣噢。」小滿眨眨眼，突然叫，「小夏！」

江季夏沒反應過來：「嗯？」

「夏天裡最小的一個月嘛，就小夏啦。」

從甜甜的一口一個「大哥哥」，到不客氣的「小夏」，這落差未免也太大了吧？

「我上頭還有兩個哥哥，大哥叫江孟夏，二哥叫江仲夏，你看見他們要怎麼叫？」

小滿「噢」了一聲，沉思片刻後很認真地宣布：「那就大夏和二夏吧。」

江季夏想想自己那嚴肅克己、社會精英的大哥，再想想風流倜儻、玩世不恭的二哥，善良地保持了沉默。

說話間，他們已經走到百花巷口。

慌亂虛浮的腳步聲在夜深人靜時傳得很遠。江季夏應聲望去，只見一個人影跌跌撞撞地衝出了巷子口。那人惶然地四下張望著，很快就像感應到什麼似的，朝他們——準確地說，是朝小滿的這個方向看過來。

小滿平安無事。

在確認了這個資訊的瞬間，她強撐著的最後一口氣彷彿瞬間抽離了身體似的，膝蓋一軟，眼看著就要跪倒在地。

江季夏鬆開了小滿的手。

在傳為螢的膝蓋即將狠狠跪到青石板地面的那一刻，他拉起了她。

12

傅為螢燒了熱水給小滿擦臉洗腳，重新鋪好了床，讓小滿暖暖和和地去睡覺。此間小滿不停偷瞄著她，想問什麼又不敢的樣子。傅為螢感受到了小滿的目光，也知道小滿受了驚嚇，要及時寬慰才好，可是她實在太累了，心裡再不忍，也只能摸摸小滿的頭，低聲留下一句「快睡吧，明天再說」。

她回到客廳，翻出醫藥箱來，簡單處理了一下自己的傷口。腹部還隱隱作痛，不知道有沒有內傷，但這麼晚了也沒辦法細查，只能先忍耐著。

做完這些，她又拿家裡用舊的不鏽鋼盆打了水，抓著抹布和刷子出了門。

左右鄰居都是老人家，讓他們看見牆上那些汙言穢語不好，得在天亮前洗掉才行。

她以為江季夏早就走了。

畢竟，以江季夏式的孤傲冷淡，能幫忙把小滿送回來已經算是發了天大的善心了。

所以，在聽見門外有節奏的「唰唰」聲時，傅為螢險些絆倒在門檻上。

她震驚到結巴：「你……你怎麼還在啊？」

深更半夜的，江季夏不知從哪裡弄來了清潔劑和硬毛刷，挽了袖子，正在默默刷洗著牆壁上的塗鴉。不過小江王子就算幹起粗活來也不改嬌貴本色，裝備裡竟然還包括了口罩和橡膠手套，全副武裝起來，彷彿皮膚沾到牆灰和塗料水就會當場感染愚蠢的人類病菌撒手人寰一般。

連生物課上解離漂洗過的洋蔥都不想碰的江季夏，在刷牆。

這畫面實在太詭異了。

傅為螢有點看不下去了，上前去攔他：「還是我自己來吧。」

江季夏正好彎腰涮洗刷子，傅為螢撲了個空。

這人真的有不論何時何地都能瞬間把她的感動吹到外太空的超能力。她凶巴巴地叉起腰：「喂！」

江季夏慢條斯理地洗了刷子，又擠了些清潔劑，繼續刷牆。

「就算是要養妹妹，你也不必拚到這個地步。」他突然說。傅為螢一愣。

「說到底你們只是姐妹。為了養大一個妹妹，把自己的人生搞得一塌糊塗，值得嗎？」

傅為螢抿著唇，很久都沒有說話。

巷子裡很暗，所以江季夏看不見她的表情。就在他以為傅為螢不會回答的時候，晚風裡飄來了一聲輕輕的嘆息：「你不懂的。」

「你不懂的。」傅為螢重複了一遍。

「我和小滿沒有血緣關係。」她低聲道，「我是養女。」

江季夏一震。

他是聰明的，聰明得幾乎在瞬息之間就想通了長久以來困惑的一切。

為什麼小滿和傅為螢不同姓；為什麼關於她父親的職業說辭不一；為什麼同樣是書香世家，江家卻對其一無所知。

「那你的親生父母……」

「也死了。還記得那年Z省的大地震嗎？整棟住宅大樓垮塌，十幾戶人家只有我一個人活下來。我被爸媽護在中間，撿回了一條命。災後疏散，我被送到N市。丁家收養了我，他們對我很好，哪怕後來有了小滿，也還是一樣好……不必拚到這個地步嗎？小滿不僅是我的妹妹，還是我救命恩人的孩子，我怎麼可以不拚？」

腹部還是疼，有點喘不上氣的感覺。傅為螢咳了幾聲，自嘲地笑了笑。

「親生父母慘死，養父母也慘死，說起來我的命挺硬的對吧？」

良久的沉默。

傅為螢故作輕鬆地抖抖肩膀，去拍江季夏：「喂，要別人講故事，捧場鼓鼓掌是基本禮貌吧？」她看清江季夏的神情，嚇了一跳，「幹嘛啊？我這個當事人都沒有怨天尤人，怎麼反而你的臉色這麼難看？」

聰明的小江王子，有生以來第一次產生了慌亂之感。

慌亂到險些連語言都組織不起來。

相隔數日，風馬牛不相及的兩個資訊，因為偶然重疊的關鍵字而聯繫起來，指向一種恐怖的可能。

江季夏努力讓自己的聲音聽起來是冷靜的：「你家的房子，是在H市新區嗎？」

第四章
孟冬之月

1

「我們害人，但瓊華是無辜的……」

初冬的傍晚，蟲鳥俱寂。江季夏「啪」地闔上書，煩躁地揉了揉眉頭。

難得得到他最喜歡的作家的小說，卻半天一個字也看不進去。他腦子裡翻來覆去的，都是瓊父的懇求和那晚聽他脫口而出「H市新區」後傅為螢詫異的表情。如果傅為螢詫異過後是搖了頭，事情就會簡單很多，可是緊隨其後的偏偏是一句：「你怎麼知道？」

傅為螢把一雙墨黑的眼睛睜得溜圓，等待他的回答。然而他答不上來。

害死你父母的不只是天災，還有瓊家人。被人讚了十七年沉穩早慧的小江王子，在這一刻，終於顯露出他這個年紀應有的青澀笨拙來。僅僅是一個瞬間的茫然無措，他就失了順勢說出真相的機會。傅為螢一巴掌拍到他的肩膀上：「幹嘛，又查戶口啊？！」

同樣的一句話，卻不見先前在琴室那次的警惕和敵意，反而像輕鬆的玩笑。

被生活苛待如她，在常人想來，根本不該露出如此輕鬆的表情。

心不靜，江季夏索性丟了書走出房間，到迴廊上吹風。張嫂出去打牌了，瓊華還在學校，家裡只有他一個人。他的目光越過池水，掃過對面的閣樓。

傅為螢成了眾矢之的後，瓊華取代她站到了那個被全校學生喜愛和追捧的位置上，放學後除了社團活動還有各種邀約，總要到深夜才回來。

瓊華是無辜的。

直到一陣電話鈴聲將江季夏驚醒，他才發覺自己竟然無意識地用力握緊了欄杆。他鬆開手，垂眸盯著發白的指關節愣了片刻，才去拿起聽筒。

那頭是低沉而微微帶著笑的男聲。

「是不是又等到發現家裡沒別人，才肯認命地爬起來接電話？還是一樣的懶啊，三兒。」

江季夏一愣。

「大哥。」他頓了頓，又有點羞惱地揚起聲，「不要再叫我三兒！」

他不得不承認，比起家人稱呼他的這個小名，小滿起的綽號「小夏」其實好聽多了。

江家的三個兒子，老大和老二老三之間相差了十幾歲。江季夏出生時正是江老先生的訪問講學邀約最多的時候，他的幼年記憶裡幾乎沒有父母的身影，是大哥江孟夏把他從搖籃裡帶到了會走路。江季夏還曾懷疑，自己成績好，是不是跟江孟夏當年一邊做競賽模擬試卷，一邊替他餵奶有點關係。

江孟夏高中畢業後就去了美國留學，在西雅圖做了律師，兩人很多年沒見了。

唯獨在這位帶大自己的兄長面前，江季夏才能顯出幾分孩子氣。而江孟夏聽他惱了，竟然笑得更厲害：「有什麼不行的？你小時候不肯喝奶，撅著屁股往遠處躲，可只要我一喊『三兒』，馬上就掉頭爬回來。」

江季夏：「……」

他突然慶幸家裡沒有其他人，杜絕了任何耳朵在分機上偷聽的可能性。

「大哥你打國際長途回來，只是為了重溫我在四腳著地時代的回憶嗎？如果是這樣的話，再見，我要去寫作業了。」江季夏麻木地一口氣說完，就要放下聽筒。

江孟夏連忙止了笑，說起正事：「前幾日爸媽經過我這裡，要我給你帶幾句話。」

「嗯？」

電話那頭傳來翻便條紙的聲音。

江孟夏遲疑了片刻，說：「先是要你吃飽穿暖，注意身體，高考加油——」

江季夏打斷他：「這句是你自己加的吧？」

沉默中透出一絲淡淡的尷尬。

「以那兩個人的作風，他們恐怕以為我今年還在念高一。照實念吧，我受得住。」

江孟夏嘆氣：「好吧。爸要我提醒你，別忘了每個月一次，帶住在咱們家的那個女孩子去省城探監。媽叫你記得趁還沒下雪的時候加固一下水心亭的頂，不然積了雪壓垮了就麻煩了。」

總之沒有一句是在正經關心兒子的。

還是江孟夏對親手餵過奶的弟弟心軟：「三兒啊，不然你問問小二回不回家過年吧，好歹熱鬧點。」

如果說江家老大走的是精英路線，老二就是另一個極端。高考結束當天晚上就宣布「我要當演員」，迅速收拾起行李離家了。如今在S市，一邊上大學一邊參加小劇場的話劇演出，雖然離家比大哥近得多，但回來的次數還不如江孟夏。

江季夏和這位愛捉弄人的二哥的關係一般，對這個提議不置可否。江孟夏倒是對兩個弟弟一視同仁，愛操心的毛病犯了，嘮叨起「也不知老二流浪在外生活費夠不夠用」云云。句中的某個關鍵字讓江季夏心頭一動：「對了，大哥……」

他從小到大吃住都在家，衣食無憂，從沒為錢發過愁，對此也就沒什麼概念。見過傳為螢的窘境之後，他起了借錢給對方救急的念頭，然而回家一翻零用錢的口袋，才發現自己根本一點存款都沒有。

江孟夏對他一向大方。只要他開口要，江孟夏一定會給的。

可是江季夏張了張嘴，又遲疑了，他突然回想起那天，被他冷不防問了句「是不是很缺錢」的傳為螢的模樣。那是個很讓人尷尬的問題，可是傳為螢的態度卻坦蕩磊落。

她說：「如果按口袋裡有的可以自由支配的錢來算，把學生排個名次，搞不好我是咱們學校最有錢的人。」

江季夏突然發覺，學校裡的人，包括他自己，都錯得離譜。

傳為螢哪裡是什麼「王子殿下」啊，她根本就是國王。雖然那個國度破破爛爛的，還千瘡百孔、呼呼漏風，但畢竟是她自己一手建立起來並拚命守衛著的。在那裡，她說一不二，無須仰賴任何人。

而我呢？

「不，沒什麼。」江季夏低聲道。

掛斷電話，江季夏站在原地發了一會兒呆。

直到聽見石子墜入池水中發出的「撲通」一聲，他才回神。

剛才在電話裡，江孟夏最後又不放心地多叮囑了一遍「記得亭子的頂」，可以想到江老夫人有多麼掛念心愛的水心亭。層層轉達下來的最高指令，江季夏不好懈怠。他抬頭見太陽還沒下山，便挽起袖子去找工具箱，準備趁早把這個任務給完成了。

工具箱在雜物間裡，好些日子沒用了，上面卻沒有灰塵。

江季夏皺眉，顧不上潔癖發作，就那麼徒手打開了髒兮兮的箱子——

瓊華是無辜的。請一定要好好待她。

工具箱裡空著一個位置。

少了一把榔頭。

2

傅為螢一連幾天都在尋找方郁的下落。

顧不上考慮此舉是否會將自己在學校裡已經跌落谷底的名聲再抹黑幾分，她把方郁可能藏身的地方——髒亂巷子裡深處的網咖、烏煙瘴氣的地下撞球室、破舊的廉價招待所之類的都翻遍了，結果卻一無所獲。

方郁似乎是徹底離開了月河。

當事人跑了，但混混們並未停止對方家老宅的騷擾。傅為螢不敢再讓小滿落單，只得保持十二萬分的警惕，早晚接送，回家後也是寸步不離地守著，上下學比起先前在孟記打工的時候更匆忙了幾分。

放學後的補課也因此而暫停。

她沒有對覃老師坦白真實原因。這位班主任已經很善待她了，傅為螢不想給對方增添更多麻煩。某天被追問得招架不住，她才勉強吐露了一半：「天冷了，要回去給妹妹做晚飯。」

「你這樣太耽誤學習了。」覃老師憂心忡忡，「有沒有想過把妹妹轉到寄宿制幼兒園？」

雖然出發點不同，但覃老師的這個提議給了傅為螢一個新的頭緒。

月河鎮太小，沒有寄宿學校。她趁混混們宿醉昏睡、無暇登門騷擾的週末上午去市裡打聽了一下，有一家提供全托服務的幼兒園同意讓小滿插班。只不過寄宿費用實在昂貴，傅為螢拍了拍扁扁的口袋，嘆著氣回到月河。

在客運站門口下車時，與意想不到的人遇了個正著。

是瓊華。

對方打扮得漂漂亮亮的，正被文科班的幾個女生簇擁著，似乎是要一起去市裡玩。那幾個女生互相望了一眼，小聲地嘀咕起來。她們把不歡迎的態度擺得如此明顯，傅為螢也不想去討嫌，只在擦肩而過時朝瓊華點了一下頭，就算是打過招呼了。

過了一個路口，卻有腳步聲從身後傳來。

她的手被人從後面拉住了：「你……你是不是在生我的氣啊？」

傅為螢詫異地回過頭，是瓊華。

對方跑得很急的樣子，氣喘吁吁的，臉色蒼白，弓著腰，另一隻手扶著膝蓋。明明是和她面對面站著，卻以一個仰視的角度看過來。

傅為螢一愣：「什麼？」

「我相信宣傳看板不是你砸壞的，真的。我沒想到大家會誤會我的話……」

反而覺得，我就是真正的「犯人」。
瓊華沒有說下去，傅為螢在心中補全了這句話。
見傅為螢不接話，瓊華越發急切：「如果你需要的話，我可以再向大家解釋的！」
傅為螢也說不出確切的理由來，只忽然覺得這一切非常荒唐。
「算了，我不想再在這件事上糾纏。」
「所以你是要和我絕交了嗎？我們不是朋友了嗎？」瓊華帶著哭腔追問。
傅為螢低著頭，良久，輕輕地吐出一口氣：「那好，我先問你一件事。」
瓊華眨著淚眼等她說下去。
這場景讓誰看見，都會以為她又凶了瓊華吧。
「覃老師告訴我，我在孟記打工的事情是被人匿名舉報到學校的。在那之前，孟嬸也說過，有人在跟蹤我。」傅為螢的目光落到瓊華微紅的眼眶上，「那個人，是不是你？」
瓊華的瞳孔一縮。
傅為螢將她語塞的模樣看在眼裡，移開視線：「我明白了。」
從市裡帶回來的關於幼兒園的資料很沉，紙袋把手指勒出深深的、鈍痛的白痕。傅為螢換了一隻手提袋子，藉此掙開瓊華的拉扯。
「打工的事情，我確實做了，不管帶來什麼結果，我都接受。你只是說出了實話而已，我不怪你。」她說，「我不怪你，但也不會再信任你。雖然不明白你為什麼要這麼做……但你既然已經交到了新的朋友，也就不再需要我了吧。」

她頓了頓，思索片刻，好像也沒有什麼別的話好說了，就稍微笑了一下，擺了擺手：「拜拜。」

她轉身離開了。身後許久沒有聲息。走開幾十步遠後，她才聽見瓊華的一聲抽噎和往反方向跑的凌亂的腳步聲。

就這樣吧。

白痕很快消去，就像從未出現過一般。傅為螢又把紙袋換回到原先的那隻手上。

已是冬天了，但正午的陽光還算暖和，溫水似的朝著頭頂澆下來，讓僵冷麻木的四肢泛起一絲活力。傅為螢沿著外城河慢慢往家的方向走，體會著這份難得的安寧靜謐。

過了石橋，就是百花巷。

橋口站著一個二十八九歲模樣，有著草灰色短髮，身穿駝色毛衣和棉布長裙的女人。

月河鎮很少見到外來的陌生人，更別說還是打扮得如此時髦的人。可以作為下次給小滿畫美少女畫的參考。傅為螢想著，便多看了那人兩眼。

沒想到與那人的目光撞了個正著。

偷看被抓包，傅為螢有點不好意思，可是對方居然朝她笑起來。

「你是傅為螢嗎？」

傅為螢愣住：「哎？」

「終於找到你了。」那個女人說。

3

一節課裡第十三次，傅為螢抽出夾在筆盒裡的那張名片看著，還是找不到真實感。純白卡面上印著金光閃閃的頭銜——「百川出版社《藍櫻桃》執行主編麥芒」。

《藍櫻桃》，鼎鼎大名的少女漫畫雜誌。

恐怕沒有女孩子不曾憧憬過《藍櫻桃》裡夢幻的珠光網點、王子公主般俊俏登對的男女主角，以及比童話還要美好的戀愛故事。就連民風淳樸、時光宛如靜止的月河鎮，書報亭也總會在每月的月初準時把最新一期的《藍櫻桃》擺到最顯眼的位置。傅為螢知道前桌的兩個女孩子的座位間放著一個不透明的儲物箱，裡面滿滿裝著她們湊錢合買的全部期數的《藍櫻桃》。

說它是少女心中的「聖經」恐怕也不為過。

手握「聖經」的主編大人親臨月河，居然是來找她的。傅為螢實在吃了很大的一驚。

麥芒說先前打過電話，但被她誤當作是打錯的，匆匆掛斷了。

「這組彩圖，我們請了寫手配文，將刊登在卷首的繪本欄位。」麥芒說著，打開文件包，拿出一疊稿紙。

傅為螢這才知道她沒畫完的幾張水手服少女圖被小滿偷偷提前摸走之後去了哪裡，頓時哭笑不得。

麥芒看她的臉色，也明白過來，這是一次在作者本人不知情的情況下進行的投稿。聽說傅為螢獨自養著年幼的妹妹，眼下處境艱難，麥芒提出，在立刻支付已經決定刊登的組圖稿費之外，還可以預支三期漫畫的稿費給她，兩筆錢加起來，剛好夠小滿轉學寄宿的費用——前提是傅為螢同意簽約成為《藍櫻桃》的連載作者。

傅為螢曾設想過未來的各種樣子。關於大學的專業，關於畢業後的工作，可能性多到讓她在白日夢裡苦惱不已，但其中從未出現過一個叫作「漫畫家」的選項。

畫畫之於她，甚至說不上是興趣，只是回顧童年記憶、維繫與生父的聯繫的一種方式，只是在買不起繪本和漫畫書的窘境裡，滿足小滿的公主夢的下下之策。傅為螢想，如果在一個月以前，在她還能靠在孟記打工維持生計，方郁還沒有帶走家裡全部現金的情況下，哪怕再辛苦，她咬咬牙總還能堅持下去的。

但如今，她別無選擇。

麥芒與她相對而坐，耐心等待著她的答覆。她終於點點頭，嗓子沙啞得不像話。她說：「好。」

可是她忘了一件事。

她只跟老爸學過怎麼畫畫，但沒有學過怎麼寫故事啊！

傅為螢痛苦地抱著頭。

一塊板擦凌空飛來，「啪」地在她的頭上留下一個四方形的灰印。數學老師怒喝：「傅為螢你在那長吁短嘆個什麼勁？！起來回答下一題！」

傅為螢茫然抬頭，這才驚覺自己成了全班關注的焦點，連忙頂著一頭滑稽的白灰站起來，手忙腳亂地翻著書。大多數人幸災樂禍地看笑話，只有前桌的女生好心地低聲提醒了頁碼和題號。

可是提醒了也沒用。

傅為螢瞪著那道顯然演算過程是九彎十八拐的填空題，支支吾吾了半天也吐不出答案。數學老師捏斷一根粉筆頭，眼看著又要發飆。傅為螢突然感覺有一支筆在她的後背輕點了一點，接著勾出了一個數字符號的輪廓。

傅為螢無視緊隨其後的「蠢」字，她也不知道懶如江季夏為什麼會突然發神經在她的背上費勁地寫筆劃那麼複雜的字，趕緊大叫：「根號3！」

數學老師沒好氣地哼了聲，還不打算放過她：「說明一下解題過程……」適時敲響的下課鐘聲解救了傅為螢。她如蒙大赦，脖子一縮迅速溜了。

4

傅為螢的心裡亂糟糟的。

在麥芒的幫助下，她很快辦好了小滿的轉學手續，週日將小滿送到了市裡的全托幼兒園。小滿很懂事，一聽寄宿可以減輕傅為螢的負擔，讓傅為螢專心學習，她非但沒有哭，還乖巧地自己收拾好了行李並鋪好了新床鋪，這讓幼兒園的老師嘖嘖稱奇。傅為螢不用再為小滿的安全問題提心吊膽，也不必再掛心早餐晚餐的營養搭配，放學後也就不必急著跑回家，可以在學校裡漫無目的地亂逛，久違的一身輕鬆。

這天，她一邊蹓躂，一邊琢磨著向麥芒承諾的本月交稿的短篇的劇情。她放空了大腦，不知不覺間竟然走到了琴房外。

門虛掩著，不知是誰在裡面。傅為螢抬了手，遲疑一瞬，又縮回了指尖。

剛轉過身，就聽見屋裡響起了琴音。很奇妙的是，在音符叩上她的耳朵的瞬間，傅為螢就很確定正在彈琴的是江季夏。

邁了一半的腳收回來，可也不想進去打擾。「何況他剛剛才罵過我蠢！」傅為螢小心眼地咬住牙，索性閉起眼，環了手臂，背倚著門框，仰著頭靜靜地聽著。

拉威爾的《水之嬉戲》。

都說這首曲子寫的是河流的晶瑩潺潺，寫的是晴空下水滴的炫目光輝，本該是歡悅俏皮又精緻純澈的，傅為螢卻從江季夏的彈奏裡聽出了暴風雨和狂怒的汪洋。

沉重，混濁，躁鬱不安。天幕中電閃雷鳴，海面上捲起無數漩渦。聽者就像乘著一葉孤舟無力地陷在漩渦中，只能絕望地任由其將自己拋捲撕扯。

傅為螢忽然想起那天送麥芒到車站時，對方最後說的話。

「編輯們都很喜歡你的這組彩圖，不過，裡面有一張不是水手服吧？

「就最後這張，這不是船長的制服嗎？

「不願追隨別人定下的方向，野心勃勃，想要自己主宰船隻、開拓航線的少女。這樣的角色，倒是很有你本人的風格，不如就畫個少女船長的故事吧？」

琴房裡忽然傳來沉重而綿長的「嗡」一聲。樂聲戛然而止。

就像天上的雷閃雷鳴忽然消了聲息。然後，水面忽然猶如瀑布般下陷，一艘巨船浴著冰冷的海水與灰白色泡沫現出身形。那艘船，金黃的桅，純白的帆，沒有陽光亦熠熠生輝，在盡是灰、黑與白的海上顯得那樣晶瑩美麗。一名頭戴海軍藍帽子，身著純白制服的少女走上甲板，摘下帽子，瀟灑帥氣地朝著孤舟上迷航的她俯身行了一禮。

那模樣，分明就是她畫中的船長的樣子！傅為螢倏地睜開眼。

她找到了！

生怕把腦海中隱約浮現出輪廓的故事忘了，她掏了掏口袋，沒摸著紙筆，連忙拔腿往教室跑。她身體剛離開門框，門就開了。江季夏似乎很是驚訝地叫了她一聲，但此時她心裡著急，也顧不上回頭和江季夏打招呼，幾步就衝下了樓梯。

傅為螢沒聽錯，江季夏的心情確實不好。

這些天來，瓊父反反覆覆說著「瓊華無辜」哀求他的模樣，和新聞裡曾見過的大地震後H市新區的慘狀，把他腦中的那根弦往截然相反的兩個方向拉扯著。瓊家犯事時，瓊華年紀還小，或許真不該把大人們的罪遷怒到她身上。可是如果瓊華真的自導自演了一齣戲，砸壞了宣傳看板又將汙名扣到傅為螢的頭上，就怎麼也配不上「無辜」二字了。

繃到極限的那根弦終於斷了，擦出一撮火苗，眨眼間便在他心頭燎了原。讓他活生生地把一首《水之嬉戲》彈成了「水之暴怒」。

越彈越覺得自己是在糟蹋曲子，江季夏頹然停手，十指重重地扣在琴鍵上。鋼琴發出綿長低沉、無序的嗡鳴。江季夏用力揉了揉自己的眉心。

他好不容易才理清了頭緒，決定把自己知道的這些事情告訴傅為螢。可是也不知道怎麼回事，那傢伙明明失業了，卻越發來去匆匆、神出鬼沒，好像比先前還要忙碌。他幾次想找機會開口，卻都逮不住人。

小江王子從來都是被別人追捧著的，哪有他倒過去追別人還追不到的道理！他都好心地告訴她根號3了！

好生氣！

越想越氣悶，江季夏決定回家。收了樂譜站起身，一拉門，費盡心思也逮不著的傢伙居然就站在外面。

江季夏睜大了眼，感覺心頭燎原的火忽地滅了：「你——」

剛發出一個音節，就見傅為螢帶著一臉大徹大悟的表情一躍而起，拔腿狂奔而去，眨眼就不見了蹤影。

江季夏：「……」

果然不生氣還是不行！

5

這一生氣，就氣了小半個月。到後來，江季夏也不知道自己到底在氣什麼了。

而他單方面的怒氣，那遲鈍的惹禍精甚至可能根本就沒有察覺到。

那傢伙依然每天踩著上課鐘聲衝進教室，在幾重課本的掩護之下呼呼大睡（有時到下節課都還沒醒過來），放學鐘聲一響就跑得比誰都快。江季夏看著她越來越重的黑眼圈，和垮著肩膀昏睡時偶爾從衣服領口露出邊緣的貼布，不禁懷疑惹禍精是不是熬夜去工地搬水泥了。

隨後發生的一件事情，讓江季夏深刻認識到，他對傅為螢的了解還是太膚淺。本以為這傢伙過剩的王子精神只對柔弱可憐的灰姑娘發作而已，如今才發現，「王子殿下」喪心病狂起來，連另一位「王子殿下」也不放過。他深刻認識到了，卻是以一種非常慘烈的方式。

事情發生在月河高中的冬季運動會上。

對這類塵土飛揚、哄鬧混亂的活動，江季夏一向「敬謝不敏」。入場式與德育成績掛鉤，他不得不出席應付一下，等正式比賽的哨聲一吹響就離場。他還注意到人群中有個自以為行動很隱祕的惹禍精溜得比他更快，入場式方陣剛一解散就風馳電掣而去，動作之迅捷，幾乎只在半空中留下了一道殘影。

本來這種場合該是傅為螢大放光彩的時候。鬼使神差的，江季夏腦中浮出一個這樣的念頭。王子殿下A跌下寶座，也沒有人注意傅為螢是否參加比賽了。江季夏四下裡看看，沒找到傅為螢的身影。他意識到自己太在意傅為螢的行蹤了，不禁自嘲地搖搖頭，往圖書館走去。

翻著一本推理小說寧靜安穩地度過了大半天，江季夏打著呵欠起身去小賣部買午餐。他拎著三明治和優酪乳經過操場邊時，場上剛好吹響了下午的比賽開始的哨聲。隨後主席臺上響起廣播：「下面即將開始的項目是男子三千公尺，請參賽的同學到報到處報到。」

熟悉的嗓音。

江季夏詫異地往臺上望去，拿著擴音器坐在正中央的竟然是瓊華。

三千公尺可是大項目，在冬日暖陽下昏昏欲睡的各班方陣頓時驚醒。每班一個參賽名額，瓊華每念一個名字，就有一個班級方陣隨之沸騰起來。終於念到高三組，文理科合計十六個班的學生眼巴巴地仰頭等著，誰知瓊華這時居然結結巴巴，盯著名冊，神色茫然之中帶著幾絲驚恐。

大家都不知何故，只有以高三一班體育股長為中心的幾個男生起哄：「怎麼了？快念啊，比賽快要開始了！」

瓊華有些遲疑的聲音通過擴音器響徹校園：「三……三年一班，江季夏。」

與瓊華剛才相同的，茫然之中帶著幾絲驚恐的表情，出現在所有人的臉上。男生們都像是聽到了天大的笑話。

「江季夏？！」

「你們有人見過江季夏上體育課沒有？」

「別說三千公尺了，他八百公尺行不行啊……」

女生之間的意見存在分歧。

一方含著淚心疼不已：「嗚嗚嗚，我們小江王子特別嬌弱，怎麼可以讓他做這種事！」

而另一方的熱淚則是激動的：「終於可以看見小江王子的青春汗水了，快給我塑膠瓶！」

一片混亂的騷動中，那幾個始作俑者得意揚揚的樣子格外顯眼。聽著周遭的低聲嘀咕，他們哄然大笑。高大健壯的體育股長遙遙指著場邊土堤上的江季夏，揚聲喊：「還愣著幹什麼，要棄權嗎？」態度如此放肆張揚，江季夏哪還看不明白呢。

他被耍了。

班上的運動會項目報名歸體育股長管。對方一向看他不順眼，存心捉弄，擅自把他的名字寫在了三千公尺報名的名單上，想讓他這個「娘娘腔」、「小白臉」當眾出洋相。

江季夏衣服來不及換，熱身也來不及做，就這麼直接被推上了起跑線。

他其實只是怕髒和討厭流汗而已，體能倒真沒有學校裡風傳的那麼差，不然老太太也不會心心念念要他修水心亭頂。然而，空腹、不換跑鞋、不做熱身就跑三千公尺，還是太勉強了。

江季夏在跑到第五圈的時候感到腹部隱隱地刺痛起來。

岔氣了。

他立刻放慢腳步調整呼吸，卻無濟於事，那刺痛越發尖銳明晰。但小江王子是優雅體面的，跑得再痛苦，也不肯露出難看的臉色。

惡作劇得逞的得意笑聲，一驚一乍似是擔憂的尖叫聲——咬牙堅持到第七圈的時候，江季夏其實已經聽不太清這些喧囂的聲音。他開始耳鳴，視線也漸漸模糊，每一次呼吸都如刀割似的疼。

再次經過起點。還剩半圈。

這時，不熱身就上場的惡果也終於顯現出來。他的右腳猛然劇烈地抽筋。

江季夏沒有提防，一腳踩空。他體力透支，腦子也慢了半拍，等聽清了眾人的驚呼才反應過來，自己已經狼狽地單膝跪地。

跑道上的橡膠顆粒扎進膝蓋和掌心裡，可真疼啊。

這姿勢太難看了，江季夏不允許自己在人前如此失態。可重重地一摔之後，一直繃著的那口氣散了，他嘗試了幾次，都沒能成功站起來。衝刺者接連越過他身邊。看臺上有人沉默、有人諷笑、有人憂慮緊張地低呼。一片模糊的嗡響中，突然跳出清亮的一聲：「江季夏！」

江季夏一愣。

他雖然看不清，但還是下意識地將目光朝聲音傳來的方向投去。

模糊的視線裡，有個身影撐著看臺欄杆一躍而下，橫穿過跑道朝他奔來。一連串動作颯爽俐落，就像個勇武的王子。

傅為螢？

剛才躲到哪裡去了？這會兒跑出來，是因為聽說了有我的笑話可以看嗎？

江季夏就那麼愣愣地看著傅為螢奔到他眼前。

「讓你跑你就跑，是不是傻啊？！」

小江王子何曾被人如此不客氣地數落過，一時之間不知該如何反應。換個人，換個時間場景，怕是要被在神祕小本本的永世不得赦免欄中力透紙背地記上一筆。然而，是傅為螢，是此時此刻，江季夏自己也未曾料到，他居然笑了出來。

傅為螢頓時如臨大敵：「笑什麼？不會真的傻了吧？」

她說著拉起他，抬手摸摸他額頭，摸到一把冷汗。

「我帶你去醫務室。」

江季夏按住她肩膀。他的呼吸急促，以至於吐不出清晰的話語，只能弧度極小地搖搖頭。

傅為螢看懂了。

小江王子的強迫症犯了。他不退場，要跑完。

站都站不穩了，你是想爬過終點線嗎？！

傅為螢咬牙：「你這人，還說我蠢！到底誰更蠢？！」嘴裡這麼抱怨著，手卻用力撈過他的胳膊架上自己的肩膀，另一手環過他的腋下：「打起精神，出發了！」

沒有人再去看已經越過終點的勝者，所有人的目光都聚集在那兩道身影上。

一個攙扶著另一個，緩慢走著最後兩百公尺的路途。

起初還有竊竊私語，「又是傅為螢」、「還給自己加戲呢」，漸漸出現了不同的聲音，「可是江季夏真的撐不住了總得有人去幫他」。不知是誰第一個喊了「加油」，帶動了第二個、第三個……最後就連身為罪魁禍首的體育股長，都不得不一臉尷尬地舉起拳頭來應和幾聲。

主席臺上傳來「哐啷」一聲巨響，緊接著是極刺耳的一聲尖鳴，是擴音器摔落在地的聲音。這聲音淹沒在山海般的加油吶喊中，沒有一個人注意到。

跨過終點線的那一刻，江季夏徹底脫了力，膝蓋一軟就要倒下，卻被傅為螢眼疾手快地撈住。傅為螢執著地再次提出「去醫務室」，同時試圖以一種拔蘿蔔的方式把他扛起來。但江季夏高她大半個頭，她傾盡全力，還是無法讓「江氏蘿蔔」腳尖離地。

傅為螢眉毛一皺，「呵」的一聲猛一提氣。

江季夏忽然有一種不祥的預感。惹禍精每一次做出驚世駭俗之舉時，他心頭都會湧起類似的恐怖感覺。

只見傅為螢順著他一隻胳膊還搭在她肩膀上的姿勢，忽地半彎下腰，手臂抄過他的腿。

竟然是將他打橫抱了起來?!然後，撒腿就開始狂奔。
「江季夏你不要亂掙扎我跟你講!我會抱不住你的!」
「誰要你抱了?!停!快停下!快放我下來啊啊啊——」

6

空蕩蕩的醫務室。
江季夏緩過勁來，理智回籠，感覺自己沒臉繼續做人了。竟然在眾目睽睽之下被傳為螢「公主抱」。
全校幾千雙眼睛!老師回去告訴伴侶兒女，學生回去告訴父母以及兄弟姐妹，再往外傳，告訴上班上學路上的早餐攤販的老闆，告訴同學或同事……他敢肯定，過了明天早晨，整個月河鎮的人都會知道這件事!
而這個「公主抱」的動作，似曾相識。根本就是場景重演，只不過立場調換而已。江季夏心力交瘁地扶住額頭。
沒錯，他確實說過，將如此夢幻美好的姿勢浪費在一個缺心眼的惹禍精身上不值，可也不必用這種方式給他還回來吧!
小江王子突然產生了落淚的衝動。

時間倒回到半小時前。惹禍精將他搬運到醫務室（小江王子拒絕使用「公主抱」作為動詞），蹲在一旁守著他打葡萄糖。等他漸漸積蓄起一些力氣，正打算就搬運姿勢的問題和惹禍精進行一番「溫和友好」的商討時，那傢伙好像搶先嗅到了危險的味道，看著他的臉色，丟下一句「你嘴巴好乾呀我去給你買水」就逃之夭夭了。

遲鈍的惹禍精，求生本能倒挺強，偶爾也挺會看臉色。江季夏抿了抿脣，確實是乾裂了，喉嚨也渴得好像有把火在燒，所以惹禍精到底買水買到哪裡去了？不會真逃命去了吧？！

打完一瓶葡萄糖，江季夏抬眼看了看牆上的掛鐘，自己拔了針。醫務室裡有鏡子和洗臉臺，注意形象的小江王子準備打理一下自己再親自出去逮人。還沒來得及擰開水龍頭，就聽見外面有一陣異於運動會的熱鬧喧囂的慌亂騷動。

「出事了！」

江季夏心頭一跳。鬼使神差的，他顧不上再打理自己，推門大步走出醫務室，恰好撞見一個學生帶著班主任覃老師匆匆跑過走廊。

「傅為螢摔下樓梯了，快叫救護車！」

7

傅為螢買了一瓶礦泉水，走出小賣部，腳步頓住，想了想又折了回去。

再出來時，手裡多了條毛巾。

江季夏有潔癖，一身汗一身灰地窩在醫務室肯定不舒服，買條毛巾讓他擦洗一下吧。哼哼，「王子病患者」再挑剔，這下也沒話可說了吧！傅為螢不禁有點得意起來。

小賣部在食堂的樓上，醫務室在隔壁棟的一樓，兩幢樓之間在三樓以天橋相連。傅為螢過了天橋，一邊哼著自創的小調，一邊把毛巾抓在手裡有一下沒一下地甩著，興沖沖地往下跑。跑到三樓的樓梯口，忽然聽見有人在身後喊她。

王子殿下A雖然跌落雲端了，但有求必應的習慣還在。因為想像著江季夏收到毛巾的表情而心情很好，傅為螢笑著回頭：「什……」

她碰巧站在最上一級臺階的邊緣。還不等她轉身站穩，一隻手冷不防地拍到她的肩上，然後，狠狠推了一把。

傅為螢愕然睜圓了眼睛，來不及發出呼喊，身體就猛地失去了平衡，仰面朝下摔去。

事出突然，她只能在滾落的過程中盡力蜷起手腳，護住頭。天旋地轉，臺階的棱角如刀子一般剮蹭著後背。這種疼痛和眩暈對她而言並不陌生，似曾相識的痛感和震顫喚起了回憶。傅為螢腦中忽然響起幾年前地震發生的那個深夜，在「轟隆隆」的天塌地陷中，留在她耳邊的聲音。

「做一個健忘的人吧。」

「痛苦的事情，難過的事情，受到傷害的事情，能忘就忘了吧。」

「不過，高興的事情，幸福的事情，被人溫柔對待的事情，要好好記著。」

「然後，積極地，活下去。」

那是她最後一次，被人擁在懷中保護著。

短短的十幾級臺階，卻好像永恆無盡似的漫長。傅為螢最後重重地摔落在轉角的平臺上。在失去意識的前一秒，她盡力睜開眼，往上看。

居高臨下站在那裡的，是滿眼憤恨委屈的瓊華。

8

昏沉的睡夢中，她好像又回到了很小的時候。

那場恐怖的坍塌尚未壓垮她的生活，父母都還在她身邊。家中總迴蕩著琴聲，空氣裡有淡淡的顏料氣味。父親脾氣很好，辛苦畫了很久的畫被她頑皮糟蹋了，也只是嘆一口氣，就又彎了眉眼笑起來，「既然這樣，我們一起塗色玩吧」。相較之下母親就很嚴厲了，早晚都監督她練琴，手勢稍微不對就用紙扇打掌心。她不敢違抗母親，可也有為掌心很痛而生氣的時候。生氣了就逃出家門，躲進社區門口的武館，躲的次數多了，稀裡糊塗就跟在武館師傅後面學了些拳腳功夫。

她的童年，有一些小小的苦惱，但總體來說是很快樂的。

母親當然也有溫柔的時候，和父親一邊一個牽著她的手去看電影。她在中間，因為相信兩邊牽著自己的人都不會鬆手，所以能夠放心地雙腳離地盪起鞦韆。她很清楚地記得那天看的是個童話，電影裡的主題曲是這樣唱的——

Someday my prince will come,（終有一天我的王子將到來，）
Someday we'll meet again,（有一天我們將再見，）
And away to his castle we'll go,（我相信我們將前往他的城堡，）
To be happy forever I know.（與他幸福快樂至永遠。）

年幼的她聽不懂英文，父親就小聲地解釋給她聽。

公主是美麗柔弱的，王子是英俊勇武的。公主是命運坎坷的，王子是要去解救公主的。好像某種法則，又好像某種公理。

漆黑的放映廳裡，她猶豫地拉拉父親的衣袖：「一定要這樣嗎？」

父親似乎被她問了個措手不及，愣了一下，才笑道：「不一定啊。」

「那只是童話故事。」父親說。

童話之所以為童話，就是因為它的法則在現實裡永遠不可能通行。這個道理，傅為螢很快就明白了。

「終有一天我的王子將到來」，只是個善意的謊言。不會來的。不是迷路了，也不是因為路途遙遠。就是很簡單的不會來而已。

她不會傻傻地等待王子披荊斬棘來解救，也不需要了。

因為，她自己已經握起了劍。

9

傅為螢醒來時是在醫院。

從守在病床邊的班主任覃老師的口中得知了自己的傷勢——身上多處擦傷和瘀青，但好在她反應及時，護住了胸腹和頭部，只受了皮外傷而已。因為摔落時左手撐地，導致手腕脫臼。還有輕微腦震盪，需要住院觀察兩天。

覃老師念一句，傅為螢點一下頭。覃老師很緊張地觀察著她，見她臉色平靜，只在聽到「手腕脫臼」的時候微微皺了下眉頭。年輕的班主任未多加思索，只以為傅為螢是在擔心高考，順勢嘮叨了幾句：「還好傷得不重，又是左手。都到了這時候了……你也太不小心了。」

傅為螢一愣。看來，在她昏迷期間，大家已經一致地認定了她是自己不慎踩空的。她張了張口，終究沒有發出聲音。

算了。她想。

覃老師知道傅為螢不會有親人來陪伴，便張羅著打算留下過夜。傅為螢很感謝班主任的好心，但還是婉拒了。進入高考衝刺階段，高三的晨讀提早到六點半開始，班主任也必須早起到班上點名，實在辛苦。覃老師見她態度堅決，也不好強求，幫她買了便當、裝好熱水，約定隔天中午再來送飯和探視，就離開了。

三張床位的病房，只住著傅為螢一個人。

正是晚餐時間。探視的親屬在走廊來來去去，反襯得屋裡越發寂靜。

傅為螢獨自靠坐在床頭發著呆，不知什麼時候又迷迷糊糊睡著了。再睜眼時牆上的電子時鐘已經跳到了八點，走廊上安靜了很多。因為右後腦腫了個大包，她只能背朝門，面朝左邊的牆面側躺，以至於根本沒有發現，房間裡不知道什麼時候多了一個人。

「你到底是滾下樓摔壞了腦子，還是先壞了腦子才會好好走著路都會滾下樓梯？」她身後響起冷冷的聲音。

傅為螢驚得猛一翻身，又因為後遺症的眩暈而跌回枕頭上。

就這一眼，足夠她看清來人了。

「江季夏！你要嚇死人啊？！」

江季夏環臂靠坐在隔壁床上，沒好氣地「哼」了一聲。

傅為螢閉了閉眼睛，等這一陣頭昏眼花的感覺過去，才坐起來一點，打量著江季夏。他還是白天那身衣服，頭髮也有些淩亂。只要出一點汗、蹭一點灰土都要立即蹺課回家洗澡換衣的小江王子，居然肯留一件髒衣服在自己身上過了半天。這可真稀奇了。

「你好了？」傅為螢問，「這麼晚了，你來幹嘛？」

江季夏冷冷道：「來拿你買的水。」

傅為螢：「……」

她拉起被子裹住自己，演繹出一臉虛弱的模樣。

「這會兒是你來探病，不應該是你去買水給我嗎？」

對方的回應又是一聲「哼」。

「有沒有人說過你很不會聊天？」

「沒有。」

「也是哦，誰敢。說起來，我們倆還真是倒楣啊。」傅為螢指指江季夏，又指指自己，「不是你在病床上，就是我在病床上。不是在病床上，就是在通往病床的路上。」

江季夏回憶起自己在「通往病床的路上」的造型，臉色又黑了幾分。

他很想說在自己的生命中出現名為「惹禍精」的變數之前並沒有這麼倒楣的，但皺著眉，還是忍了回去。他沒有忘記自己的來意。

「老實交代吧。」

傅為螢茫然眨眼：「交代什麼？」

江季夏起身往前邁了兩步，停在傅為螢的病床邊，一手撐在床沿，微微傾過身。傅為螢被他的目光鎖住，本能地感到恐懼，拉著被角往後縮了縮：「有……有話好好說，再過來我揍你哦……」

毫無說服力的威脅。

江季夏眯起眼，冷笑道：「你當我跟學校裡那些人一樣蠢？你從樓上往下跑，就算真的踩空了，又怎麼可能摔個後腦勺著地？」

「到底是誰推你的？」他問。

傅為螢語塞。她別開眼睛，想編些瞎話轉移話題。可是她這邊還在苦思冥想，那邊江季夏一看她的表情，就已經明白了。

「瓊華。」不是問句，而是很篤定的陳述語氣。

傅為螢一驚，猛地轉回頭。撞上江季夏目光的瞬間，她就知道，自己逃不掉了。少年平常總是冷冷淡淡的樣子，讓人以為他不近人情，傅為螢近來和他熟悉了一些，知道他其實只是懶，懶到連情緒起伏都嫌費勁。然而此刻，那雙總是漠然而無波瀾的眼裡烏雲密布，幾乎讓少年顏色淺淡的眼珠顯出了幾分墨色。

江季夏是真的發怒了。

「傅為螢，你的王子病是絕症嗎？」

被「王子病患者」指責有「王子病」，傅為螢覺得莫名其妙。她剛要張口反駁，就被江季夏堵了回去：「現在看來，你不僅是王子病無可救藥，而且還瞎。你袒護的『朋友』到底是個什麼樣的人，值不值得你這麼做，你是一點都沒看清吧。」

「我——」傅為螢想說自己已經和瓊華劃清界線了，這次懶得計較也不是為了包庇瓊華。

可是江季夏不給她說話的機會。

「瓊華應該告訴過你，她是因為家裡出事了才被送到月河來的。說得很可憐吧？可是她家到底出的是什麼事你知道嗎？Z省地震，在按8級抗震標準建設的新區根本不該死那麼多人——如果所謂的8級抗震標準沒有作假的話。

「負責新區建設的，是瓊家。變相害死了你親生父母的，是瓊家。」

傅為螢握緊了被單。醫院的被單是純白的，可是傅為螢失了血色的指關節此時比那被單還要蒼白幾分。

好不容易從喉嚨裡掏出的聲音，啞得不成樣子：「可是，瓊華……」

「壞事是大人做的，瓊華無辜，不該遷怒她，你是想這麼說嗎？瓊家的人也是這麼求我的。」江季夏冷冷地道，「可是這次砸壞舞臺劇宣傳看板的、偷了你的校服外套扔到垃圾場的人又是誰，你猜到了嗎？」

這根本就不是「王子與灰姑娘」的童話故事，而是「農夫與蛇」的寓言。

風雪交加的凜冬，天真善良的農夫遇到了凍僵在路邊的蛇。農夫心軟，將蛇放入懷中，用體溫為蛇取暖。蛇甦醒過來，卻亮出毒牙，一口咬死了農夫。

至於這條蛇最初到底有沒有被凍僵，又有誰能確定呢。

傅為螢苦笑：「照這麼說，我好歹還沒被咬死，算是命大了。」

「你該感謝學校的科技大樓每層樓只有十二級臺階。」

「早說過我命很硬了。如今看來，腦袋瓜也挺硬的。」

「都不如你嘴硬。」

傅為螢鬆開被單，低頭盯著自己的指關節，嘆了一口氣：「不管你信不信，我其實不是在袒護瓊華。關於我的事情，現在你大概也都知道了。算是挺倒楣的，對吧？地震那晚，爸媽最後留給我的話，是要我做一個健忘的人，我當時並不懂他們的意思，後來才漸漸有些明白了……生存並不是件容易的事，人的精力有限，要做的事情太多了，我不想成天愁眉苦臉，把力氣都浪費在那點怨恨上。」

憂鬱敏感、斤斤計較的性格，其實也是一種奢侈品。

「我計較不起。」傅為螢說。

這句話就像一盆鑽心徹骨的冷水，澆熄了江季夏心頭的怒火。熄了躁鬱，取而代之的是冷與痛。

他正在為傅為螢而感到心痛。這個認知讓江季夏一時間陷入了茫然。

傅為螢沒有注意到江季夏的失神。

她抬頭看看牆上的電子時鐘，顯示著日期的那個殷紅的數字實在刺眼。

「能請你幫個忙嗎？」她抿了抿唇，遲疑著開口，「除了你，我也……想不到還能求誰了。」

10

傅為螢求江季夏的，是從方家老宅取幾樣東西來。

近日以來的困惑，在這種出乎意料的情況下得到了解答。江季夏繃著臉，將文件包和工具箱放在床尾。傅為螢掀開被子，光著腳從床上跨過去，用完好的右手在箱子裡翻揀：「好險好險！明天就要交稿了，還剩幾頁沒有塗色和貼網點。哎，江季夏你再幫我弄一下床桌。」

江季夏的臉色更冷了幾分。

哐。

傅為螢揀出要用的工具，回頭見床桌已經弄好，頓時眉開眼笑。她把身體挪回床頭，順手在江季夏的肩上拍了一把：「謝啦。」

江季夏不可思議地瞪著自己莫名其妙聽了別人使喚的手。

「你最近神出鬼沒的，就是在忙這個？」

傅為螢打開文件包，把原稿平攤在床桌上，筆具也在手邊一字排開。她挑出其中一枝來，有些費勁地用嘴巴咬開筆蓋，口齒不清地答：「對啊。說起來這事還和你有些關係……小滿偷偷寄畫稿到S市，是你幫她寫地址的對吧？」她「噗」地吐掉筆蓋，吸吸快要流出來的口水，「上次那些小混混還不肯甘休，我又沒辦法整天守著小滿，正好《藍櫻桃》的主編找上門給了一大筆稿費，我就簽了合約，把小滿轉到市裡的寄宿幼兒園了。」

江季夏的目光轉到床上那沾著口水的筆蓋上，皺起眉頭。

「那你自己怎麼辦？」

「啊？」

「那些人還在糾纏，你妹妹能寄宿，你自己怎麼辦？」

傅為螢一愣，臉上出現了片刻茫然。

顯然她從未考慮過這個問題。

她愣了會兒，想不出答案，便不甚在意地揮揮手：「我能有什麼事啊。」

生平最恨多管閒事，人生前十七年靠「與我何干」和「與你何干」八字箴言打發掉無數不相干人士的小江王子發現，托傅為螢的福，他的「懶癌」好像有好轉的跡象。江季夏眉尾一挑，又要訓人，但傅為螢突然懊惱地「啊」一聲叫又把他的話堵了回去。

傅為螢的左手使不上力，只能用手肘固定著畫稿，姿勢實在彆扭又費勁。進度緩慢不說，偶爾不慎移動了稿紙，筆尖飛出去，還要花好半晌工夫去塗改。

就像此刻。

在傳為螢的事情上，他的「懶癌」恐怕不僅是好轉，而是接近痊癒了。江季夏想。

他伸手拿過塗改液，對上傳為螢詫異的眼神：「要怎麼做，你教我。」

11

看似繁華的港口小鎮，白天船舶往來，熱鬧非凡，入夜後臨海的酒館街便會亮起通明的燈，大家簇擁著水手，聽他們說從海上帶回的故事。然而，在這樣一座城鎮裡，女孩們卻過著被禁錮的生活，不被允許學習知識、不被允許外出探險、不被允許探索小鎮之外的世界。古老的神話代代相傳，若讓女孩登上航船，就會從海洋深處召喚出象徵著死亡與不幸的幽靈船。

鎮上的女孩子代代被如此教養著長大，便覺得這樣的生活是理所當然。可是在數年前，曾有一名少女發出質疑。少女潛入鎮公所的藏書塔查閱史書時不慎暴露行蹤，被祕密處以火刑。鎮公所宣稱，這名少女觸犯了禁忌，所以遭到了幽靈船的詛咒。幾年後，少女的姪女黛安長大，對小阿姨貝拉的死產生懷疑。她受到種種不公的對待，卻一直沒有放棄尋找貝拉的下落，最後終於揭露了貝拉死亡的真相和小鎮所謂「禁忌」的荒誕，但她和當年的貝拉一樣，面臨著被處刑的危機。遭到追殺的黛安獨自駕著小船駛向掀起狂風巨浪的汪洋大海，在險些被漩渦吞沒時，被傳說中的幽靈船救起。幽靈船上的水手竟然都是這些年鎮上神祕消失的少女。

而船長亦是一名少女。純金的短髮，海軍藍的帽子，純白的制服，神情孤高凜然，猶如降臨人間的海神。她問黛安：「你要和我們一起走嗎？」

故事名為《黛安的迷航》。

傅為螢有些緊張地盯著江季夏：「你覺得怎麼樣啊？」

江季夏沒有回答，抬頭看了一眼對面的大樓。「百川出版社」五個金屬字在初冬正午的暖陽下閃著熠熠的冷光，有些刺眼。

雖然他和傅為螢分擔了收尾的工作，但他手生，傅為螢動作不便，趕來趕去還是多花了兩天時間。趕不上郵寄了，他們只能搭最近的一班長途大巴親手送來S市。

他與《藍櫻桃》的主編素未謀面，卻不得不承認，對方的眼光確實精準。懷著死亦無憾的決心揚起船帆出海的少女，海神般主宰著風浪的少女。黛安與船長，都像傅為螢自己。故事寫到這一步，已經不是簡單的「好」或「不好」能夠評價的了。

「很有『你』的風格的故事。」信號燈閃了閃，跳轉到綠色，江季夏說，「去吧。」

目送傅為螢過了馬路進入百川社大樓，江季夏頭痛地揉揉眉心，轉身往另一個方向走去。

難得來了S市，他決定還是聽一次大哥的吩咐，去問問那數年如一日神龍見首不見尾的二哥到底要不要回家過年。

12

對《黛安的迷航》，麥芒給出了與江季夏同樣的評價。

只不過是以更讚嘆的表情。

然而，年紀輕輕就坐到主編寶座上的麥芒，再喜歡一部作品，也不會丟了她應有的冷靜與嚴格。她稱讚肯定過後，就緊接著一個「但是」的轉折，「為什麼沒有男主角？」

傅為螢語塞。

「不要用劇情設定的理由來搪塞我。你不擅長畫男性角色，對不對？

「這次讓你畫短篇，只是一次嘗試。我是想要把你培養成長篇作者的。短篇可以這樣蒙混過關，但長篇連載怎麼能沒有男主角？」

最後，麥芒用指派作業的口吻道：「回去好好想一想，盡快交連載的人設圖給我。」

心不在焉的傅為螢無意間一腳踢飛了一塊石子。石子「咕咚」落入水中，驚得平靜的水面蕩開漣漪，打碎了夕陽的倒影，也喚回了傅為螢的神志。

她蹲下身，煩躁地揉亂了一頭短髮。

從編輯部出來時，距離和江季夏約定碰面的時間還有好一會兒。麥芒的話一針見血，讓她的心情很沉重。她漫無目的地沿街亂轉，不知不覺就轉到了湖邊。

在月河過了小半年粗糙的生活，越發覺得同齡的男生還不如自己可靠。原先和運動社團的男生們打成一片的時候，也習慣了彼此兄弟相稱，根本沒想過該如何以異性的眼光看待他們。要她現在幻想出一個十七八歲的男主角，簡直難如登天。

換句話說，她少女心已死。

傅為螢深感挫敗，環住膝蓋，將臉埋進臂彎裡，「嗚」地哀嘆一聲。她沉浸在自己的悲傷裡，以至於沒有聽到由遠及近並最終停在面前的腳步聲。

「小姐，需要幫助嗎？」

溫和的男聲驚醒了傅為螢。她猛地抬起頭，正撞進一雙漂亮深邃的桃花眼裡。一個二十來歲的英俊青年，正用和她同樣的姿勢蹲在她面前，滿眼關切。

傅為螢也不知道自己怎麼就結巴了：「啊！沒……沒事。」

青年笑了：「那就好。」他站起身，略微傾過身體，朝她伸出手，「能站起來嗎？」

傅為螢很清楚自己的腿半點毛病也沒有，可鬼使神差的，就將右手放到了青年的掌心裡。陌生的體溫讓她漲紅了臉，好半天才吐出一句結巴得七零八落的「謝謝」。青年仍彎著那雙幽深如潭水的桃花眼，鬆開手，朝她擺一擺。

「注意安全哦，拜拜。」

直到青年遠得不見身影了，傅為螢還呆愣在原地。

良久，她拔腿衝回百川社大樓，直接跑到《藍櫻桃》編輯部：「麥姐，借我筆和速寫本！」

回程的大巴上，江季夏的心情不太好。

一小部分是因為潔癖發作，空氣混濁的車廂以及不知多少年沒換洗過的座位椅套讓他渾身難受。一大部分是因為他專程跑到S大逮人，江仲夏卻不在！

唰唰唰唰唰。

他從教室找到食堂，又從食堂找到宿舍，才從江仲夏的室友口中換來遺憾的一句「江仲夏剛剛去劇場了哦」。按捺著脾氣又跑到劇場，迎面是一把大銅鎖和一個「今日歇業」的牌子。

唰唰唰唰唰。

江季夏深呼吸，轉頭瞪著身邊從上車開始就抓著鉛筆頭不知道在忙什麼的傢伙。

「不是剛交了稿嗎？你這急匆匆的是在畫什麼？」

他剛一轉頭，傅為螢就尖叫一聲抱緊速寫本：「啊！不要看！」

以女生的聲線來說，傅為螢嗓音算是比較低沉的，江季夏還是第一次聽她發出如此尖厲的聲音。他忍不住抬手搗了搗被刺痛的耳朵，感受到司機借照後鏡投來的狐疑眼神，心情更糟：「至於發出這種好像我偷看你洗澡了一樣的聲音嗎……」

傅為螢的回答是抱著速寫本背過身去：「總之這是隱私！」

顧不上關心小江王子脆弱的情緒，傅為螢趁著記憶還鮮明，飛快畫下了青年的肖像。她將速寫本翻過一頁，筆尖點著紙面琢磨片刻，又飛快地勾勒起新的線條。

以青年的模樣為原型，將臉部線條修飾得更立體一些，五官更青澀稚嫩一些，溫潤的桃花眼稍微冷傲一些。塗塗抹抹，修修改改，就成了一幅男主角的人設草稿。

這樣應該可以向麥芒交差了。傅為螢滿意地點點頭。

車窗外的天色已黑透了，車身微微的顛簸讓帶傷熬了兩晚趕稿的傅為螢打起了呵欠。她滿腦子都還是青年帶笑的眼，所以並沒有發現，被她塗抹修飾後的男主角的模樣，神似江季夏。

傅為螢握著鉛筆頭就睡著了。她睡得很沉，速寫本滑落膝頭又掉到了地上也不知道。

而另一邊，江季夏冷眼望著她半張著嘴呼呼大睡的蠢臉，還在惱火。

「忘恩負義的惹禍精。」他彎腰撿起速寫本，咬牙吐出這麼一句話。

他還記著惹禍精警惕的背影，也有些賭氣地不想低頭看。然而速寫本掉落碰巧就翻到了傅為螢最後畫的那一頁，江季夏的目光無意間落到紙面上，頓時像摸到了極燙手的東西，條件反射地就要把速寫本扔開。

這……這惹禍精想幹嘛？

偷偷把我當作男主角的原型，經過我同意了嗎？！

睡什麼睡啊？還不快起來解釋！

江季夏自以為很憤怒地瞪著打起小呼嚕的傅為螢。他心裡很彆扭，卻也萌發出一絲讓自己也不明來由的，隱祕的歡喜。

他伸出的手懸停在半空，好半晌，終究是收了回來。

哼！不解釋，就當你是默認在偷偷畫我了。他想。

第五章

仲冬之月

1

本月最新發售的《藍櫻桃》雜誌，在卷首刊登了新連載的重磅預告。

作者是個名不見經傳的新人，讀者竭力翻找其舊作，也只能找到剛在前一期雜誌發表的短篇《黛安的迷航》。《黛安的迷航》的反響很好，讀者投票的票數遙遙領先，但到底有些劍走偏鋒的味道。相較之下，剛公布了人設草圖和故事梗概的新連載《魔法少女滿月》，打打小怪，談談戀愛，就是很規矩很正統的那種少女漫畫了。

月河鎮的書報亭鋪貨稍晚了幾天。學校裡的女生們傳閱著雜誌議論起此事時，江季夏早已在傳為螢那裡看過樣刊了。

小江王子踩著預備鐘聲跨進教室，漠然穿過課桌之間的走道。照舊是一身「愚蠢的庶民啊，我對你們的熱門話題一點都不感興趣」的氣場。

但其實周遭的竊竊私語都落在了他耳裡。

一個女生捧著雜誌細細打量人設頁，又轉頭偷瞄了幾眼江季夏，突然扯扯同伴，小聲道：「哎，你們覺不覺得這男主角長得像小江王子？」

江季夏腳步一頓。

同伴們湊到拿著雜誌的女生身邊去，將人設頁與數公尺以外的江季夏反覆比對。「還真有點！」

幾人齊聲驚嘆起來，但緊接著就有理性者提出：「少女漫畫的男主角人設不都差不多的嘛，別想太多啦。」大家到底還是對高聳入雲的次元壁望而卻步，紛紛點頭說「也是哦」，隨即毫不留戀地翻過人設頁，繼續討論起其他連載的劇情進展來。

淩駕於次元壁之上的小江王子：「……」

哼！有眼無珠！

他懷抱著獨占真相的優越感，正要展開豐富的腹誹，身後突然來了一下猛烈的撞擊。江季夏被撞了個踉蹌，扶住一旁的課桌角站穩，有些狼狽地回過頭去。只見傅為螢「哎喲」一聲摀著額頭，看樣子是撞得很疼了，含著滿眼淚花：「你愣在路中間幹嘛啊？！」

小江王子頃刻間從次元壁之上摔回地面。

摔了個鼻青臉腫。

他用力乾咳一聲，大步走向後排座位。被甩下的傅為螢一頭霧水，在早讀課正式開始的鐘聲催促下也只好趕緊跟上去。兩人一前一後地落座，班主任覃老師也恰好推門走入。趁覃老師低頭翻開名冊的工夫，傅為螢「嗖」地轉過身來，用英語課本遮住嘴，低聲問：「今天放學之後還來不來？」

她鬼鬼祟祟的，好像懷揣著天大的祕密，江季夏也被搞得有點緊張。

以至於他連簡單的一個音節都結巴了：「呃……嗯。」

英語課本遮著大半張臉，傅為螢只有一雙眼睛露在外面。她的樣貌英氣，卻有雙杏核似的秀麗圓眼。那雙眼睜得大大的直盯著人看時總顯出幾分純真幼稚，而真心笑起來的時候，則會彎成兩道可愛的弧線。

「夠意思！謝啦！」

還好班主任及時開始點名了。江季夏盯著前座那個後腦勺，沉穩地想。

他抬手撥了撥一絲不亂向後梳起的髮，讓它們淩亂地垂下來一些，遮住微紅的耳尖。

2

要說他們懷揣著祕密，其實也沒錯。

當晚七點半，百花巷方家老宅。

客廳裡開著電視，天氣預報的背景音樂驅散了屋內的冷清。江季夏坐在桌前，一手托腮，一手捧著一杯飯後的熱茶，雙眼盯在電視螢幕上，卻是側耳發著呆。從廚房傳來「嘩嘩」的水聲，偶爾還有碗盤與不鏽鋼水槽碰撞的「叮噹哐啷」聲。片刻後，水聲停了，傅為螢甩著溼淋淋的手從廚房衝出來：「洗完了洗完了！快給我！」

江季夏擱下茶杯，招招手。

傅為螢急切地湊過去。

「啪嗒」。一朵鮮豔的小紅花，穩穩落在傅為螢眉間。

望著玻璃窗倒映出的那張喜氣洋洋的傻臉，傅為螢很鬱悶地抬手撕下小紅花：「你就不能換個地方貼嗎……」

「有意見？」江季夏挑眉，「那還回來。」

「想都別想！」傅為螢警惕地將小紅花護在懷中，一陣風似的鑽進臥室，從枕頭下挖出個本子來，小心翼翼地將新得的小紅花貼上去，然後萬分得意地將本子舉到江季夏面前，「啊哈哈哈，我又集滿五朵花了！說話要算話，快解鎖新造型！」

事情要從傅為螢的連載確定時說起。

《魔法少女滿月》的一大看點是男女主角每次「戰鬥」時的換裝造型。傅為螢畫魔法少女的時裝拿手，何況這大半年來為哄小滿開心而畫的草稿堆了好幾箱，作為素材隨隨便便也夠用個幾十期了。問題依舊出在男主角身上。雖然男主角換裝不必如女主角那樣頻繁，但還是讓傅為螢傷透了腦筋。她悶頭在家苦苦糾結了數日，抬眼瞧見登門來幫忙趕稿的江季夏，雙眼驟然放出亮光。

「求你給我當模特兒啊啊啊！」傅為螢飛撲上前，抱緊了江季夏的大腿，放聲哀號。

江季夏猝不及防被抱了個正著。他拔了兩下腿，沒拔出來。

彼時他正沉浸於「惹禍精怎麼會拿我當男主角的原型」的震驚中，裡頭還混著幾分他自己也琢磨不清緣由的竊喜。也正是因為如此，在《黛安的迷航》交稿後，他順勢繼續幫傅為螢做著《魔法少女滿月》連載的描線塗色工作，反正這種事情也很適合如他一般的強迫症患者。

傅為螢突如其來的請求，更讓他確定了自己的猜測。

小江王子是脣紅齒白、容貌昳麗的標準美少年，被學校裡崇尚高大健壯路線的男生們暗地裡譏諷為「娘娘腔」、「小白臉」，因此最煩別人拿他的樣貌說事。本該惱怒的，可面對著傅為螢，這份惱火卻化成了一種說不清道不明的彆扭。

「要我做模特兒，也不是不可以。」江季夏突發奇想，「但我們得先制定一個規則。」

懲治惹禍精的時刻終於到來了！小江王子在心中冷笑。

他口述規則，傅為螢筆記。

「此後（包括但不限於《魔法少女滿月》連載期間），乙方（傅為螢）每聽甲方（江季夏）命令一次，可獲得一朵小紅花。每五朵小紅花可換取甲方一次模特兒造型。其餘換取獎勵可在甲乙雙方商討並一致同意後作為補充條款。乙方不得私自製作盜版小紅花，若有違反，則沒收已獲得的全部小紅花。」是曰「小紅花獎勵制度」。

傅為螢愕然張大了嘴巴：「這是什麼詭異的情趣？」

喲！你這遲鈍的惹禍精竟然還知道「情趣」！江季夏面無表情地晃了晃手裡自製的小紅花貼紙：「現在，去洗碗，我就發給你第一朵小紅花。」

之後，兩人的作息行程就固定了下來。

原本每天放學鐘聲一敲響就絕塵而去的只有傅為螢，現在還是只有傅為螢，但通常在傅為螢的身影消失在教室門口幾秒鐘後，以往拒絕混雜在擁擠的人群中下樓、要等人全部走光才悠哉悠哉起身的江季夏，也會從容地收拾起東西，離開教室。傅為螢會在校門外第一個路口等他，打老遠就急躁地催促：「走快一點你的王冠也不會掉下來的！」

據點在方家老宅。兩人到家後迅速完成作業，吃晚飯。為節約時間，江季夏托張嫂送飯菜過來，但偶爾，為賺取小紅花而不擇手段的傅為螢也會強行毛遂自薦，承擔做飯任務。「你不吃蔥薑對吧？一點都不能吃對吧？那就多加一朵小紅花來，不然我就往你的炒飯裡拌大蔥啊哈哈哈！」如此數次後，傅為螢被嚴令禁止接近灶臺，就只能轉向明文列入可換取小紅花項目的洗碗事業。

通常是在天氣預報的背景音樂結束時，兩人完成全部的作業和家務。之後，他們將桌子收拾乾淨，一人坐一邊，擺出畫稿和工具，就開始埋頭趕稿。

傅為螢為避免墨水弄髒衣袖，自己動手縫了一副袖套。土氣的碎花袖套很招江季夏嫌棄，但傅為螢粗糙慣了，自然是不太在意形象的，還很為這份勞動人民的淳樸智慧而感到自豪。她在屢次看見江季夏的白襯衫袖口沾上墨水後，對小江王子弄髒了衣服直接就扔的浪費行為忍無可忍，便強行幫他也做了一副（並強行換取小紅花一朵）。

江季夏兩根手指拈著那副袖套，瞪著上面的蕾絲花邊：「解釋一下這是什麼東西？」

傅為螢打哈哈：「小滿的舊衣服拆出來的布料嘛。」

不談外觀，這東西還真是挺實用的。「王子殿下」終究還是被勞動人民的智慧所折服，自暴自棄地用上了袖套。

「憑什麼你用藍色，我這副卻是粉紅色。」小江王子拚命維護著最後的驕傲，「交換！」

及至明月寺敲響子時的鐘聲，便結束一晚的工作。江季夏回家，傅為螢整理一桌的狼藉，各自去睡，然後隔天清晨再一個遊刃有餘地踩著預備鐘聲、一個慌慌張張踩著晨讀的整點鐘聲跨進教室。

這樣一種循環往復，在某個江季夏不小心伏案睡著的夜晚被打破了。

江季夏模糊記憶裡最後的畫面，是桌旁電視螢幕上月河地方電視臺的晚間狗血劇場，但再睜眼時，看見的卻是一面斑駁發黃的天花板。他揉揉額頭，掀被坐起身，在那熟悉的藍色碎花映入眼簾的瞬間愣了一下。

與他的袖套是同款花色。

而他戴著的袖套不知何時被人摘了，整齊地疊放在床頭櫃上。床頭除了檯燈和袖套，還有個相框。傳為螢懷裡抱著小滿，朝鏡頭亮出一口白牙。臥室主人的身份顯而易見。

一覺睡得太沉，江季夏腦子裡還有點混沌，正瞪著那照片出神時，房門被推開一條縫。照片主角之一從門縫探進一顆腦袋，露出和照片上一模一樣的傻笑：「你醒啦！早飯馬上就好。早飯也要算一朵花！」

這傢伙對小紅花的執著已經走火入魔了。江季夏無暇吐槽她錯到天邊去的重點，只想問問自己是怎麼睡到床上來的，但轉念又一想，惹禍精搬運他，難道還能有什麼別的比較正常的方式嗎？！

算了還是不要自取其辱了。江季夏無力地扶住額頭。

徹底醒了，腦袋清醒過來一些，「在傳為螢的床上睡了一夜」這個認知變得越發鮮明。江季夏垂眼看看藍碎花床單，感覺有些窘迫。然而惹禍精好像誤解了他糾結的表情，急忙嚴肅聲明：「放心，搬你上床之前我換過床單被罩了，絕對乾淨無異味！」

臉紅了又黑的江季夏：「不會抓重點就不要說話！！！」

3

天氣越來越冷了，入夜後還時常會有雨雪，路不好走，江季夏就這樣半在方家老宅住下了。他留宿時住在傅為螢和小滿原本的房間，而傅為螢自己收拾了方郁的那間房，搬了過去。除了櫥櫃裡越來越多的白襯衫、洗臉臺邊新拆封的毛巾和牙刷、廚房灶臺上專門用來撈出蔥花的一把漏勺，生活似乎並沒有什麼改變。

傅為螢每隔幾天就要到市裡去看望小滿一次。恰巧這個週末收到了新一期的《藍櫻桃》樣刊，她便帶著雜誌，拖上了江季夏：「我們的大作一定要送去給小滿看看的嘛！」

或許是「我們的」這個說法取悅了江季夏，他破天荒沒有嫌棄長途客運站的大巴。

到了幼兒園裡，小滿看見江季夏則是喜出望外。傅為螢說要去和老師打聲招呼，讓小滿先和江季夏一起玩，小滿很高興地點頭答應：「嗯！」

江季夏已有一個多月沒見小滿，很敏銳地察覺到了小滿的變化，幾步追上傅為螢，在小滿看不見的走廊轉角處拉住她：「小滿是不是瘦了？幼兒園的伙食不好嗎？」

傅為螢嘲笑江季夏太敏感：「老師說這個年紀的孩子就是一天一個樣啦！前一天還肉嘟嘟的，隔天早上就變成苗條小淑女了。不用太緊張的。」

她也才十八歲，只能竭力悉心照顧好眼前，對孩子長期的成長發育情況卻不太明白，所以很相信老師的話。而江季夏更不懂怎麼照顧孩子，只能說：「哦。那就好。」

傅為螢拍拍他的手腕：「不要趁機逃避，快回去講故事給小滿聽！」

江季夏這才注意到，自己情急之下竟直接扯住了傅為螢的手。他急忙鬆開，折回遊戲室的時候還沒完全冷靜下來。偌大的房間裡鋪著彩色的拼接泡棉地墊，小滿席地坐在角落裡，一邊晃著腳一邊翻著《藍櫻桃》樣刊，很自得其樂的樣子。見江季夏回來，她便拍拍身邊的位置示意他過來坐：「小夏你和姐姐是不是在一起了呀？」

身下的地墊一滑，江季夏狼狽地穩住身體：「說……說什麼呢！」小孩子懂什麼「在一起」！

「欸？沒有嗎？」小滿失望地垮下肩膀，「可是姐姐說你現在經常會住在我們家呀。」

原來是說「住在一起」。江季夏鬆了一口氣，無視心頭那一絲微妙的失落。

「只是為了工作。」

「噢——」小滿拖長了尾音，突然把雜誌「嘩嘩」翻到人設頁，舉到江季夏面前，「話說，這個男主角長得很像你呢。」

江季夏被打了個措手不及。

惹……惹禍精！連你妹妹都火眼金睛看出來了你自己還不肯承認！

他轉頭盯著牆角的盆栽，彷彿突然對滴水觀音的葉片產生了極大的興趣。

小滿闔起雜誌，笑眯眯地湊近江季夏：「也難怪啦。姐姐身邊沒什麼朋友，球隊裡認識的那些人還沒姐姐厲害，一節籃球賽能被姐姐壓著打成鴨蛋欸！一隊男生打不過姐姐一個，也太弱了吧！想來想去，能做參考的，也只有小夏你啦。」

傳為螢身為「王子殿下A」時代的事蹟江季夏很清楚，但小滿的話裡似乎還有更深一層的意思。

「她在N市的時候呢？」就他在N大附中所聽說的，事情好像並非如此。

「咦？小夏你見過姐姐之前的樣子？」

江季夏下意識地抬手摸了摸鼻尖：「嗯。」

「噢，是有很多人給姐姐塞小字條沒錯啦。但實話說哦，姐姐來月河之後，只是剪了頭髮換了衣服，性格其實根本沒有變的。以前那些男生躲在琴房外面偷看姐姐練琴，我都擔心姐姐一發火會直接把鋼琴扛起來砸人……」

而男生們根本沒有嗅到危險的味道，還以為自己追隨的真是一個柔弱文藝的美少女。

小滿說著搓了搓胳膊：「沒有發生大事真是謝天謝地。」

看著小滿一臉往事不堪回首的模樣，江季夏失笑：「如果衡量標準是武力值的話，我也打不過你姐姐一隻手啊。」

「你不一樣啦！」小滿小手一揮，說得篤定。

到底哪裡不一樣呢？江季夏很想追問，但傅為螢已經折返回來：「說好讀故事書的呢？在閒聊什麼？」

背後探聽，顯得他很在意惹禍精似的。江季夏一時間沒接上話，倒是小滿反應快，朝他眨眨眼，做出給嘴巴上拉鍊的動作，然後爬起身朝傅為螢撲過去：「這裡的童話書我都已經看膩了呀。姐姐我們下午出去玩吧。」

傅為螢接住小滿，笑道：「我還猜不到你？和老師請好假了，想去哪？」

「看電影！」

「好。」她給小滿戴上圍巾帽子，回頭叫江季夏，「還不快走？」

江季夏回神，起身跟上。小滿左手拉著傅為螢，很乖巧地把右手交給江季夏。一手牽一個，這讓一貫穩重早熟的小滿難得地興奮起來，過馬路時屈起膝蓋，雙腳懸空，蕩起了鞦韆。小滿的體重很輕，這樣做並不至於給兩人造成什麼負擔，但傅為螢皺起眉：「小滿別鬧，很危險。」

小滿失望地「欸」了一聲。

「以前爸媽也會讓我這麼玩的。」

「那是爸爸媽媽。」傅為螢不退讓，「萬一我們沒抓緊你，你摔了怎麼辦？」

「我相信你們嘛。」

傅為螢還要說什麼，但鬼使神差的，江季夏輕咳一聲打斷她：「沒事，我不會鬆手的。」他頓了頓，又問，「難道你會鬆手嗎？」

傅為螢愣住了。

好半晌，就在江季夏以為她不會應答的時候，才聽左邊飄來輕輕的一聲：「當然不會啊。」

4

江季夏不知道傅為螢是怎麼了，從他們牽小滿蕩著鞦韆過馬路開始，就一直心不在焉。散場後陪小滿吃火鍋時討論劇情她也心不在焉的，被點名問及感想，居然說出了「結局很溫馨」這種荒唐的評論。

小滿困惑：「結局主角家人都死了哪裡溫——」

江季夏夾起一顆黃金小饅頭塞進小滿的嘴裡。

傅為螢回過神：「什麼？」

「結局特別溫馨。」江季夏冷靜地拿起溼毛巾擦拭指尖的油膩，「你的豬腦花熟透了快點撈走。」

幼兒園的週末放風時間到傍晚為止。兩人在門禁時間前將小滿送了回去，搭乘大巴返回月河。傅為螢剛上車就閉了眼睛，也不知是真的睏倦睡著了，還是僅僅想藉此逃避對話。

他們下車時，明月寺剛敲響晚上六點的鐘聲。

江季夏想著時間還早，可以抓緊再趕幾頁畫稿，沒想到被截稿的死線勒著脖子的作者本人聽著鐘聲神情更加恍惚，竟說出了「你先回家吧我想去個地方」這種不負責任的話來。

江季夏忍無可忍地拉住傅為螢的後衣領把她拖回來：「你到底怎麼回事？」

傅為螢目光飄忽：「就……就今天沒有心情畫啊。」

「下週就下印廠了，你還有那麼多頁白紙，你敢給我『沒有心情』？！沒交稿的人沒資格耍憂鬱！」

傅為螢有點惱火地揮開江季夏的手，聲音也抬高起來：「你管我呀！我偶爾也有難過也有不想勉強自己振作的時候啊！不行嗎？！」

起了晚風，兩人正站在風口。乾冷刺骨的風中，傅為螢兩句話吼出來，換了個驚天動地的噴嚏。江季夏腳下挪了一步，不動聲色地移到上風處：「我才不想管你，但更不想打亂工作計畫，搞得後面一連幾天熬夜趕工。」

傅為螢生氣地瞪眼。

江季夏無動於衷：「到底說不說？不說的話倒扣三朵小紅花。」

他知道傅為螢剛從麥芒手裡借了一套墨綠天鵝絨的男款晚禮服偷偷藏在家裡，不怕沒籌碼。果然，傅為螢立刻亂了陣腳：「喂！吵架不帶影響工作的！」

「現在到底是誰在影響工作？」

「是你逼我說的啊。」傅為螢垮下肩膀，吸吸鼻子，「說出來不准笑。」

「說出來會不會笑不知道，但不說的話小紅花沒有，剩下的網點自己貼。」

「哎別！我……就是突然很想我爸媽。我小時候，他們也經常那樣牽著我過馬路。」傅為螢扭過頭，揉揉眼睛，「無聊死了，幹嘛一定要聽啊。說這麼多愁善感的話會讓我人設垮掉欸。」

江季夏沉默片刻，冷笑一聲：「你還有什麼人設？」

傅為螢哼了一聲：「好歹是新近華麗出道的少女漫畫家嘛。」

江季夏不想深究這傢伙莫名其妙的偶像包袱：「有沒有想過回老家去看看？」

傅為螢搖了搖頭：「整條街都塌掉了，就算回去，當初走的那條路也已經不在了。」

她抬起右手，張開手掌心，又握起，無意識地重複著這樣的動作，好像試圖在虛空中抓住什麼東西一般，又好像只是活動活動筋骨。她的十指因自小彈鋼琴而生得纖長，指節有力，又因做多了家務而略顯粗糙，並不像是十八歲女孩子的手。江季夏注意到她中指指腹有一片藍墨水的痕跡，應該是前一晚趕稿時染上的。那藍色斑點隨著她右手的動作在夜色中一晃一晃的，讓患有強迫症的小江王子心裡針扎似的難受。

於是他伸出手去。

「咦？」傅為螢冷不防被抓了個正著，發出一個驚愕的單音。

江季夏本意只是阻止那塊墨跡在眼前晃來晃去，抓住惹禍精的手就算達到了目的，可他抓住之後還不想放。他說不清理由，沒想到傅為螢震驚之餘居然給他找了個很好的臺階下：「幹……幹嘛？你該不會是想牽著我蕩鞦韆吧?」

江季夏眼神一暗,手中用力,不讓傅為螢甩脫:「對。蕩過癮了就快給我回家趕稿。」

「你在搞笑?!我們這點身高差,蕩什麼鬼——啊!」

有些變調的尾音,是因為江季夏突然將她拉到了身邊:「閉嘴。回家。」他頓了頓,「到家趕緊洗手。墨水居然還留在手指上過夜,你是小學生嗎?」

江季夏拉著傅為螢離開長途客運站門口時,下一班從市裡回來的大巴正要進站。他們一個只顧抿著唇冷靜頭腦並制住掌心裡那隻不安分的手,一個嚷嚷著想要在口頭上爭回一口氣,所以並沒有注意到,在大巴與他們擦肩而過的瞬間,一扇窗後忽然放下了簾子。

相隔一條走道,坐在另外半邊的同伴們停止了笑鬧,好奇地探過身來。

「在看什麼呢?臉色這麼可怕。」

瓊華將車窗簾仔細扣好,轉頭朝朋友們笑了笑:「沒什麼。」

女生們不疑有他,又討論起下車後要趁著餘興到哪裡再玩一會兒。誰也沒有注意到,瓊華手邊的窗簾一角,因為曾被人死死地握在了手心裡而再也恢復不了原本平整的樣子。

5

江季夏的強迫症是很嚴重的。

自從他的「懶癌」有針對性地痊癒後，傅為螢就深受其害。

主要展現在連載這件事上。成了漫畫作者之後，傅為螢也不可避免地養出一些拖延的毛病，有時候在個別細節上鑽了牛角尖，若放任她自己掌控進度的話，一頁分鏡反反覆覆地琢磨大半個月也是可能的。而江季夏的作風截然相反，前一期畫稿剛剛交上，就迅速排出下一期的日程表，何時出故事梗概、何時完成人物草圖、何時畫背景描線塗色貼網點，每一個步驟精確分配到小時，力求杜絕任何失誤拖延的可能。漸漸地，關於日程方面的安排，麥芒都不找傅為螢了，而是直接和江季夏聯絡。對此傅為螢很不服氣，在電話裡向麥芒抱怨：「我才是作者欸！」

「那當然啦，你是作者是我們的衣食父母哦！」麥芒安慰她，「把電話給小江接一下。」

傅為螢：「……」

日子不能這樣下去！起來，不願做奴隸的作者！

然而她的抗爭行動每每剛醞釀了個開頭，就被克扣小紅花的威脅扼殺在襁褓之中。

小江王子實乃高瞻遠矚。

當然，事情並不會總如小江王子所願。

好比說，他「出賣肉體」實現了一次沒蕩起來的「鞦韆」，敦促因心情低落而企圖給自己放假的傅為螢乖乖坐到桌前，按計畫趕完了當天的任務，卻沒料到緊隨其後的一場暴雪，會讓一晚的成果化為烏有。

雪是在那天午夜飄起來的。

狂風裹挾著輪廓分明的碩大雪片，不過片刻就落了一地純白。江季夏留宿方家老宅已經很習慣了，換洗衣物和日用品都齊全，見狀不必傅為螢提議，就直接洗漱睡下。一天的長途奔波，又伏案工作了一整晚，兩人都很疲憊，各自沉睡。

理應由六點鐘的鬧鈴來喚醒他們，但在那之前，一陣「轟隆」巨響先驚擾了夢境。

江季夏睜開眼，一時間有些分不清自己是夢是醒。屋內光線昏暗，窗外的天色也還灰濛濛的，分辨不出時刻。呼嘯的風聲和雪片打在窗上的聲音隱約可聞，雪還在下著。他披衣起身，推開房門，被撲面襲來的寒氣激了個哆嗦。

老平房的確夏暖冬涼，可是也不至於是這麼冷如冰窟的效果。

客廳裡沒開燈，一片晦暗中，有個穿著單薄睡衣的身影正呆立在門口，仰頭發著呆，對這天地間徹骨的冷渾然不覺似的。這傢伙是真的沒把自己的身體當回事！江季夏忍住教訓人的衝動，抬步走過去，隨手扯下肩頭的外套丟到她頭上。傅為螢冷不防被黑暗籠罩，手忙腳亂地探出頭來，見是江季夏，鬆了口氣：「你也被吵醒啦。」

「怎麼回事？」

傅為螢指指頭頂，訕笑幾聲：「天真亮啊。」

江季夏舉目望去，客廳的門分明還落著栓，卻有雪花飄飄揚揚的，冰冷地落在他的眉上。

方家老宅年久失修，屋頂被一夜的厚重積雪壓垮了。

因為客廳漏風，所以會議地點暫時轉移到了原本屬於傅為螢和小滿，如今被江季夏徵用的臥室裡。

傅為螢謹慎地挪了挪屁股，遠離江季夏全身的低氣壓：「也是意外嘛，大家都不想的嘛。反正房間還是好好的，將就一下也還能住……」

江季夏環臂倚著床柱，臉色陰鬱。

傅為螢站在嬌貴小王子的角度設身處地考慮了一下，得出了「起床氣」的結論，於是提議：「要不然這段時間你先回家？等天晴了我再叫人來修。」

「你跟我回家。」

傅為螢噎住：「啊？」

「雪還沒停，客廳屋頂塌了，房間也不保險。」

「啊哈哈哈，不可能那麼倒楣啦。」

堪稱衰神附身的傢伙也有臉說出這種話？！江季夏連形象都顧不上了，翻了個白眼：「趕稿也不能停。先講清楚，我可不想在漏風的破房子裡幹活。還是說你一個人能按時畫完背景貼好網點？」

傅為螢噎住。

軟肋被江季夏抓在手裡，她還真沒底氣反駁，可是她也不想到江家去借宿。好不容易才將生活重新握在手心裡，她不想再回頭去過寄人籬下的日子，何況她也沒忘了，江家還住著瓊華。

她正拚命轉著眼珠想對策，就聽江季夏接著道：「如果……」

這句話太熟悉了，近來無數次抗爭活動的失敗都是以此為標誌。江季夏剛開腔，傅為螢就警惕地搶下話頭，先發制人：「你是不是又要說如果不聽話就扣小紅花？！江扒皮！可惡的地主老財！勞動人民唾棄你！已經發給我的小紅花是神聖的私人財產不可侵犯我跟你說！」

「如果搬到我家的話，獎勵十朵小紅花。」

洶洶的氣勢凍結在半空中。

傅為螢眨眨眼：「哎？」

江季夏點頭：「十朵。」

十朵哦！可以說是年末大拍賣了！少洗十天的碗，可以換兩套造型！麥芒之前提議的斯文敗類、金框眼鏡、白大褂和廣袖長袍古風美男子欸嘿嘿嘿嘿……傅為螢猛地一吸口水，竭力喚回自己的理智。

醒一醒傅為螢！你是那種人嗎？！十朵小紅花居然就能收買你嗎？！

她冷靜地伸出兩根手指：「二十朵就成交。」

6

最終成交價格為十五朵。

傅為螢還想討價還價，抱著內城河西北邊石橋口的歪脖子老柳樹磨磨蹭蹭不肯往前走。江季夏不知從哪裡看透了她的顧慮，直言道：「碰不上瓊華的。現在約她出去玩的人多了，沒幾頓是在家裡吃的。難得在家，也是張嫂給她裝了飯盒送上樓。」

這是什麼清奇的操作？

傅為螢不懂了。對她而言，時間寶貴，效率萬歲。在「如何用盡可能少的鍋碗瓢盆做出盡可能多的飯菜」這個課題上，她的經驗簡直可以寫出一篇論文。所以，對瓊華這種無端導致多洗一套飯盒的舉動，她是十二萬分的無法理解。

「閣樓上的灰姑娘，演就要演個全套。」江季夏冷冷道。

暴風雪的天氣，沒有人願意上門修理屋頂，他們只能先自己動手做了些應急處理。挪開客廳的電器家具，掃去屋內積起的冰雪，鋪上防水布。放學後匆匆做完這些事情，再等傅為螢收拾好行李，天色已經黑透。沿路的積雪沒過腳踝，城河的水面也凍起薄薄的一層冰。江季夏見傅為螢一步一陷，走得實在艱難，破天荒動了紳士的念頭，想替她分擔一個包。小江王子說不慣這種良心話，只能用肢體語言來表達意圖。然而傅為螢完全沒讀懂，一手日用品換洗衣物一手畫稿工具，十分豪邁地走在前頭。

走過兩條街，她突然停步。

江季夏：「……」

只見她扭過頭，「呸呸呸」吐掉飄進嘴巴裡的雪花：「打傘打傘！」

結果還是傅為螢自己提著行李，江季夏撐著傘走在她身邊。傅為螢很慶幸地感慨「這種時候還是有人幫忙的好啊，不然自己一個人都沒有手拿傘」。江季夏心覺無奈，她就沒有想過把行李分給別人一個，空出一隻手來打傘嗎?他動了動嘴唇，終究還是保持了沉默。

對傅為螢而言，在風雪中請求別人幫忙撐傘，已經是極限了吧。

「還可以讓旁人來為自己分擔重負」，習慣了一肩扛起所有的她，腦袋裡可能根本就沒有這個意識。

風的來向不定，雪片紛亂飛舞。江季夏走在左邊，將傘沿朝傅為螢那側傾過去，然後直接伸手拿過她左手的尼龍包。傅為螢「欸」了一聲，江季夏淡淡道：「這個包卡在中間，我不好打傘。」

很好的理由。

傅為螢眨眨眼：「哦。」

風聲，雪片擊打在傘面的聲音，腳踩在無人走過的鬆軟積雪中輕微的腳步聲。分明有著如此多的雜音，卻好像再沒有比這更寧靜的夜晚了。兩人一路無言地走著，直到江宅就近在眼前時，傅為螢突然道：「我一直有個疑問哦。」

「說。」

「你為什麼不喜歡瓊華啊？」語氣遲疑地一頓，「在瓊華……做出那些事情之前，你好像就很疏遠她。瓊華說過，你是因為她家出事而瞧不起她，可是我覺得你……」

不是那樣的人。

「交個朋友走眼走到外太空，你現在還有評判別人的自信啊？」

傅為螢垮下肩膀：「沒自信啊。」隨即又笑笑，「但我覺得可以信你。」

江季夏一愣，好半晌，輕輕地嘆出一口氣來：「兩個原因。一是她那種性格，我應付不來。」

「噗，灰姑娘和壞皇后嘛。」

「嗯？」

「啊！沒什麼沒什麼。」

說話間兩人已經走到江家門前。江季夏收了傘，跨過門檻，傅為螢這才注意到他的左肩染了一層白。她趕緊追上去，抬手想替他撣掉，可不等她觸及，那乾冷的白已經融成了一片黯淡的水跡。

「還有一個，雖然不到瞧不起她那麼惡毒，可是也算遷怒吧。」江季夏知道傅為螢坦蕩磊落，不確定這理由她是否能接受，所以話到嘴邊，又躊躇了。

斜地裡突然插進來一個聲音：「那種齷齪事，你們好孩子說不出口，就讓我老婆子來說。」

傅為螢訝然抬頭望去，只見一個身穿棉布襖褂的婦人正挑著燈站在迴廊口。對方五十來歲模樣，個頭不高，但腰杆筆直，目光銳利，顯得十分精悍。傅為螢想起曾隨瓊華來江家時聽她提過的話，江老夫婦出國講學，江季夏兩位兄長也成年離家，現在住在江宅的除了瓊華和江季夏，只有……

她從婦人身上收回目光，看向江季夏。江季夏露出有點頭疼的表情，叫的果然是：「張嫂。」

7

江季夏是老來子。他出生時，江老夫婦已經隱居月河多年，鮮少與故交來往。過去的很多事情，他還不如從十幾歲時起就跟在江老夫人身邊的張嫂清楚。

瓊老爺子和江老先生是同門師兄弟。江老先生天性淡泊，才華橫溢卻對功名利祿看得很輕，做個自由自在的窮畫家就很滿足。恩師要動用人脈給他在文藝部門謀個差事，他也不願意，索性背上包袱逃離了S市。從那以後，他就一年到頭天南地北的旅遊增廣見聞，旅費花光了就停步，架起畫板來給當地人畫幾幅肖像畫賺些零錢，再繼續上路。瓊老爺子的性格則與師弟截然相反，藝術造詣平平，然而城府深，做事目的性很強，擅謀算。恩師謀得的差事，江老先生逃了，他便主動請纓頂上空缺，趁機接近高官獨女，藉著師門和岳父家的力量一步一步往上爬。

志向不同，便不相為謀。至此本也相安無事。

但後來，江老先生有次回到S市，對當時還是電影明星的江老夫人一見鐘情，展開了轟轟烈烈的追求行動。恰巧，瓊老爺子正在職務考評的緊要關頭，距離地方文化局最高的那個位置僅一步之遙，可偏偏怎麼也邁不出去這一步。瓊老爺子不願放棄良機，通過岳父家的關係得到了上面要拿文藝界重要人物開刀的風聲，便假意回師門探望，一邊和江老先生拉近關係，一邊收集情報，出手如電地將恩師與江老夫人一同舉報上去。之後，江老先生多方奔走，吃盡了苦頭，花費數年總算救出了夫人，而恩師卻是等不到重見天日的一天，早已病逝於獄中。

等一切都風平浪靜後，江老夫人息影，和江老先生隱居月河鎮。此後，師兄弟一別三十多年，直到瓊老爺子臨終前那通電話，才重新建立起聯繫。

以上內容，來自張嫂義憤填膺的講述。

訊息量太大，傅為螢消化不良，丟下拆了一半的行李，去敲江季夏的房門。

江家兩位當家長輩不在，久無客人來借宿，一時間收拾不出客房，江季夏就讓出了自己的臥室，搬到了江孟夏空下來的房間去。兄弟倆的房間本就相鄰，說是搬，其實也就一牆之隔而已。傅為螢敲門時，江季夏剛洗完澡，頂著一頭溼髮來開門。他匆忙之下隨手套的一件T恤亂七八糟地纏在身上，領口也歪到一邊，傅為螢卻完全沒注意到小江王子難得的淩亂美。

「就這樣，你爸媽還肯幫忙養孩子？人也太好了吧？！」

心軟也要有個限度啊！她拍桌。

江季夏拉好衣服，拿了條毛巾擦著頭髮，聞言忍不住丟個白眼過去：「你還有臉說別人？」

傅為螢噎住。不行，要反擊！她醞釀片刻，找到了突破口：「話說，你爸媽這麼好心，怎麼生出來的你就不是那麼回事了呢？」

江季夏冷笑一聲：「你是還沒見過我二哥。」

江家次子，傳說中的江季夏的二哥。還和瓊華交好時，傅為螢已經從對方口中聽過很多次「二哥」的光輝事蹟了——謙謙君子，溫和可親，第一個真心接納她的江家人（當然這一點如今得打個問號）。但傅為螢還是很好奇，身為親弟弟的江季夏怎麼看待這位二哥。

江季夏擦頭髮的手頓了頓，沉默數秒後，彷彿是從緊咬著的牙關擠出了聲音：「瘋子，變態，神經病！萬一碰見了，離他遠一點。」

傅為螢：「哎？」

好不容易找江季夏消化了從張嫂處聽說的舊事，結果又因為江季夏對「二哥」的評價而產生了新的消化不良症狀。江家也沒別人了，傅為螢只能再回頭聽張嫂講那過去的故事。幸虧張嫂很喜歡她。江家過年的風俗很傳統，還沒進臘月，就動手醃製起香腸和鹹菜。傅為螢不好意思平白蹭住，清早起床見張嫂一個人熱火朝天地忙著，馬上就挽起袖子上去幫忙。傅為螢在Z省長大，又在本省的省城N市生活過幾年，會兩地的做法，幾個改進的建議說得張嫂連連點頭。香腸醃好了就得風乾，一公尺多長的粗竹竿上掛著沉沉的二十幾串臘腸，一早晾出，太陽下山時收回，此事傅為螢也主動搶下了。張嫂不讓，她還能扛著竹竿和張嫂捉迷藏，一邊扯著嗓子叫：「我個子高！不費勁！」沒幾天，她就取代江季夏，榮升為張嫂眼中第一名的心肝乖乖肉。她想聽什麼故事，張嫂自然都是張口就來。

江仲夏只比江季夏大三歲，沒有大哥江孟夏那種「長兄如父」的自覺。江季夏跌跌撞撞學走路的時候，江仲夏正是最調皮搗蛋的年紀，看弟弟連話都還不太會說就先養成了一張老成的面癱臉，覺得實在好玩，便以惹哭江季夏為人生一大樂趣。

從那一刻起，江季夏的人生便開始走上坎坷之路。

他越是以不變應萬變，越是堅持用一張冷靜的面癱臉面對江仲夏無休止的捉弄，江仲夏就越是被激起鬥志，不肯甘休。兄弟倆的關係由此陷入了惡性循環，十幾年的電閃雷鳴，終於以江仲夏離家去S市上大學當晚偷偷將江季夏書包裡的英語詞典換成了一尊木雕壽星像而宣告暫停。隔天課堂上，小江王子當著全班同學的面掏出一尊慈眉善目的老壽星時的表情，則永遠載入了月河高中的史冊。

傅為螢驚呆了。

說好的謙謙公子呢？！說好的溫和可親呢？！

張嫂解釋：「小二對別人還是很規矩的，就是喜歡和三兒胡鬧。」

沒錯，江季夏在家的小名，傅為螢現在也知道了。

她的反應是這樣的——當天晚上趕稿的時候，對著桌子另一頭的江季夏笑滿了一頁分鏡：「哈哈……原來你的小名叫三兒！！！」

無辜的鉛筆在江季夏手中身首異處。

以五朵小紅花為交換條件，傅為螢立下誓言，絕不將這個小名向外傳播。

細細品味了一番江家人的設定，她忽然有點同情太平洋彼岸的江大哥。沒原則的老好人父母、疑似多重人格的妖孽二弟、強迫症的冰山三弟，江大哥身為這一家子不正常人裡的唯一一個正常人，反而成了最不正常的那一個了。

8

仲冬的暴風雪，在給月河鎮抹上了厚重的一層白，嚴嚴實實凍結起內外城河的水流後，終於停止了呼嘯。出了太陽，氣溫卻直跌到零下。融雪的苦寒持續了一週多，路面的冰殼才終於全然化去，或淌入重新淙淙流動起來的城河中，或消散在正午的暖陽裡。

傅為螢不想無端賴在別人家屋簷下。儘管張嫂再三挽留，江季夏也擺出一張「敢再廢話試試」的冷臉，她還是一見積雪消融便匆忙背上行李跑回家去聯絡工匠修理房頂。雖然墊了防水布，客廳的地上仍留了些融雪的黑痕，送走工匠後她便到廚房打水擦拭。擰開水龍頭，卻不見水流，她困惑地蹲下身檢查水池下的管道閥門，猝不及防地被濺了一頭一臉的冷水。

水管裂了。

不知道是下雪天裡凍裂的，還是單純的管道老化，自然破裂。

總之傅為螢回家的路是給堵死了。重新鋪設管道可不比修理屋頂容易，一天內第二次請工匠上門，對方查看情況後估算了個大概的價格出來，傅為螢一看那數字眼前就一黑。

白天雖然晴暖了，可太陽下山後還是冷。傅為螢頂著風回到江家時，頭髮上已經結了一層冰，用手指梳一梳還能梳下一把冰花來。

張嫂見她回來，先是喜出望外地拉她進屋內，到了亮處，定睛看清了她的慘狀，滿臉喜色頓時化作心疼責備，連忙推她去泡熱水澡驅寒氣。

「衣服……」傅為螢掙扎著伸手去拿自己尚未拆封的行李。

「張嫂幫你拿！」

江家二樓的幾間主臥房裡都是淋浴，只有樓下才有浴缸。

傅為螢被張嫂守著，在熱氣蒸騰的浴缸裡泡滿了二十分鐘，泡得面紅耳赤、手皮發皺，總算獲得了起身的許可。張嫂還不放心，往她懷裡塞了一堆號稱養氣補血的乾果蜜餞，殷切叮嚀「一定要吃完」。

傅為螢低頭瞧瞧那足以吃出鼻血的量，心裡感到有點為難。她小心翼翼捧著那幾乎漫溢出臂彎的一堆乾果蜜餞回房，在迴廊盡頭聽見腳步聲，頓時像抓到了救命稻草：「張嫂剛給我抓了一把紅棗桂圓，江季夏你要不要分點去吃？」

與來人四目相對，她愣住了。

對方眼底的驚愕比她更甚：「傅為螢？」

住在江家十餘天後，傅為螢終於和瓊華狹路相逢。

幾顆紅棗滑出傅為螢的臂彎，跌墜在地，滾到老遠。傅為螢抽不出手去撿，見瓊華也沒有幫忙的意思，只能用腳尖攔住那幾顆紅棗。

瓊華上下打量了她一番。

傅為螢的髮尾微溼，因為行李還沒來得及重新整理，所以穿著張嫂臨時找出的舊T恤，很尋常的居家打扮，可是出現在這裡，就是極其的不尋常。待她認出那舊T恤的原主人是江季夏時，臉色又是一變：「你怎麼會在這裡？！」

既然碰上了，也就沒什麼好隱瞞的。

傅為螢就把自家老房子在暴雪裡遭了災的事情簡單敘述了一遍。

自己家沒辦法住人了，所以被朋友招待借宿，分明很自然的因果，瓊華卻像聽見了荒謬到無法理解的事情一般，緊皺著眉頭：「你和江季夏什麼時候關係這麼好了？你忘了他是什麼樣的人了嗎？」

尖刻、惡毒、黑心肝。傅為螢垂眸數數腳邊的紅棗，還差一個。

她笑了笑：「當然沒忘。」

「那你還——」

「那是你告訴我的江季夏。」傅為螢打斷她，「可是我告訴過你了吧，我不會再信你。」

無光的迴廊轉角處，漏網的那顆紅棗被擋住了去路。一道身影駐足，彎腰將其撿起。他的動作，因寒冷的晚風送來的迴廊另一頭的聲音而頓了一頓。

「我長著眼睛呢。江季夏到底是什麼樣的人，我自己會看。」

瓊華氣急，一時間竟忘了唯唯諾諾的姿態，揚起聲音：「我不過是家裡沒了錢、沒了勢力，爸媽進監獄，江季夏就瞧不起我。像你這樣的，你還以為能被他真心當作朋友？別天真了！」

傅為螢嘆了口氣：「你還沒明白嗎？」

「什麼？」

「你和江季夏之前怎麼相處，我不清楚。但我很肯定，他不是那種會戴有色眼鏡看人的人，不會因為誰家的錢權而看重誰，不會因為誰家窮酸或者名聲不好就輕賤誰。他真正瞧不起你，是從你自己犯錯開始的。」

「我——」

「瓊華，你做了什麼，江季夏都知道的。」沉默片刻，傅為螢又補充，「我也知道了。」

瓊華沉默。

「不管你做這些是為了吸引別人的注意，還是為別的什麼，都無所謂了。我只是想說，真正的灰姑娘，是不會將『灰姑娘』這個身份作為本錢的。明明吃得飽、穿得暖、困難的時候有人幫助和善待，卻還不知足、不知感恩，偏要自己跑去煤灰裡撿豆子，把日子過得苦兮兮的，製造出莫須有的惡名扣到別人的頭上，再用自己的這份委屈可憐，換來仙女的南瓜馬車和玻璃鞋，換來王子的另眼相待——這不叫灰姑娘，充其量，只是一種灰姑娘病而已。」

傅為螢說：「瓊華，你真的沒有那麼可憐。也沒有必要，把自己弄得那麼可憐。」

9

江家的宅院自成一方天地。晝夜更替彷彿與此處無關一般，不知道是時間本身忘卻了流逝，還是身在這方天地裡的人忘卻了時間的流逝。

傅為螢想過向《藍櫻桃》預支稿費，但交小滿學費時預支的那筆尚未還清，實在開不了口。張嫂勸她在江家住到過年，寒假有的是時間慢慢想辦法。而家裡如今唯一姓江的人，雖然天性有話不肯直說，可只要她提到了「修水管」、「回家」的關鍵字，就會立刻從鼻子裡哼出冰冷的一聲來，顯然也是贊成張嫂的態度。這天寒地凍的時節，為了生存，傅為螢只好厚著臉皮繼續留在江家了。

她的作息行程重新固定了下來。

放學後和江季夏一起回家，跑到水心亭收回晾曬的臘腸和鹹菜，回房抓緊寫完作業，下樓吃飯。有張嫂在，晚飯是輪不到她動手的，只能飯後幫忙洗洗碗。洗了碗，擦乾淨手，再上樓時，江季夏已經擺好畫稿和工具等在房間裡了。省了兩頭跑的工夫，就能畫到更晚些。時不時地，張嫂會送些宵夜上來，嘮叨一些「不要累壞了」「長身體的年紀睡眠一定要充足」的話。填飽肚子，通常就有了睡意，江季夏起身回隔壁，她則可以直接踢了拖鞋就鑽進被窩。兩人之間僅僅一牆之隔，偶爾失眠，有了新的靈感，只要敲敲牆壁，就能得到回應。

日子就這樣不知不覺地過去。彷彿也將不知不覺地這樣繼續下去。

每天五六個小時的睡眠，說不上多麼匱乏，但時間一長久，還是會累積疲勞。某個仍舊是兩人相對趕稿的深夜，傅為螢畫著男主角對女主角產生好感的一頁分鏡，居然「咚」的一下腦門磕著桌面就睡死過去。她記得自己是大臉朝下直接砸在分鏡稿上的，得個落枕加筆痕糊一臉的結局也不足為奇，可是醒來時發現手裡原先抓著的筆被拿開了，臂彎裡不知何時被塞了個抱枕，肩膀上也多了件外套。

江季夏的外套。

而桌子另一頭的人不見蹤影。

以江季夏的作風，若真的擱筆回房休息，一定會把畫稿工具都收拾妥當的。可現在塗色的半成品還攤在桌頭，想必只是暫時離開。傅為螢起身出去找人，在樓下遇見張嫂，得了一小碟新切的臘腸。每年新灌製的香腸，正常都要風乾一個月左右，今年家裡多了傅為螢，張嫂說要給她嚐嚐味道，額外做了一根迷你尺寸的，在這乾燥的冷天很快就晾好了。埋頭畫了一晚，傅為螢也餓了，拈了兩片塞進嘴裡，慷慨誇讚「好吃」，又說要分給江季夏也嚐一嚐，問張嫂知不知道他的去向。

張嫂露出無奈的笑，指指天上。

傅為螢：「啊？」

江季夏在屋頂上。

根據張嫂的說法，他小時候被二哥捉弄得無處藏身，就往屋頂上躲。江仲夏懼高，奈何不了高處的江季夏，漸漸地屋頂就成了江季夏的避風港。後來江仲夏離家，警報解除，江季夏卻還是改不掉有事沒事上屋頂的習慣。

傅為螢繞了一圈，在樓背面找到了垂墜在半空晃蕩的軟梯。她仰頭喊了幾聲，只聽上面一陣瓦片磕碰的聲響，片刻後，房簷邊探出一顆頭：「幹嘛？」

「剛蒸的香腸，吃不吃？」她抬手給他展示豐盛的小碟子。

江季夏沒應聲，默默伸手，把軟梯收了上去。

傅為螢一口氣噎在心頭，被激起鬥志。她倒退數公尺，助跑幾步，騰空跳起，一手托穩小碟，一手攀住簷角，輕巧俐落地翻上了屋頂。江季夏還在原地，冷不防見傅為螢跳上來，呆了幾秒：「你屬猴的啊？」

傅為螢點頭：「我是啊。」留級一年，比你大一歲，屬猴沒毛病啊。

成功反嗆回去，她心裡暢快極了。可這暢快的心情沒能持續幾秒，她低頭看清江季夏手中的動作，難以置信地大叫起來：「江季夏你的強迫症是不是沒救了？！你自己等會兒還得下去吧，就這麼一點時間也要把梯子捲好啊？！」

江季夏默默扣好軟梯的繩結，坐回屋脊。

傅為螢捧著臘腸小碟子跟過去，見他身邊擺了一盅熱騰騰的酒糟，忍不住嘀咕：「你倒是會享受。」高處風大，她坐了一會兒感覺有點冷：「酒糟分我一點！」

「不給。」

「拿臘腸和你換！」

小江王子無動於衷：「臘腸不是本來就要給我的嗎？」

傅為螢乾瞪眼：「那……那用一朵小紅花夠不夠換一杯！」

小江王子終於點了點他尊貴的頭，賜下一杯溫熱香甜的酒糟。傅為螢顧不上心疼意外折損的小紅花，趕緊埋頭猛啜幾口，整個人才活過來。身高腿長的兩個人，在狹小的屋脊上都只能屈膝坐著，江季夏右臂支在膝頭，手托著腮，用一雙顏色淺淡、寒星般的眼眸冷冷地盯著她。傅為螢舒服地長嘆一聲，感受到江季夏的目光，側臉看他，發出一個疑問的單音。江季夏不動聲色地別開目光：「喝完了就下去，這裡是我的地盤。」

「啊哈哈，不要這麼小氣嘛，反正你二哥不在家。」

江季夏露出要殺人的目光。

傅為螢憋笑憋得胃痛，故意往他身邊擠了擠：「大半夜的一個人蹲在屋頂上，有什麼好看的啊？」擠得肩膀貼上肩膀，江季夏一僵。

「今天是滿月。」他說。比舊曆十五還要更圓滿的十六夜。

月河鎮的風俗很傳統，鎮上人的生辰都按舊曆來算，所以連小孩子也對舊曆日期十分熟悉。而傅為螢，從親生父母家到養父母家，都是在城市裡，對此毫無概念，聞言立刻滿懷期待地抬眼向天空望去，很快又面無表情地轉回來。

她指指天邊那細得幾不可見的一彎月牙：「你管這叫滿月？」

江季夏重新給自己倒了一杯酒糟：「你沒看新聞？今晚有月食。」

光輝清皎的那一輪圓月，完全被地球陰影吞沒的瞬間。

正是食既。

夜幕一片遼闊，沒有星星，因此顯得格外昏沉。月河的深夜總是靜而無燈火的，月亮的光輝被吞食殆盡後，整個天與地之間就徹底失了光亮。無盡深淵般的黑暗寂靜，卻不顯得恐怖，倒彷彿是驀然回首終於尋到的，生在這喧囂人間後苦苦追求而不得的圓滿安寧。這片安寧中不僅僅有他一個人，可近在咫尺的身邊的這另一個人，並未讓他的安寧受到絲毫的打擾。

反而像是因為有了她的存在，才終於成就了這片安寧似的。

「哎，江季夏，你看這月亮怎麼好像有點發紅！」

黑暗深淵的盡頭，微微透出一絲古銅色的光輝。

江季夏將目光從傅為螢身上移開，轉向夜幕：「嗯。是紅月亮。」

百年難得一遇的紅月全食。

這惹禍精偶爾也能帶來一些好事嘛。他想。

傅為螢沒見過月食，也沒見過紅月，新奇地盯著天上看，一邊興高采烈地哼起歌來。什麼「浮雲散，明月照人來」，什麼「團圓美滿今朝醉」。她哼得斷斷續續，調子和月光一起被吞走了似的，江季夏聽了半天才聽出，那是幾十年前流行過的一首老歌，《月圓花好》。如今的青少年估計連這歌名都沒聽說過，而他，若非小時候被逼著看母親主演的老電影，肯定也不會知道這首歌。天知道傅為螢是從哪裡學會的。

「話說，我一直在想《魔法少女滿月》的結局。」哼歌的聲音突然停了，傅為螢冒出一句。

江季夏順理成章地將目光轉回她的臉上。

「主編問你？」

傅為螢搖搖頭：「麥芒姐說，《藍櫻桃》的長篇，只要人氣沒斷，就會十年八年長長久久地連載下去的。她還建議我高考志願填S大美院，接受一些專業訓練，也能就近和公司開發一些別的合作。談結局還太早。」她放下手中的空杯，「可是我自己，總得在心裡先給自己預設一個結局，才有努力的目標啊。」

「那你的想法呢？《藍櫻桃》要你十年八年地畫下去，你就照做嗎？」

如今，除了當事人，江季夏是這世上最了解她和《藍櫻桃》之間的事情的人了。她有才能，畫漫畫卻不是她的夢想，江季夏以為她會想要盡快結束這一切，想要盡早開始真正屬於自己的人生，此時見她似乎並不排斥麥芒的建議，不禁詫異。

傅為螢笑了笑：「我一開始，只覺得為了讓小滿過得好一點，這麼做很值得，可是真正開始做了之後突然發現，原來我挺喜歡做這件事的。既然喜歡，就努力繼續下去吧。」

江季夏沉默了。

他跑到屋頂上吹風發呆，一般是因為心情不好，想找個無人打擾的地方清靜清靜。遇見傅為螢之後，他已經很久沒有這麼做了。突然故態復萌，是因為傅為螢趴在桌上打瞌睡的時候，他突然接到的一通越洋電話。思及江孟夏在電話裡說的話，就覺得滿心煩亂。

傅為螢伸了個懶腰，慨嘆：「我現在算是知道了，人活在這世上啊，有些事情是因為夢想才去做的，有些事情，是做了之後才發現拿來當作夢想也很不錯的。如果不清楚自己喜歡什麼，那麼總之，眼前的事情，先出手去做做看好了。說不定就對了呢。」

江季夏一愣，這惹禍精，竟然也能說出些正經的道理。

還不等他理清條忽閃過腦海的一些想法，傅為螢就又恢復了不著調的樣子，有點誇張地拈著蘭花指唱起《月圓花好》的後半段：「雙雙對對，恩恩愛愛，這園風兒向著好花吹，柔情蜜意滿人間。」

唱到「柔情蜜意」的時候，她用蘭花指點住江季夏，拋了個媚眼過去。

兩人之間原就貼得近，江季夏心頭一跳，「蹭」地站起身：「瞎胡鬧！」

傅為螢笑得渾身發抖，江季夏越發羞惱，抬步就要走。屋頂上本來就活動不便，他一時不留神，踩上了一塊鬆動的瓦片，身體失去平衡，眼看著就要跌墜下去。傅為螢眼疾手快地拉住他：「小心！」

這一拉，用上了十足的力氣。

拉回了江季夏，她自己也因為反作用力而向後摔倒。身後就是屋脊，她那瞬間也來不及想別的，只能哀悼自己多災多難的後腦勺。

然而，她真正重重倒下時，卻沒有感覺到疼。

江季夏被拉著，整個人壓在她身上，電光石火之間及時地將手墊在了她腦後。

身體交疊，四目相對，呼吸相聞。

傅為螢愕然睜圓的眼中，倒映出江季夏同樣愣住的臉孔和一線月輝。

月全食結束，清輝撥開無盡黑淵重新灑向大地的時刻，謂之「生光」。

正是生光。

10

下午最後一節數學課，數學老師拖了一會兒才下課，所以傅為螢回到江宅門口的時刻比平日要晚了一些。熟悉的那道門檻，彷彿成了世上最難翻越的峭壁險峰，她在門外無頭蒼蠅似的轉了好半晌，還是提不起勇氣進門。

明明是前後座，她卻沒有等江季夏一起走。

老師一宣布下課，她就「哐啷」一聲推開課桌，拔腿狂奔出教室，不敢回頭去看江季夏的表情。事實上，從那紅月之夜屋頂上烏龍的一摔之後，她就再也不敢和江季夏正面相對。這其實是很奇怪的，畢竟來到月河的這小半年裡，她作為外援和運動社團一起玩，球場上與男生肢體碰撞，又或賽後被隊友激動地勾肩搭背甚至擁抱，都很尋常。可是偏偏，和江季夏的這一次，感覺迥然不同。

那感覺不輕不重地在她心頭抓撓著，超出她的常識，難以用言語描述。

正因為未知，才更讓她慌張。

傅為螢停在牆邊，面壁，「咚」的一聲將腦門磕在牆磚上，然後抱頭蹲下。

「嗚——」好煩躁！

她正沉浸在自己混沌的世界裡，身後突然響起一個聲音：「你還好嗎？」

聲音似曾相識，傅為螢以為自己幻聽了。她頂著紅了一塊的前額驚訝地轉頭，和一雙漂亮的桃花眼相對，猛地愣住了。而青年看清她的正臉，也愣了愣，繼而露出溫和的笑容：「原來是你。這麼巧，又見面了。」

傅為螢趕緊起立轉身，看看青年，又轉頭看看江家大門，腦袋更亂了：「咦？欸？」

她茫然的表情似乎取悅了對方，青年這下直接笑出了聲。傅為螢不知所措，只能訥訥地看他扶著牆笑彎了腰。好半晌，他笑夠了，才正色指指門裡：「這是我家。」

青年抹了抹眼角笑出的淚，然後，朝她眨了眨那雙因泛著水光而越發瀲灩的桃花眼。

「我叫江仲夏。」

與此同時，另一邊。江季夏推門進房，面對著滿室的昏暗寂靜，不禁皺了皺眉。

傅為螢還沒回來。

他不瞎。那惹禍精在躲他，他看得出來。一下課就落荒而逃，卻比慢一步離開學校的他還晚到家，也不知道在哪裡瞎晃。

這倒也不是壞事。惹禍精吃過很多苦，對人情冷暖很敏感，但在戀愛這件事上卻遲鈍得讓人咬牙。那晚過後，若她的反應毫無異常，才真正的糟糕。

確認並且接受自己喜歡上了傅為螢這件事，花了江季夏幾天時間。起初他著實是震驚的，可是小江王子到底懶散，明白了自己的心意，也就不想花費力氣去抵抗。他相信惹禍精對自己也並非毫無感覺，只需要給她一些時間，等她自己開竅。

話雖如此，卻不能任由她耽擱連載的進度。江季夏開了燈，走到桌邊，想在傅為螢回來之前先完成幾頁描線。

躲他的這幾天裡，傅為螢自己也做了幾頁描線塗色，弄得桌上一團亂，江季夏忍不住皺眉，挽起袖子先收拾起來。

胳膊無意間碰掉了一本速寫本。是傅為螢平常用來記錄大綱和靈感的草稿本。

活頁本落地時倒扣著攤開了，江季夏彎腰撿起，見那正是《魔法少女滿月》男主角人設的一頁，不禁微微紅了臉。他還記得那天傍晚，從S市回月河的車上，傅為螢埋頭苦畫、不肯給他看的，正是這之前的一頁。心知不應該，但鬼使神差的，江季夏還是伸出了手。

作為模特兒，我是有版權的。他在心裡小聲為自己的行為開解，小心翼翼地將那一頁翻過。

滿心隱祕的歡喜，在目光落於紙面的瞬間凍結。那不是他。

卻是世界上與他最相像的一張面孔。

第六章

季冬之月

1

在睽別數年之久，江家「二王子」以一種非常震撼人心的方式回到了月河鎮人們的視野中。

而這種震撼，是以江季夏為媒介完成的。

傅為螢不知道江仲夏對當年離家前的最後一次行為藝術——偷樑換柱塞進江季夏書包裡的木雕壽星像到底有什麼執念，他一回來就迫不及待地推出了系列續集，趁江季夏深夜熟睡時偷偷潛入他的房間，往他的書包上繫了一朵巨大的粉紅色蝴蝶結。

那天傍晚，江仲夏沒來得及踏進家門就被老朋友叫去聚會，午夜才回家，隔天又睡到日上三竿，並沒有與江季夏打照面，所以江季夏絲毫沒有察覺到危險的信號，猶如尋常的每一天般，吃完早飯，單肩背起書包就出了門。容貌昳麗的小江王子，平日裡走在上學路上，也總是會被早茶鋪子的媳婦、老太太及順路的同校女生們指點偷瞄，他對這些目光已經免疫，只隱隱覺得這天周遭的目光好像比以往更熱烈了幾分。這種熱烈，在他走到校門口時終於燃燒到灼人的溫度。女生們竊竊私語、目光閃爍，男生們則從背後指著他，肆無忌憚地大笑出聲。江季夏後知後覺地翻過書包來一看，臉色霎時間冷如冰封。

「江！仲！夏！」

傅為螢沒有看見江季夏當時咬牙切齒、殺氣騰騰的表情。月食之夜的尷尬還在，那之後，每天早上她都會故意多賴幾分鐘的床，和江季夏錯開時間出門。換個角度想，若兩人一起上學，江仲夏的惡作劇也就不會得逞了。總之，當傅為螢跨入校門時，「小江王子品味猛烈轉變，疑似遭受重大精神刺激」的消息已經傳遍了全校。從校門口走到教室，不過百餘公尺的距離，沿路入耳的議論片段已足夠她拼出事件的全貌。

處於颱風眼的三年一班教室倒是一片風平浪靜。

可也僅僅是表面上的平靜而已。

鐘聲尚未敲響，大家或三三兩兩聚著閒談，或獨自埋頭看書，刻意扮演出毫不在意的模樣，可是每個人眼角的餘光都悄無聲息地投向後排窗下的江季夏。風暴正中心的江季夏，則單手撐著額頭，轉頭朝向窗外，一副「愚蠢的庶民啊，我才懶得與你們計較」的高傲姿態。

可是傅為螢懂他。

光看那背影，她恍惚間就感受到了來自極地冰原的冷空氣。

躲江季夏這麼些天，她已經躲出慣性了，突然要開口搭話，著實有些艱難。她佯裝找課代表交作業，在教室裡兜了兩圈，終於在第三次路過江季夏的時候咬牙止步，兩手「咚」地拍在他的課桌上：「你……你還好吧？」

因為緊張，所以用力略過猛，拍得桌子一抖。

江季夏放下手，回過頭。

傅為螢還是無法冷靜地與他對視，連忙別開眼，想了想，又做賊似的摀住嘴，低聲問：「東西呢？要不要我幫你處理掉？」

她知道，以江季夏的個性，就算氣頭上扯了那蝴蝶結，也不會隨隨便便扔在學校的垃圾桶，萬一給別有用心者撿去了，當作素材，編起胡話來更是沒完。十有八九，是還塞在書包裡，然後每隔幾分鐘就想起它一回，並於心肌梗塞的邊緣遊走一次。

哎呀，我真是個善良體貼的好朋友。傅為螢驕傲地想。

可惜江季夏似乎並沒有體會到她的善良。

冰封的表情解了凍，卻並沒有回暖。江季夏不置可否，緊緊盯著她。

「你見過江仲夏。」完完全全的答非所問。

江季夏用的是篤定的陳述語氣，傅為螢不禁困惑了一瞬，昨天傍晚在門口碰見江仲夏的時候並沒有第三者在場，他是怎麼知道的？她頓時心裡有些忐忑，莫非江季夏要治她一個知情不報的罪過？這可真太冤枉了，誰能料到二哥出手捉弄弟弟的速度如此讓人猝不及防啊！

她提心吊膽地「嗯」了一聲，縮著脖子靜候小江王子發落。

卻久久沒有下文。

抬頭只見一顆後腦勺——江季夏又轉頭去看窗外了。不知是不是她的錯覺，極地冰原好像突然颳起了暴風雪。

這一天裡的幾堂課，老師們不約而同地齊齊晚下課，往往前一堂課要拖到下一堂課的上課鐘聲敲響、下一位老師在門外等待了，才意猶未盡地宣布結束。一整天下來，傅為螢還是沒找到機會再和江季夏搭話。英語課上聽寫單詞，前後桌交換批改，傅為螢力透紙背地在聽寫紙一角畫了個大大的問號，幾分鐘後換回來，只見江季夏毫不留情地給她打了半壁江山的紅叉，並在問號下附上輕飄飄的六個點「……」。

一口氣噎在喉頭，傅為螢直接在課堂上咳了個昏天黑地。

剛認識江季夏時那種不甘罷休的意氣又被激起，她掐著指頭等待放學鐘響，發誓要把不知道在鬧什麼彆扭的小江王子降伏在座位上。前些日子是她一放學就飛奔撤逃，如今立場調換，她怎麼也沒料到，向來連走路都懶得快步走的江季夏，躲起人來速度居然不輸她！

鐘聲剛響，傅為螢立馬轉身，江季夏的座位竟然已經空了。她趕緊放眼搜尋，視線捕捉到教室後門的一抹殘影。

她猛地一提氣：「喂！等等！」

樓梯上很擁擠，傅為螢只能竭力盯緊江季夏的身影，卻難以縮短彼此之間的距離。千辛萬苦撥開人群追到了校門口，發現前面的人腳步也慢下來，她鬆了口氣，加緊幾步去拍江季夏的肩膀：「你到底……」

話剛開了個頭，就被眼前的景象驚嚇得歇了聲。

放學時間，熱鬧吵嚷是正常的，但像今天這樣，所有人都圍聚在校門前不肯挪步，眼光晶亮得彷彿一場大戲正在面前拉開帷幕的樣子，就十分詭異了。

發現江季夏走來，人群騷動著讓開一條道。

大戲的主角終於露出臉孔。

江仲夏倚靠著校門的鐵欄杆，沒有絲毫被圍觀的局促或不悅，淡定揚起手，遠遠地笑著朝江季夏擺了擺：「二哥來接你放學，怎麼樣，感動嗎？」

女生們小聲尖叫。

站在少女漫畫作者的角度，傅為螢很能理解她們的心情。

江家兄弟，撇開年長甚多且未曾謀面的大哥不談，江仲夏和江季夏都繼承了母親無可挑剔的美貌。兩人五官極相像，氣質卻迥然不同。在大多數人眼中，江季夏總像挾裹著一身冰雪，冷漠且不近人情，好像沒有誰能闖進他那雙琥珀般顏色淺淡的眼珠裡。而江仲夏則是人如其名，仲夏之月般熱情開朗的性格，瞳如點漆的桃花眼毫不吝嗇釋放笑意，好像任何人走到他面前，隨便說些什麼，都能得到他溫和友善的回應。

渾然似漫畫裡走出來的兩兄弟相對而立，連傅為螢都有掏出速寫本的衝動。

這一屆學生只經歷過好脾氣的王子殿下A和好皮相的王子殿下B平分秋色的時候，而根據張嫂的說法，江仲夏高中那幾年可是真正的集萬千追捧寵愛於一身。月河鎮不大，重點國高中各一所，江仲夏獨領風騷時，本屆學生還在上國中，對二王子都是只聞其鼎鼎大名而無緣見其人，如今終於有機會領略傳說中的二王子之風采，情緒激動一些，也是很自然的。

江仲夏極大方地接受了圍觀。

而江季夏，連琴房外隱祕的窺探目光都極厭煩，又怎麼可能忍得了這種眾目睽睽之下的戲碼？傅為螢心驚膽戰地看著，生怕他現場表演一個冰山崩裂。好在江季夏深吸幾口氣，強行按捺下怒火，轉身就走。

「欸——」圍觀學生發出一聲遺憾的長嘆。

江仲夏也誇張地嘆息，朝大家一攤手，做出無能為力的表情。

人群散了，江仲夏大步追上江季夏，長臂一揚便鉤過他脖頸，委屈地抱怨道：「別這麼冷淡嘛。」接著不顧江季夏的抗拒，硬是扳過他的臉與自己四目相對，換上笑臉，「我們家三兒真是早睡早起的好孩子，二哥回來一天了都還沒能好好看看你。」

江季夏掙扎的動作之劇烈，讓跟上來的傅為螢嘆為觀止。

總算推開了江仲夏，江季夏額頭上已經出了一層薄汗。他嫌惡地抬手擦了擦，冷冷道：「這不是你半夜潛入我房間的理由。要是覺得表演型人格在月河施展不開，就滾回S市去，別拉著我給你配戲。」

「我就是想要在回家當晚立刻看見三弟可愛的睡臉嘛！」

「如果你不是連行李都等不及放就跑去跟狐朋狗友鬼混，完全可以看見清醒的我。」

「有什麼辦法嘛！親情友情都很重要的呀，這可要我如何取捨！」江仲夏眼睛一亮，「三兒你是不是吃醋了？吃醋就直說嘛。那些傢伙都會游泳，你和他們一起掉進水裡的話二哥一定先救你！」

「你能現在就找一條水溝自己靜靜地跳下去嗎？」

江仲夏深情地捧住臉龐：「You Jump，I Jump!」（你跳，我就跳！）

傅為螢聽著江季夏如風箱一般的呼哧聲，深刻體會到他維持理智的不易。江季夏戛然止步，一口吐盡心口的濁氣，目光忽然轉過來：「你怎麼在這裡？！」

傅為螢莫名其妙：「我也要回去啊。」

從學校到江家就這麼一條路好走，她不在這裡還能在哪裡？

江季夏的目光在面前的兩人之間打了個轉，顯而易見地煩躁起來。煩躁著，他索性就轉頭走人：「隨便你們。」傅為螢被他無端的脾氣搞得一頭霧水，還在盯著他的背影猛看，冷不防就被環住了肩膀：「那你走吧，我和螢火蟲出去玩！」

她頓時汗顏：「那個，我叫傅為螢……」

糾正無效。江仲夏完全沒聽見似的，自顧自興致高昂：「我好久沒回來了，也不知道哪裡有好吃的，螢火蟲你帶我去吧！」

身為一個剛轉學到月河半年的外來者，她何德何能可以帶土生土長的月河人逛夜市哦。

傅為螢壓力很大。

但她很快發現，她想太多了。江仲夏說的「帶」，絕對只是隨口客氣一下。

明月寺門口有條老街，白天裡賣香火，到晚上就成了夜市。月河鎮的夜晚沒有什麼娛樂，鎮上的人要吃宵夜的，或純粹飯後消化的，多半都會跑到這裡。傅為螢抱了滿懷江仲夏一時興起買下咬了兩口又迅速失去興趣的糖葫蘆、油豆腐、烤翅，艱難地擠在熙攘的人群裡，努力跟著一邊熱情回應舊街坊問候，一邊大步往前走的江仲夏，欲哭無淚。

前面，江仲夏又被套圈圈遊戲的攤子吸引了目光，駐足打量獎品。

長長的街市上燈火通明，青年浴著暖黃的光，悠閒地一手插在衣服口袋裡，略微傾過身，從側面看越發顯得身高腿長，風姿迷人。傅為螢被那畫面衝擊得愣了數秒，才趕緊小跑到他身邊。

平心而論，江仲夏的長相是很符合她身為少女漫畫作者的審美觀的。

江季夏當然也好看，但一來還帶著些沒長開的少年稚氣，二來整個人氣質太過冷靜淡漠，就像一幅太過素淨的工筆畫，只宜高懸於牆頭遠觀。相較之下，江仲夏的「好看」就要生動活潑得多，至少像是漫畫分鏡裡會出現的那一種。且不提先前在S市湖邊驚鴻一瞥就直接激發了她的靈感畫出《魔法少女滿月》男主角的事情，光就這小半天的獨處，傅為螢腦子裡就一刻沒停過——

咦，這個表情適合作為男主角英雄救美時的特寫！

噢，那個姿勢放在扉頁彩圖可真不錯！

她一邊觀察，一邊拚命打著腹稿，形於外的，就像是她一直在盯著江仲夏發呆。

「螢火蟲？」

傅為螢回過神，有種偷窺被抓包的心虛感：「欸？」

江仲夏眨眨眼，笑了，指指旁邊地面：「要不要套圈圈？有我想要的獎品。」

地上畫出方方正正的一塊，擺著縱橫各七排，共計四十九件獎品。正中間赫然是一尊木雕壽星像。

傅為螢：「……」

江仲夏到底對壽星有什麼執念！

江仲夏付了錢，換到一大把塑膠圈，全部掛在左手臂上，蹲下身來一個一個慢慢地丟。耐心可嘉，但技術水準實在令人扼腕，塑膠圈亂七八糟飛了一地，連個擦著邊的都沒有。

傅為螢看不下去了，跟著蹲下來說了句「我幫你吧」，江仲夏興高采烈地說「好啊好啊」把塑膠圈分給她一半。傅為螢的準頭很好，第一個圈就鉤住了壽星手上的葫蘆。江仲夏那雙漂亮的桃花眼馬上瞪直了，不客氣地把剩餘的塑膠圈都推給她，然後繼續蹲在她身邊，撐著頭看她扔。

江仲夏的眸色很深，眼睛一眨不眨盯著人看的時候，很容易給人一種深情的錯覺。傅為螢被盯得有點不自在了，手一抖，塑膠圈撞在壽星的額頭上，彈開好遠。

為驅散尷尬，她強行找了個話題：「你到底為什麼那麼喜歡……」，吞下了「玩弄」兩字，「那麼喜歡捉弄江季夏啊？」

江仲夏歪著腦袋想了想：「想為促進弟弟的顏面神經發育貢獻一分力量？」

翻譯成人話就是——你不覺得在那張面癱臉上出現崩潰的表情很好玩嗎？

傅為螢：「……」

傅為螢剛丟出的一個塑膠圈正好套住壽星的脖子。老闆搖起鈴鐺慶賀他們中獎，江仲夏眉開眼笑地接過木雕，轉身便慷慨地給予她一個感激的擁抱。那張十二萬分符合她審美觀的臉突然湊近過來時，在心跳亂掉之前，傅為螢首先想到的是：如果一定要在童話故事裡給江仲夏找個匹配的設定的話，比起二王子，禍國殃民的大巫師可能要更合適一些吧？

2

江家平淡如水的生活，因江仲夏的歸來而有了很大的改變。

最明顯的一點是，江仲夏居然勸動了瓊華，讓她下樓來吃飯了。

還和瓊華交好時，傅為螢就聽她說過很多次江家二哥。不管真假，總之瓊華是表現出了對江仲夏極端的信賴和崇拜。江仲夏跑到閣樓去敲了敲門，原本十天半個月都不肯露一次面的瓊華就乖乖地跟他下來了。

這天正是臘月初八。

中午的時候，張嫂就熱火朝天地做起了臘八粥。傅為螢從小喝的臘八粥都是鹹味，聽說月河鎮的做法偏甜，裡面放的慈菇、荸薺什麼的她更是見都沒見過，便丟開畫稿，十分好奇地窩在廚房裡看張嫂忙碌，順手幫點忙。

張嫂堅持用小煤爐熬粥，她翻了翻爐子，皺起眉頭：「我去拿煤球，小傅你削幾個荸薺。」

「好。」傅為螢爽快地答應，拿過刨刀，擰開水龍頭清洗。從水池上方的小窗向外，剛好能看見水心亭的一角。

江仲夏和瓊華正在亭子裡說話。

傅為螢一邊削著荸薺，一邊忍不住朝窗外看。

江仲夏好像走到哪都喜歡倚著什麼東西，此刻也是背朝她，靠著水心亭的欄杆，姿態很放鬆。不知他說了什麼，瓊華難得露出了輕鬆開懷的笑容，並熟稔親密地伸手去拍打江仲夏的肩膀。江仲夏有意和她鬧，移步閃躲，半邊側臉在正午的陽光下一晃，晃花了傅為螢的眼。

就是這樣！卡在男主角獨白段落一整晚的分鏡，因江仲夏的一張側臉，而忽地雲開日現。

傅為螢激動之餘，手一哆嗦，刀刃直接刨過了左手大拇指的指關節。她整個人沉浸在畫稿的輪廓構思裡，對此無知無覺，只聽身後傳來推門聲和江季夏的聲音：「張嫂，屋裡的茶葉……」他猛地一頓，嗓音揚起來，「你在搞什麼鬼？！」

「欸？」

「欸個頭啊！」江季夏用力把茶杯擱在灶臺上，也不管殘餘的茶水濺了多少出來，大步走到傅為螢面前，將水龍頭開到最大，一把抓過她的手就往水柱下送。傅為螢低頭一看水槽整個被染紅，頓時也嚇得心驚膽戰。天寒地凍的季冬之月，她在感覺到皮開肉綻的疼痛之前，就直接被冰冷的自來水沖得整隻手失去知覺。

「冷冷冷！」她跳著腳鬼哭狼嚎，「水好冰！」

江季夏抓著她的手，同樣淋著冰水，自然也凍得不輕：「活該！忍著！」

「要生凍瘡的。」

「生凍瘡不會讓你丟飯碗，但手上掉塊肉會！」江季夏一轉頭也瞧見了水心亭中的情景，火氣更大，「畫漫畫的人，你自己都不愛惜自己的手，還有誰能管你？發花痴也給我分清場合！」

傅為螢耳朵裡只有自己牙關哆嗦碰撞的響聲，根本沒聽清江季夏的咆哮。

幾分鐘的冰水浴，卻像永恆無盡一般漫長。江季夏終於大發慈悲地關上水龍頭時，傅為螢已經撐著水槽邊緣奄奄一息。責任心驅使她伸手去拿染血的刨刀：「我的荸薺還沒削完……」

江季夏搶先拿過去。

傅為螢瞪眼：「還給我！」

江季夏深吸一口氣，傅為螢條件反射地一縮脖子，卻不料江季夏接下來說出口的話，比他動手揍人還要離奇恐怖：「我幫你削。」

「啊？」

「我說我幫你削！」江季夏沉著臉，「醫藥箱在臥室的床頭櫃下面，你自己上去貼 OK 繃！」

傅為螢還是不放心把刨刀和荸薺交給他。退一萬步講，就算不食人間煙火的小江王子真的會使用刨刀，真的知道荸薺並非天生就晶瑩透白而是長了一層烏漆帶泥的外皮，然而以他的強迫症，傅為螢真的懷疑，他會不會非要把扁圓形的荸薺每一顆都削成光滑圓潤的球形才肯甘休？

江季夏終於忍無可忍，拎起傅為螢的衣領將她丟出了廚房。

世界總算清靜了。

江季夏很少大聲吼人，破天荒地吼這麼一回，靜下來總覺得腦子裡還嗡嗡地響。他撐著灶臺平復片刻，才挽起袖子去清洗刨刀上和水槽裡的血跡。

視線不受控制地投向窗外。水心亭裡已經沒人了。

我這是在幹什麼呢？他自嘲地想著，收回目光，拿起一顆荸薺。

「如果我是你，就不會這麼做。」

從水心亭消失的人，突然在背後出了聲。

江季夏皺起眉，回頭。江仲夏正倚著廚房的門框，似笑非笑地看過來。

「女主角割破了手指，男主角不是應該趕緊心疼地用嘴去吸傷口才對嗎？劇本裡都是這麼寫的。然後，啊，一段美好的戀情從此開始。」江仲夏說著，嘆惜地搖頭，「像你這樣不管三七二十一給人冰個透心涼，又讓人家自己回房貼 OK 繃的，可真是……唉。」

「唾液有細菌，用嘴吸容易感染。」

「欸，居然沒有反駁男女主角的設定。」江仲夏挑挑眉，「你真的喜歡螢火蟲啊？」

江季夏：「……」

「談戀愛就不要太講究科學啦，照你這做法，搞不好真的要單身到七老八十哦。」

「我不知道你的劇本是從哪裡來的，總之沖涼水再包紮是最衛生的做法。她的手是要畫畫的，不能有一點閃失。」江季夏漠然道，「至於我是單身到八十歲還是直接單身到死，不勞你費心。」

「關懷弟弟的情感狀況是兄長的天職呢。」

江季夏忍了忍，沒忍住，將洗淨的刨刀「啪」地拍在砧板上：「你到底想幹什麼？！」

「不幹什麼啊。」江仲夏摸了摸下巴，「我只是想說，其實我也覺得螢火蟲挺不錯的，但再怎麼樣也不能和弟弟搶人嘛。如果你沒有那個意思的話，我就不客氣啦。」

江季夏一震，陡然回頭，目光攫住江仲夏。這是江仲夏回來後，他第一次主動與這位二哥對視。他的目光是質疑的，毫不客氣的，彷彿要找出一個江仲夏蓄意戲弄傅為螢的鐵證一般。而江仲夏坦然地回望他，展露出一個很誠摯的微笑。年紀和閱歷的差距到底擺在那裡，目光的交鋒持續了半晌，江季夏一無所獲，只能咬牙別開眼。

「隨便你。」他頓了頓，「只要你是認真的。」

江仲夏笑得開心極了：「那當然。」

3

傅為螢並不知道江仲夏和江季夏之間這段詭異的對話。

更不知道江仲夏半是用激將法半是誘哄地讓江季夏立下了誓言，除非她本人主動，否則江季夏不得太過親近她，阻礙江仲夏和她「拉近關係」。

從傅為螢的視角，她只覺得，不過上樓貼了塊OK繃的工夫，分明一上午沒碰面的兄弟倆之間的關係好像更惡劣了。與此同時，江仲夏對她的態度突然變得無與倫比的熱絡。具體表現在江仲夏一見她跨進飯廳，就熱情地拉開了自己身邊的椅子——偌大的飯廳裡，偌大的圓桌，只有四個人吃飯而已，根本不必坐得如此擁擠。但江仲夏既已示意了讓傅為螢坐那個位置，傅為螢作為客人，也只能僵硬地挨著他坐下了。哪知江仲夏還沒完，又殷勤地為她布置碗筷、盛粥夾菜。傅為螢自問與江仲夏還沒有熟到這個份上，想想他可能是因為親弟弟的冷臉而感到失落，到她這裡來找情感寄託了，就默許了他的舉動，可轉念再一琢磨，倘若真是因為如此的話，飯桌上不是還有個瓊華嗎？

江仲夏和瓊華的交情，豈不比和她之間要深得多了？

桌子對面，左前方一個沉默地颳著狂風暴雪的江季夏，右前方一個愕然瞪著她和江仲夏、視線幾乎要灼得她灰飛煙滅的瓊華。傅為螢感受著這冰火二重天，簡直苦不堪言。

碗裡總算是堆得冒尖了，再也沒有江仲夏施展身手的餘地，傅為螢以為這下終於能安心埋頭吃飯了，剛抓起筷子，忽地又聽身邊一聲驚呼：「螢火蟲你怎麼把 OK 繃纏得這麼緊呢！血液不流通指頭會廢掉的！」

傅為螢條件反射地低頭看了看自己的手。

傷在指頭上，單手貼 OK 繃，確實是不太方便。

可也沒有到「會廢掉」那麼誇張吧……

她不明白江仲夏此言的意圖，一時間有如驚弓之鳥般惶然不敢動彈。只見江仲夏變戲法似的摸出一個新的 OK 繃來：「我來給你重新包紮吧！」

傅為螢：「……」

事情到這裡，依然沒有結束。

有天晚飯做了鯽魚湯，傅為螢不小心被魚刺卡了喉嚨，江仲夏親自守著她，又是倒醋又是用勺子盛了米飯餵給她吞嚥。又一天，她走在迴廊上，突然颳起的風沙讓她睜不開眼睛，江仲夏不知從哪裡冒出來，捧著她的臉彎腰給她吹眼睛。傅為螢被瓊華推下過一次樓梯，生怕江仲夏這些詭異的熱絡舉動會再刺激瓊華做出什麼別的可怕舉動，某天終於忍無可忍地鼓起勇氣請求江仲夏適可而止。江仲夏當時正在幫她削蘋果——一個蘋果切成八瓣，每一瓣的蘋果皮都劃出可愛的兔耳形狀——他聞言，手腕一抖，削斷了一隻兔耳，嘴唇居然微顫：「為什麼？」

「我才想問為什麼吧。」傅為螢避開他小白兔一般的眼神，「我們也沒有很熟啊。」

到底為什麼要做這些莫名其妙的事情哦。

江仲夏眨著眼：「因為我很喜歡你呀。」

傅為螢活了十八年，第一次被異性當面說「喜歡」。儘管江仲夏的語氣沒有絲毫曖昧的味道，但她還是渾身一震。幸好她沒有完全被沖昏頭，勇敢地直視了江仲夏。那表情，分明和先前在明月寺外夜市上說「為促進弟弟的顏面神經發育貢獻一分力量」的時候一模一樣。

以假亂真的深情，內裡藏著的卻是戲謔。

傅為螢突然同情起江季夏。

江家二哥的喜愛，真是人類的生命不能承受之重。

而江季夏沐浴著，或者說是「獨享」著這份喜愛，度過了整整十七年。簡直可歌可泣。

傅為螢幾乎想回贈他一百朵小紅花以示慰問了。

自從認清了江仲夏對自己的熱情是表演成分居多之後，有一段時間，傅為螢在江家看見他都是繞道走的。可是她越躲，江仲夏就越覺得有趣，甚至興致勃勃地在迴廊裡和她玩起了你逃我追的遊戲。傅為螢開始懷疑江季夏欠缺的體力值是不是全部貼補給了這位二哥，身手矯健如她，竟也被江仲夏追了個氣喘吁吁，滿頭大汗。

貓捉老鼠似的折騰了小半個月，傅為螢終於放棄掙扎。

與此同時，一個接受江仲夏親近的正當理由也擺到了她面前。

S大美院的專業招生考試開始報名了。

江仲夏是S大表演系的學生，有不少朋友在美院，可以幫忙問到一些往年招考的情況。而江仲夏本人也是經歷過的。同是藝術學科的考試，換湯不換藥，他慷慨地表示可以給傅為螢進行一些考試流程方面的指導。大事當前，傅為螢當然顧不上瓊華的態度了，只要抽得出空來，就緊跟著江仲夏「補課」。

甚至把期末考試和《魔法少女滿月》的連載都暫且擱到了一邊。

傅為螢不是沒有感覺到，在她和江仲夏越走越近的同時，江季夏對她的態度也越來越冷淡，簡直像是倒回了兩人剛剛認識時的狀態。傅為螢摸著良心想了想，江季夏和江仲夏關係不好，自己的做法，無異於背叛了友軍，投入敵營，江季夏不高興也是可以理解的。出於愧疚，她向張嫂討教了據說是江季夏最愛吃的桂花糖芋苗的做法，宵夜時盛出一碗來，殷勤地送到江季夏的門前。然而她敲了半天門，也沒人應聲。

這實在是很反常。

以江季夏的懶散，除了之前在方家老宅趕稿那段日子，放學後輕易不會出門的。

熱騰騰的糖芋苗，在數九寒天裡也撐不了幾分鐘。傅為螢沮喪地捧著冰冷的碗折回廚房，在迴廊轉角忽然看見瓊華從外面回來。鬼使神差的，她往陰影裡躲了躲，隨後看見瓊華身後的人，讓她瞪大了眼睛。

和瓊華一起進門的，是江季夏。

臘月裡，大晚上的，江季夏和瓊華去了哪裡？瓊華一直聲稱江季夏待她冷淡刻薄，江季夏也坦白說過不擅長應對瓊華，在傅為螢眼裡，這兩個人是完全沒有交集的，就連近來難得坐在了同一張飯桌上，中間也遠遠隔了好幾張凳子。細想來，這幾乎是她第一次瞧見江季夏和瓊華獨處。

傅為螢很難描述自己那瞬間的心情。

震驚之餘，還有一些別的什麼東西。它們太過迅疾地劃過了心頭，她沒能抓住。

「鬼鬼祟祟地躲在這幹什麼呢？」

突然貼近耳畔的聲音嚇得她手一抖。

江仲夏眼疾手快地抄過碗，避免了一次粉碎事件。桂花的香氣在夜色中漾開來，他低頭一看：「喲，糖芋苗。」竟像很高興的樣子，「給我吃的嗎？」

傅為螢不好說自己本來的目的，只能避重就輕地答：「已……已經涼了。」

「沒關係。」江仲夏說著就嚐了一口，咂咂嘴，「螢火蟲你自己做的？」

這就嚐出來了？做失敗了嗎？傅為螢緊張了起來，點頭也不是，搖頭也不是。江仲夏被她僵硬的表情逗笑了：「是在誇你啊。很好吃。」

傅為螢鬆了一口氣的同時，感覺到江仲夏的目光投向了自己身後。她下意識地跟著轉過頭去，江季夏正面無表情地站在那裡。他的視線落在江仲夏手中的糖芋苗上，不知道將剛才的對話聽進去了多少。

傅為螢張了張口，還沒來得及出聲，就見瓊華從江季夏背後探出頭來。瓊華個頭嬌小，整個人被江季夏擋住了，剛才傅為螢完全沒注意到她。

瓊華抿著唇笑了笑：「可真有心啊，二哥最喜歡桂花糖芋苗了。」

傅為螢心裡閃過一絲微妙的感覺。

自兩人上次在迴廊不歡而散後，瓊華再沒有和她搭過腔，此時瓊華冷不防來了這麼一句，實在奇怪。

可是她無法否認。因為江仲夏已經搶先笑道：「可不是嘛。謝謝啦，螢火蟲。」

傅為螢不知所措地愣了幾秒，江季夏則冷哼一聲，轉身上樓。瓊華喊著「我們話還沒說完」追了上去，而江季夏沒有拒絕，甚至在樓梯轉角停步等了等她。

江季夏沒有拒絕。

傅為螢抬手，緊緊握住了衣襟。可是她自己也不知道，這個動作是因為什麼。

4

傅為螢破天荒地失眠了。

這實在是很罕見的事。以她的活動強度，一天下來，總會累到沾枕頭就睡著的。何況她一向心大，很少會把煩心事帶到睡眠時間。就連方郁捲走了家裡的現金那次，她也是該睡覺就睡，養足精神醒來了，再努力想辦法。

罕見的事，在她寄宿江家、吃飽穿暖的時候，卻真實發生了。

傅為螢在被窩裡翻來覆去，閉上眼睛，靜謐的黑暗中就會浮現出江季夏和瓊華的模樣。

他們一前一後進門的樣子，還有一起消失在樓梯轉角的背影。

很刺眼。刺眼到她輾轉難眠，只能眼睜睜地看著熹微晨光從窗縫透進來，映亮了這個原本屬於江季夏的房間。

天剛破曉，張嫂還沒起床。傅為螢又翻了個身，盯著迥異於方家老宅的純白潔淨的天花板發了一會兒呆，然後穿衣起身。這天是週六，不需要去學校，可是她也不想在江家待著，想避免與江季夏和瓊華抬頭不見低頭見。她漫無目的地沿著迴廊往大門口走，一邊思索著去哪裡打發這一天時間才好，經過水心亭時卻意外地撞見了江仲夏。

因為江仲夏回月河第一天沒回家就和朋友出去聚會，所以給傅為螢留下一個愛聚會玩鬧、晝伏夜出的印象。傅為螢清早遇見他，第一反應就是他徹夜沒睡。江仲夏看穿了她的想法，笑著展示了一下手裡的劇本：「螢火蟲你把我想成什麼胡混的人了？我是學表演的，要早起練聲呢。」不等傅為螢看清劇本封面，他就迅速收了回去，環臂反問，「倒是你，這麼早，要去哪？」

「睡不著了，隨便逛逛。」

江仲夏若有所思地盯著她。

傅為螢被看得心裡發毛，正想找個藉口逃開，就見江仲夏突然一擊掌：「對了，我有個S大美院的朋友，也是月河人，今天早上回來。你要不要和我一起去見見他？」

什麼亂七八糟的心事，在美院大考面前都得靠邊站。

傅為螢毫無異議地隨江仲夏去車站接了人，又在茶館聊到午後。對方和江仲夏同級，讀的正是傅為螢想考的動畫系。考試科目、考場環境、可能擔任考官的院系老師，一樣一樣細細地請教下來，眨眼就過了午時。江仲夏的朋友和他一樣是熱情大方的性格，留傅為螢一起吃過午飯，才跟江仲夏一起去赴別的邀約。

傅為螢獨自回到江宅。她腳步停在門口，猶豫了片刻，通宵未眠的睏倦終究戰勝了彆扭的心情。躲進房間補眠總不會碰到他們的吧。傅為螢想。

然而，莫非定律第四條有言，「你越是擔心某種情況發生，它就越有可能發生」。睏倦的呵欠打了一半，傅為螢維持著張著嘴的呆滯表情，愕然望著房間裡的人。

陰天，光線不好，雖是正午但房裡也開著燈。江季夏坐在桌前，面前攤著幾張畫稿，正在切網點。見傅為螢回來，他放下美工刀，抬眸問：「你去哪了？」

傅為螢愣愣地闔上了嘴，還沒有從正面撞上江季夏的衝擊中回過神來。在她的沉默中，江季夏接著問：「又和江仲夏出去了嗎？」

這句話挑起了記憶中江季夏和瓊華並肩而立的畫面，連帶著面前的江季夏也顯得刺眼了起來。傅為螢別開眼，低聲道：「關你什麼事啊。」

「確實不關我的事。」江季夏環起手臂，冷冷道，「但我們約好了週六要趕稿的。」

傅為螢噎住。心頭亂糟糟的，早上只想著眼不見為淨，她確實是把這個約定忘了。她該道歉的。可是江季夏的態度咄咄逼人，她久未波動的脾氣又被挑起來，衝動地脫口而出：「印廠都放假了，麥芒姐說春節這期雜誌推遲上市，年後再交也可以啊。」

「二月刊是推遲不錯，可三月刊上市的時間不變。下學期要開始高考衝刺了，一邊複習，一邊在一個月裡趕出兩個月份的連載，你顧得過來？成天追著江仲夏跑，你是不是被他迷昏了腦子？」

傅為螢一口氣堵在心裡。忘了和江季夏的約定是她理虧，可她捫心自問接近江仲夏的理由很正當，怎麼江季夏說出來就完全變了樣呢？

「我是有重要的事情——」

「是啊，很重要的事情，比你的漫畫連載還重要。」江季夏打斷她，「那真是我多管閒事了。你自己的連載，既然你心裡都把它歸為不重要的東西了，那我幹嘛要比你這個真正的作者還上心。」

不對。這一切都不對。

傅為螢知道他們兩個根本沒搞明白彼此在說什麼，思維的齒輪從一開始就沒有合上。理智告訴她應該冷靜下來，和江季夏一起重新將對話搞清楚，但眼底的疼痛好像蔓延到了心裡，讓她每一次呼吸都很艱難，好像再和面前的人一起多待一秒，心臟就會爆炸一般。

「你先出去。」傅為螢咬著牙，盡量平靜地說。

江季夏皺起眉。

「沒有聽見嗎？這是我的房間，你出去！」

江季夏直視著她，眼底烏雲密布。傅為螢理解他，心高氣傲的小王子，這怕是有生以來頭一回被人下逐客令吧。她以為江季夏怒極之後就會拂袖而去的，萬萬沒有想到，他冷笑一聲，說出的話竟是：

「如果我沒記錯的話，這其實是我的房間才對。」

要出去，也是你出去吧。

如果說剛才的對話在傅為螢心中燎起了一片躁鬱的大火，那麼這一句，就是直接讓她整個人墜入了冰窟。

傅為螢突然發現自己錯了。她不是真的心大，只是以往那些試圖傷害她的人，都沒有真正踩到她的軟肋。

到底沒有枉做幾個月的朋友，還是江季夏懂她。和小混混們動手留下的皮肉傷也好，被誣陷和被推到流言蜚語的漩渦中心也好，一夜間生計沒了著落、挨餓受凍也好，對她而言，都不算什麼。真正能傷她的，是先慷慨給予了她一片遮風擋雨的屋簷，在她終於放鬆下來，以為自己被接納的時候，才冷冷提醒她——這裡根本不屬於你。

小混混們也好，瓊華也好，他們做的事情，都太費勁了。

江季夏甚至連一根手指頭都不用動，只用輕飄飄的一句話，就能夠擊倒她。

是啊，她在做什麼美夢呢。

她早就沒有家了。

江家不是，也不可能是她的家啊。

傅為螢從喉嚨裡擠出乾啞得不成樣子的聲音：「好，我走。」

她轉身衝到門邊，腳步猛地頓住，又折回桌邊，在江季夏醞釀著風暴的目光注視下，抓起了速寫本。

5

離開江家時剛過午時沒多久。江仲夏還沒回來，張嫂出去打牌了，瓊華悄無聲息地窩在閣樓裡。傅為螢一路暢通無阻地衝出了江宅大門，悶頭狂奔到內城河的石橋口，才氣喘吁吁地止了步。陰雲略微散開了些，傅為螢沐浴著一絲微薄的、無絲毫溫度的陽光，突然陷入了茫然。

不能回江家，方家老宅也沒法住人。她能去哪裡？

呆立了半晌，她最終買了一張去市裡的大巴車票。

週六下午，到幼兒園探望小滿，也算合理。小滿還是老樣子，席地坐在遊戲室的牆角，晃著腳在看一本童話書。傅為螢從外頭叩一叩落地窗，小滿抬頭，露出極驚喜的表情，蹦蹦跳跳地迎過來。她撲進傅為螢懷裡撒嬌了一會兒，抬起頭，皺起了小小的眉頭：「姐姐你心情不好哦？」

傅為螢一僵。

「是和小夏吵架了嗎？」

孩子敏銳的洞察力有時也讓人頭痛。傅為螢更不願承認的是，她的情緒被江季夏牽動的程度，居然連小滿都能察覺到。她訕笑兩聲：「別亂猜。就是一點……工作上的事情。」

寄宿制幼兒園放寒假的時間很有彈性，傅為螢本想和江季夏商量商量，早些把小滿接回月河，在江家借宿到正月的。如今這麼一來，她也不好開口了。她另編了個理由，安撫小滿再多住校幾天，而小滿眨著眼睛，乖巧地答應了，也不知看穿了她的謊言沒有。她這天來得晚，已過了帶小滿進出學校的門禁時間，只能陪小滿在幼兒園食堂吃了點東西，就獨自離開。

天黑透了，回月河的大巴已經停運。傅為螢想想自己撂給江季夏的話，也不好意思再厚著臉皮回去。幼兒園對面，一家破舊的招待所的燈光映亮了門前的一小段馬路。建築看起來有些年頭了，招牌上的文字缺胳膊少腿，「玫瑰」二字少了大半，遠遠看去就像「鬼招待所」一樣。傅為螢也沒有餘力忌諱那些，摸摸口袋，過馬路進去問了價錢，要求了一間單人房。

房間狹小，但還算乾淨。

傅為螢用房裡的電話打給了麥芒，預支了下個月的稿費，又憑記憶撥通了先前到方家老宅看過管道的工匠的電話，約他週一上門修理。做完這些，她坐在床沿發了一會兒呆，才起身去洗澡。

水流不大，勉強算得上溫熱。她匆匆擦了身出來，還是免不了打了幾個噴嚏。她從江家走得倉促，沒有帶任何換洗的衣物，只能又套回了毛衣和長褲，穿著衣服就躺上了床。兩天一夜沒闔眼，精神已極睏倦了，卻還是睡不著。她盯著天花板發了良久的呆，又坐起，從背包裡掏出速寫本和隨身攜帶的鉛筆。

江季夏說的話其實有道理。

高中生少女漫畫家——這是《藍櫻桃》給她貼的標籤。頭銜好聽，但一邊上學一邊畫漫畫，真不是輕鬆的事。等到下半學期，高考的壓力正式降臨了，難說她還能否兩頭兼顧。或許不必等下學期，就現在，再無法指望江季夏幫忙的她，已經難以兼顧了吧。

傅為螢翻開空白的一頁，打算提前替年後的連載打分鏡草稿。怎麼畫都不滿意，心裡就像有什麼東西橫衝直撞找不到出口。手下一用力，鉛筆頭折斷，她煩躁地胡亂塗抹掉這一頁，扯下紙來揉了揉扔到床下。

橫扯一頁，豎扯一頁，不知不覺間挺厚的一本速寫本就被扯得見了底，換來一地狼藉。剩下最後的一頁空白，傅為螢抿著脣，怎麼也下不了手。最終，她無力地垂下頭，將臉埋進紙頁裡。

「所以說，我不想要別人來幫我啊……

「本來習慣了一個人做這些事，多輕鬆……」

寂靜的房裡，極輕微的「啪嗒」一聲也能很清晰地傳入耳中。傅為螢愣了愣，垂眸看見紙頁上洇開的水跡，才後知後覺地摸了摸臉，發現自己竟然哭了。只剩最後一頁紙了啊，被眼淚打溼，多浪費啊。她慌忙抬手擦拭，可越擦，越是滿手溼熱。索性丟開了本子，開窗吹風。白天陰冷，到晚間反而放晴了，傅為螢一拉窗簾，抬頭就看見月亮。

下弦月。

不是月食之夜，不是天地徹底陷入黑暗的前一秒被她所誤認的彎月牙，而是真正的下弦月。抬頭望月的人眼中，月相不同，可說到底，高懸於夜空的，卻始終是同一輪月亮罷了。

冷風吹乾了眼淚，臉頰有種緊繃的疼。關上窗的瞬間，傅為螢忽然觸電似的顫了一下。那個紅月的夜晚，曾模糊浮現在她腦海中的畫面，頃刻間清晰了起來。她手忙腳亂撿起鉛筆和速寫本，用手掌用力擦了擦那唯一的空白頁的水跡，飛速勾畫了起來。

理想中的，《魔法少女滿月》的結局。

一輪微紅的、碩大的圓月，一座摩天的水晶塔。高塔之上，皎潔的月光透過水晶幕牆傾瀉而下。女主角不再是花俏的戰鬥裝束，換上一身素淨的純白長裙，像極了公主。簡潔的黑色燕尾禮服襯得男主角眉目英俊，他在那輪象徵著圓滿的紅月下，朝女主角微微傾身，伸出手，做出一個邀舞的姿勢。

起初只是簡單勾勒了輪廓，但心與手彷彿被什麼催促著似的，她不知不覺地往其中補充了越來越多的細節。她從沒忘記過男主角外貌的原型是江仲夏，可如今細細描畫著其五官，卻突然發現，這張臉其實更像江季夏。她在畫的，其實一直都是江季夏。

這個發現應該讓她震驚的。

或許是太過疲憊睏倦的緣故吧，傅為螢還來不及感受驚愕的衝擊，就抱著速寫本沉睡過去。這一覺無夢，居然是難得的安心沉靜。不知睡了多久，直到房門被人敲響，她才迷迷糊糊地睜開眼。

6

天早就亮了。

傅為螢掙扎著爬起身，轉頭看了一眼床頭電話上的電子鐘。

快要中午了。

離開親生父母後，她已很多年沒有睡過這麼放肆的懶覺了。

敲門聲還在繼續。傅為螢披起外套，打著呵欠去開門。本以為是前臺催促退房，她一邊開門一邊說：「不好意思，我馬上就……」話說到一半，猝不及防地對上了一雙熟悉的桃花眼。

江仲夏倚著門框，笑吟吟地把手從口袋裡拿出來，朝她招一招：「早上好啊，螢火蟲。」

傅為螢還愣在那裡。江仲夏等不到她的反應，便很隨意地自顧自探頭往房間裡望。他的目光晃過床邊的一地廢紙團，咋舌：「你才在這房間裡住了一晚吧？哇，這製造混亂的能力很可以啊。」

「啊——不要看！」

畢竟是十二萬分符合她審美觀的江家二王子，被他看見自己邋遢的一面太丟臉了。傅為螢大夢初醒，終於把腦袋從一團糨糊裡拔出來，慌忙跳起來去遮江仲夏的眼睛。

江仲夏沒有反抗，坦然地任由她一巴掌糊過來。傅為螢被他捉弄久了，也摸到一些規律，在手掌貼上江仲夏眉眼的瞬間遲疑了一下。果不其然，下一秒鐘，江仲夏就開始故意拚命眨眼。江老夫人當年最迷人的就是一雙有著天生長而捲翹的睫毛的眼睛，江仲夏完美遺傳到這個優點，睫毛像一雙羽扇似的在傅為螢的掌心裡掃啊掃。傅為螢怕癢，掌心尤其敏感，沒一會兒就先敗下陣來。

「這招也太狡猾了吧。」她尷尬地甩著手，面紅耳赤。

江仲夏可沒一點不好意思的樣子，還順著眨眼的勢頭，額外對她拋了個媚眼：「物盡其用而已。」

她輸了：「你怎麼會在這裡啊？」

傅為螢知道，以江季夏的性格，是絕不可能追過來給她臺階下的。她也不是賭氣做戲，故意要人來勸哄。離開江家雖是出於衝動，但她是真沒準備再厚著臉皮回去住的。怎麼也想不到，江仲夏居然會來找她。

江仲夏攤了攤手，以好像傅為螢只是出門買了個早飯的口氣：「當然是來接你回家。」

傅為螢知道自己和江季夏的爭執與江仲夏沒什麼關係，可是江季夏揭穿的事實太冷酷了，她在江仲夏面前，也忍不住心灰意冷：「我有什麼家啊。老爸老媽死掉了，家裡房子垮成渣，養父養母也去世……我有什麼家啊。」

「怎麼這麼沮喪啊，好好一隻螢火蟲都不亮了。」江仲夏揉著她的頭髮，「什麼你家我家，咬文嚼字的。回家就是回家，張嫂等不見你都不肯開飯了。」

傅為螢頂著一頭亂髮，退了一步，固執地搖頭：「謝謝你來找我，但我沒辦法跟你回去。」

「嗯？」

傅為螢苦笑道：「江季夏趕我了。」

江仲夏似乎並不知道她和江季夏之間具體發生了什麼，聞言驚訝地「唔」了一聲，若有所思。傅為螢想打破眼前的難堪，努力表達：「我已經聯繫了人修理家裡的管道，在這裡將就幾天，很快就可以搬回去了。就是抱歉行李可能還要在你家放些日子……」

她亂七八糟說了一大堆，江仲夏卻都沒聽進去，她反而被他毫不相干的一句話，打了一個措手不及。

「你當初搬過來，是三兒開的口，對吧？」

「嗯。」

「三兒有資格邀請朋友回家住，我當然也有。」

「哎？」

江仲夏挑挑眉：「怎麼，我們不是好朋友嗎？這次輪到我邀請你來住，有什麼問題？」

他說得理直氣壯，傅為螢都差點被他蒙混說服。

冷靜下來一琢磨，哪裡沒有問題啊！問題大了好不好！

然而江仲夏一臉「我不聽」地闖入房間，擅自幫她收拾起東西。傅為螢想搶回來，但江仲夏仗著身高，時不時地一抬手臂，到頭來傅為螢只能徒勞地跟在他身後轉來轉去，什麼也沒摸著。江仲夏最後撿起速寫本放進包裡，拉上拉鍊，瀟灑地將背包甩到肩頭：「也不用太緊張啦。再給你一點時間做一做心理建設，先跟我去個地方吧。」

他猛地止步，傅為螢卻沒刹住，「咚」的一聲撞在他背上。

「咦？」

江仲夏帶她去的地方，是市裡的小劇場。

傅為螢這才知道江仲夏來市裡的真正目的。他的朋友導演了一齣戲，有個演員意外受傷，江仲夏參觀過彩排，很熟悉劇本，就被叫來頂替一場。反應過來江仲夏其實不是專程趕來找自己的，傅為螢不可避免地感到一瞬間的失落，感覺自己先前的緊張實在是自作多情。可與此同時，在內心一個隱祕的角落，是鬆了一口氣的。

人的感情太沉重，也太不安定了。她曾敞開心，接納過江季夏，就已經夠了。再多一次，是真的會喘不過氣的。

江仲夏替她安排了觀眾席前排正中間最好的位置，然後就匆匆跟導演去了後臺。劇碼是莎士比亞的經典悲喜劇《暴風雨》，江仲夏的角色卻並非高貴的公爵王族，而是主角普洛斯彼羅公爵的奴隸——荒島上的土著人，醜陋、野蠻而殘忍的卡利班。

認識江仲夏不過短短半個月，傅為螢已經知道他有多愛漂亮。衣服沒見他穿過重複的，就連在家裡，只要出了臥室門，就要從頭到腳打扮起來（聽說江季夏如今在學校能不穿校服，就是因為這位二哥當年開了先例）。江仲夏很在意自己的形象，舉手投足都彷彿精心設計過，隨便往哪裡一站，擺出的造型都好像要上時尚雜誌封面。

但舞臺上的他截然不同。

換上了骯髒破爛的戲服，戴起滑稽的假髮。誇張而醜陋的「刺青」從脖頸向上，爬過臉頰，一直蔓延到額頭，完全吞沒了他英俊的五官。傅為螢坐在臺下遠遠看著，幾乎忘了那個人是她認識的江仲夏。

他彷彿就是真正的卡利班。

Be not afeard. The isle is full of noises,
Sounds, and sweet airs, that give delight, and hurt not.
Sometimes a thousand twangling instruments
Will hum about mine ears; and sometime voices,
That, if I then had waked after long sleep,
Will make me sleep again; and then in dreaming,
The clouds methought would open and show riches,
Ready to drop upon me, that, when I waked
I cried to dream again.

卡利班的獨白說：「不要怕，這島上盡是聲音和音樂，很好聽的，不傷害人。有時候千種音樂在我的耳畔錚錚地響；有時候，我恰巧從長睡中醒來，有些聲音能使我又睡去；隨後，在夢中，我覺得天上的雲彩裂開了，露出了富麗的東西，就要落在我的身上；以至於，我醒了之後，哭著想要再回到夢中。」

傅為螢習慣了江仲夏的嗓音是清亮悅耳的，從沒想過，性格這麼活潑開朗的一個人，將聲線壓低時展現出來的聲音可以如此華美而有磁性。她閉上眼，卡利班的獨白就宛如耳邊低語。隨著那聲音，天上的雲彩彷彿真的裂開了，富麗的東西落在了所有聽聞其聲的人身上。

按張嫂的說法，江仲夏是和江老先生作對，故意報了表演系，連夜逃家的。傅為螢先前也覺得，江仲夏是天性愛慕演員的光鮮亮麗，才會選擇這個專業。可是此刻，她才發現自己錯得離譜。

江仲夏是真的喜歡表演啊。一個人眼神裡的認真，是不會作假的。

舞臺上謝了幕，舞臺下散了場，傅為螢還坐在原地出神。直到場務開始收拾道具了，她才起身去後臺找江仲夏。她走到休息室外，正要伸手推門，忽然聽見一個大嗓門穿透門板：「我的天，江仲夏你不是吧？！被搶了個角色而已，至於躲回老家療傷嗎？」

是導演。

傅為螢的手在半空中頓了頓。

江仲夏的回應淡淡的，隔著一扇門，就有些模糊：「我只是回家過年。」

聽起來好似很平靜很正常，可恰恰因為如此，才不正常。傅為螢想。她所見的江仲夏，總是吵鬧的，熱情的，高高興興的。如此冷淡的聲調，至少她是從未聽過。

導演大笑：「別找藉口了，我還不知道你？多長時間沒進家門了？突然說想家，誰信啊！」

江仲夏後面又說了什麼，傅為螢就不知道了。幾個場務從走廊經過，被人看見在偷聽難免尷尬，她趕緊埋頭離開了，無頭蒼蠅似的亂闖，不知怎麼的就跑到了舞臺上。道具都已撤走，舞臺上空空蕩蕩的，只剩屋頂的一盞大燈毫無意義地投下了炙人的光。傅為螢第一次從臺上回望觀眾席，不禁被這種奇妙新鮮的感覺俘獲了。

江仲夏眼中的世界，是這樣的嗎？

頂燈不多時便烤得她身上出了一層薄汗，傅為螢轉過身便看見江仲夏大步走過來：「抱歉，卸妝花了點時間。回月河的末班車還趕得上吧？」他臉上還是她所熟悉的無憂無慮的玩笑表情，桃花眼彎彎的，可是傅為螢無意間聽到了那段對話，就不免多想一些。

好比說，他玩笑的表情其實有些僵硬，顯然從後臺到臺上這麼短短一段路，並不夠他完全調整好狀態。比如說那雙桃花眼彎得幾乎不見眼珠，就好像刻意隱瞞著眼底真實的情緒一般。

傅為螢糾結地抓了抓頭。

江季夏罵過她王子精神過剩，其實說得沒錯。她確實見不得有人在眼前傷心難過。尤其還是對她好的人。

不管江仲夏來市裡的真正目的是什麼，從她的角度看，他是唯一一個試圖替她打圓場的人。

傅為螢抿了抿唇，突兀道：「有部電影裡面，某一句臺詞是這麼說的。」

江仲夏一愣，刻意的笑容淡去了一些：「什麼？」

「我們一起大笑看看，可怕的東西就會跑光光啦。」

江仲夏挑了挑眉，這次沒有接話，靜靜地等著她的下文。

傅為螢深吸一口氣，雙手在脣邊攏成喇叭狀，朝著空曠的觀眾席：「哈、哈、哈——」聲音迴蕩在大而空的劇場裡，彷彿有千百個人在陪她一起捧腹大笑一般。但其中沒有她想要看到的那個人。

傅為螢轉身拉過江仲夏的手臂：「一起來。」

江仲夏直視著她。他的桃花眼裡退去了笑意，淡然朝人望著的時候，幾乎就是個三年後的江季夏。傅為螢被他看得有點不好意思，小聲催促「快點呀」。江仲夏的眼神很複雜，眼底彷彿瞬息掠過了千百種情緒，但最後又什麼都沒有留下，只盛住了一個面前努力圓睜著眼回望他的傅為螢。良久，他的神情又變了，重新露出了笑容。

只不過，這一次的笑容很自然。

他也學著傅為螢的樣子，兩手攏到脣邊：「哈、哈、哈——」

傅為螢再度深呼吸，揚起聲音試圖壓過他：「哈、哈、哈——」

江仲夏科班出身，每天天還沒亮就起來練的基本功，怎麼可能輸給她：「哈、哈、哈——」

兩人莫名其妙地競爭起來，數不清多少輪過去，沒比出個結果來，卻都累得夠嗆。傅為螢撐著膝蓋喘氣，舔了舔發乾的嘴脣：「好蠢啊。」

江仲夏的狀態比她好一些，氣息還平穩，但額頭上也出了汗。

他揚起脣角：「確實。」

傅為螢站直了，仰頭看他：「跑光光了嗎？」

這句話問得沒頭沒腦，但江仲夏聽懂了。

「嗯。全部被嚇跑了。」

連江仲夏自己都沒有發覺，他說著這句話的時候，眼底除了傅為螢，又多了一些東西。那雙漂亮的、總是笑彎彎的桃花眼裡，從未出現過的東西。

它的名字叫作「溫柔」。

7

傅為螢後知後覺才反應過來，她給自己挖了個坑。

江仲夏以「感謝螢火蟲同學對我的情緒健康所作出的巨大貢獻」為名，號稱要請她吃大餐，半拉半拖地將她帶回了月河。兩人一路糾纏著到了客運站，傅為螢想想自己撂給江季夏的那句擲地有聲的「我走」，覺得食言而肥實在可恥，便抱著門柱死活不肯再挪步。江仲夏再三保證，他來帶她回去這件事江季夏是知情的，也是默許的，江季夏只是性格彆扭，不肯親開尊口服軟而已，最後終於趁傅為螢一個走神，成功把她拖上了車。

傅為螢做了一路的思想鬥爭。到月河時正是晚飯時間，她下了車，又退縮了，企圖神不知鬼不覺地摸到售票窗口買票返回市裡。江仲夏哭笑不得地揪住她：「你還沒做好心理準備的話，我們就在外面吃完飯再回去吧。」

還是老藉口，很久沒回月河了，要傅為螢選地方。

可是傅為螢在月河的幾個月，不是窮得叮噹響，成天啃乾麵包以至於低血糖昏倒，就是在江家被張嫂層出不窮的花樣弄得眼花繚亂，只能傻呼呼地捧著碗等吃的，還真不怎麼熟悉外面有什麼美食。她漫無目的地繞著城河轉了一大圈，最後把江仲夏帶到了孟記大排檔。

孟嬸久不見傅為螢，很高興地擠開孟叔，親自下廚，做出滿滿一桌燒烤小菜，聽說江仲夏已經是大學生了，還開了兩罈自家釀的米酒請他喝。傅為螢原本還怕江仲夏的口味和江季夏一樣挑剔刁鑽，接受不了這煙熏火燎的環境和油膩的食物，但看他一手烤雞翅一手炸魚丸吃得興高采烈，就放下心來，捲起袖子跑到廚房，想再幫孟嬸打打下手。孟嬸忙不迭地趕她：「小傅你今天是客人，怎麼好幹這些！快回去陪朋友！」孟嬸眼睛晶亮，又小心翼翼地壓低聲音問，「長得很帥哦，是不是男朋友啊？」

傅為螢哭笑不得：「怎麼可能！孟嬸您在想什麼啊。」

「有什麼不可能啊。我們小傅勤快又能幹，長得也不差，多優秀的男生也配得！」

被生活的重擔壓著，傅為螢從未動過戀愛的那根腦筋，更沒有把江仲夏放在那個位置想過。孟嬸這麼一說，她再回頭看外面的江仲夏。江仲夏恰巧也抬起頭來，目光和她的對上，眨了眨眼似乎在問「怎麼了」。她不禁有點尷尬起來，急忙收回視線，搖搖頭。

「還是一個人比較輕鬆。」

還是一個人橫衝直撞地活著，比較輕鬆。

好在孟嬸沒有繼續深入這個話題，而是盯著她看了一會兒：「咦，小傅你的頭髮是不是長長了？」

傅為螢條件反射地抓了抓髮尾。

自初來月河那晚的一剪後，她確實沒再顧上剪頭髮，不知不覺，頭髮就長到了齊肩的長度。

從孟記回到江家時，夜已深了。庭院裡一片黑沉沉的，回房的一路上都沒遇見人，傅為螢不禁鬆了一口氣。她以為自己一走，江季夏就會立刻搬回原本的房間，有些猶豫地問江仲夏客房的位置。江仲夏卻詫異地反問：「什麼客房？」

她還睡江季夏的臥室。

這或許根本代表不了什麼。甚至可能，以江季夏的懶，他只是一時沒提起勁來挪窩。但無論如何，傅為螢站在熟悉的房間裡，心裡好受了許多。

江仲夏道過「晚安」，打著呵欠走了。

傅為螢抓了抓頭，孟嬸不說還不覺得，髮尾掃在脖子上，癢癢的，有些難受。她找了塊白布圍在身上，準備自己動手稍作修剪。她拿了剪刀，對著鏡子，才發現房間裡的燈光不夠亮，不太好下手。她記得倉庫裡有應急燈，大晚上的也沒必要顧及形象，就那麼裹著白布下樓去找。

想不到在樓梯轉角處撞上了江季夏。

迴廊裡滅了燭火，黑暗裡冷不防撞見一個白影，實在有些恐怖。江季夏顯然是被嚇得不輕，倒退了一步，險些摔下樓梯去。電光石火間，傅為螢也顧不得什麼冷戰不冷戰的了，趕緊拉住他。皮膚相觸的溫熱感覺讓江季夏定了定神，終於和她對上了視線。傅為螢心頭一顫，訕訕地鬆開了手，乾巴巴道：

「我……我回來了。」

她做好了江季夏轉身就走的心理準備。

而江季夏開口了。儘管語氣還是冷冷的，但也比她想像中最難堪的畫面要好許多。

「江仲夏接你的？」

「嗯。」傅為螢試圖讀懂江季夏的眼神變化，卻以失敗告終。

江季夏的視線錯開她，落在白布上：「這是在幹什麼？」

「嗯。頭髮長了，剪一剪。」

明明自己怕鬼，還大半夜自導自演了一齣恐怖片，可真是太荒謬了。傅為螢盯著江季夏還微微發白的臉色，心裡是有點抱歉的。她正猶豫著該不該道個歉，就聽江季夏道：「還是不要剪了吧。」

江季夏鮮少管別人的閒事，更不用說是剪頭髮這種雞毛蒜皮的小事。傅為螢實在太震驚了，脫口就問了句「為什麼」。一問出口，她就後悔了。江季夏的情緒顯而易見地煩躁起來，轉頭望向水心亭。

「江仲夏喜歡長頭髮的。」他頓了頓，「瓊華那樣的。」

「哎？」

江仲夏和瓊華的名字為什麼會出現在這段對話裡？

傅為螢一臉茫然，可是望著江季夏眉心緊鎖的樣子，又不敢深問。想想自己當初剪去長髮只是因為生活困窘，無暇打理，如今狀況好轉，確實沒必要繼續執著於留短髮，便爽快地扯了白布：「好吧。那就不剪了。」

順著江季夏的意見，他的情緒總該好轉一些吧。

傅為螢感覺自己已經很忍讓了。畢竟她獨立慣了，很少需要徵求別人的看法來行事，從某種角度來說是有些固執的。她自以為慷慨地如此說了，就能看見江季夏轉晴的臉色，結果震驚地發現，他全身的氣壓好像更低了。

到底想怎樣啊？！

茫然的焦慮，壓過了剛才瞬息閃過心頭並險些就要脫口而出的一個問題。

江仲夏喜歡長髮的，瓊華那樣的——那你呢？

誰也不會讀心術。江季夏越過她往樓上走，走出幾步，又停了停：「對了，快過年了，早點把小滿接回來。」

「好。」傅為螢的兩隻手在身體兩側無聲地握緊了，「謝謝。」

「去謝江仲夏吧。你現在是他的客人了。」

淡淡的一句，卻好像一顆隕石「轟隆」地墜到傅為螢胸口，撞得她喘不過氣來。她愕然仰頭朝上望去，江季夏早已不在原地，空剩一縷微弱的月光，映亮了空蕩蕩的樓梯。

8

傅為螢從來不知道，在江家屋簷下的生活，可以這樣度日如年。

她去市裡接小滿的那天是臘月二十三。江仲夏不知從哪裡聽到她的動向，非要跟著一起去。照理說，江仲夏這種活潑好玩的性格，應該更討小孩子喜歡的，小滿也早就聽說過「二夏」的存在。可不知怎麼的，小滿待江仲夏極冷淡，對他特地帶來的見面禮，也只是禮貌地說了聲「謝謝」，就收進了自己的小箱子裡。與此形成鮮明對比的是她對江季夏的態度——小滿邁著小短腿進了江家門，一眼都不看華美的亭臺樓閣，目標明確地找「小夏」。

傅為螢不好說自己和江季夏在冷戰，只能暗自祈禱江季夏給點面子，不要表現得太直白。

好在江季夏並未將負面情緒轉移到小滿身上，任由小滿興奮地飛撲進他的懷裡。他在小滿眨著眼睛要求「小夏我們去買棒棒糖」的時候，也爽快地拿上錢包帶著她出門了。小滿蹦蹦跳跳地跟著，走到大門口，扯了扯江季夏的衣角。江季夏會意，略微矮下身，將手從衣服口袋裡抽出來。小滿踮起腳，牽過他的手，終於心滿意足了。

被丟在原地的江仲夏嘆息：「不喜歡我啊。好傷心。」

傅為螢剛放下的心頓刻間又提起來。

看她緊張又抱歉的樣子，江仲夏「噗哧」笑出了聲：「開玩笑啦。沒事的，我的孩子緣一向不好。」傅為螢覺得這話說不通，畢竟不管怎麼看，江仲夏的笑臉都比江季夏的冷面容易親近。江仲夏似乎看穿了她的疑惑，笑道：「可能是因為小孩都比較敏感吧。」

傅為螢還是不明白。

江仲夏望著江季夏兩人消失在大門口的背影，自言自語似的道：「很多時候，大人看不穿的東西，他們反而能察覺到呢。」

在小滿面前不得不佯裝關係一如既往，私下裡卻和江季夏連一句話都說不上的日子，平淡又煎熬。眨眼數日過去，直到某天清早起來，聞見空氣裡一絲似有若無的線香味道，傅為螢才反應過來，已經到了除夕。

月河鎮的除夕，是從淩晨自明月寺請回門香[2]開始的。根據張嫂的說法，在江孟夏出國，江仲夏也離開家後，這幾年來請門香的任務都落到了江季夏的頭上。今年照樣，江季夏天還沒亮就出門，請回門香，在門口點上了。傅為螢起來，光見門香不見人，一問，原來江季夏回房補眠去了。

「找三兒有事嗎？」張嫂問。

傅為螢一愣，搖頭：「沒，沒什麼。」

張嫂不疑有他，從倉庫捧出幾盞簇新的紅燈籠來交給她：「小傅你幫個忙，把大門口和亭子裡的燈籠給換了。」

除夕確實不是想心事的好日子。

除了請門香之外，還有許多事情要做。江季夏暫時撤離「戰場」了，瓊華十指不沾陽春水，江仲夏雖有心幫忙但只會添亂，傅為螢不得不和張嫂一起挑起大樑。準備年夜飯的冷食和餃子餡料、採購煙火爆竹、裝點庭院，她一整個白天忙得團團轉，根本無暇想起江季夏。一直忙到日落西山，將最後一盤年糕抬上灶火，才終於能夠直起身來捶捶腰。她活動著酸痛的腰背長吁一口氣，接著才反應過來，江季夏真的一整天都沒露面。

有人推開廚房門。傅為螢以為是張嫂，隨口問：「江季夏還沒起來嗎？」

「他出去了。」

傅為螢詫異地回頭。噙著笑倚在門邊的是江仲夏。

2 門香：一種由許多束香捆紮成的特製佛香，形狀看起來像一座塔。

「這都快開飯了，他去哪……我們漏買了什麼年貨嗎？」

江仲夏搖了搖頭：「不是上街，是出去。去N市。他今年不會在家吃年夜飯了。」

「哎？」

「中午有電話打過來，瓊華的媽媽得了許可，出獄過年。他送瓊華回去。」

傅為螢愣住了。

轉頭看牆上的掛鐘，省城N市和月河之間單程三個多小時，中午出發，也該趕得上八點回來看春晚、吃餃子。但江仲夏打破了她天真的設想：「年三十堵得厲害，這會兒兩個人估計還在路上吧……來回跑太折騰了，他應該會留在瓊家過年。」

傅為螢不知道自己心裡突然酸澀得發疼的那種感覺該如何形容。

而江仲夏顯然誤解了她的表情，又說：「放心，這些年瓊華和家裡的聯繫全靠他，瓊華的媽媽跟他也熟悉了，不會虧待他的。」

好心的安慰，卻讓她的心更沉了幾分。

江仲夏轉移了話題，哀嘆著「好不容易回家過個年結果人都跑光了」，拖她去院子裡放仙女棒。金黃色的冷光，不燙手，在光線越發昏暗的院子裡迸濺開來，就像星芒。兩人肩並肩蹲著，江仲夏興高采烈地揮舞著仙女棒在半空中比劃，從大星星比劃到「小心心」，而傅為螢一直心不在焉的。江仲夏竭盡全力的演出得不到回應，沮喪地將燃盡的仙女棒一丟：「不玩了。」

傅為螢回過神：「對不起……」

江仲夏卻又笑了，拉起她：「走啦，吃年夜飯囉。」

花費一整天時間準備，結果卻極冷清的一頓年夜飯。

他們好說歹說，將從不上桌吃飯的張嫂勸得落了座，飯廳裡才總算有了點人氣。凳子高了些，小滿被抱著坐上去，兩腿碰不到地，不安地動了動，小聲問了句：「小夏呢。」

傅為螢噎住，覺得瓊家的事情讓孩子知道不好，只能含糊地答：「他有別的事情，今天不會回來了。」

小滿的視線掃過瓊華平常坐的那個位置，垂下眼睛，沒有再追問。

江仲夏適時地插進話來：「來，小滿，你的壓歲錢。」

傅為螢嚇了一跳，連忙伸手去推：「這怎麼行！」

江仲夏故技重演，仗著身高優勢將紅包舉到她拿不到的位置：「這是給小滿的，螢火蟲你不要插嘴啦。」

傅為螢急了：「借住在你們家已經很虧欠了，再拿錢也太不像話。而且你和小滿算平輩——」

江仲夏從善如流地點頭：「是啊，所以這壓歲錢不是我包的。」

「咦？」

「老爸老媽聽說咱家來了個小朋友，特意囑咐我代替他們給的。」江仲夏笑眯眯，「長者賜，不敢辭哦，老爺子很重規矩的。怎麼樣，這下推不了了吧？」

傅為螢沒辦法，只能讓小滿收了，小滿乖巧地道了謝。

草草吃完年夜飯，收拾了餐桌，傅為螢帶小滿去睡覺。小滿躺進被窩裡，從枕頭下面掏出紅包：「姐姐，我還是不要這個了。」小滿太懂事，傅為螢很心疼。她好歹是十幾歲的時候才失去了父母，後面被丁家收養，也還拿了好幾年壓歲錢，小滿卻從這麼小就永遠失去了這些。她抿了抿唇，低頭親了親小滿的額頭，安撫道：「沒事，你收著吧，好歹過年呢。別擔心，姐姐有其他辦法還這筆錢的。」

小滿遲疑地望著她。

傅為螢滿心苦澀，從小滿手裡接過紅包，幫她塞回枕頭下。

「壓一壓，讓你平平安安地長大。別的，姐姐就什麼也不怕了。」

傅為螢哄小滿睡著了，回到飯廳。電視還開著，螢幕上大紅大綠的顏色，歌也熱鬧喜慶，但桌邊空無一人。她疑惑地叫著「張嫂」，去廚房找人，在迴廊上被江仲夏叫住：「張嫂出去打牌了。」

「哦。」

江仲夏手中端著兩杯熱茶，遞給她一杯，忽然道：「三兒他們應該已經到了。」

這一整晚反覆出現在心頭又刻意抹去的名字，忽然由旁人提起，傅為螢不禁一僵。

江仲夏倚著欄杆，輕笑：「夾在這兩個人中間，你也挺難做的吧？」

傅為螢一愣：「哎？」

「瓊華喜歡三兒，可她那性格，不擅長表達。被逼急了，頂多拖個無關緊要的人來迂迴地暗示幾下。如果給你添了什麼麻煩，我這個做人二哥的，代她給你道個歉。」

說是道歉，但話裡透出的遠近親疏，一聽便明了。

傅為螢卻顧不得為江仲夏的偏心而難受。

瓊華喜歡江季夏。這句話如驚雷般落在她耳中，炸得她頭皮發麻。長久以來令她困惑的一些場面，似乎無解的一些舉動，頃刻間都說得通了。頭腦混亂著，她下意識地張口道：「但是江季夏⋯⋯」

不喜歡瓊華啊。他說過的。

江仲夏嘆息：「三兒那種性格，你見過他真的討厭過什麼人嗎？他才懶得費那個力氣，直接無視就罷了。老爺子跟瓊老頭幾十年不往來，但三兒小時候去N市參加比賽，和瓊華卻是早就認識的。雖然不是朝夕相處的青梅竹馬，可是每年寒暑假一見，也算兩小無猜吧。你知道他們到底是因為什麼而鬧翻，三兒又為什麼像現在這麼討厭我嗎？」

傅為螢腦子裡一片空白，只能搖搖頭。

「瓊家出事的那一年，瓊老頭聯繫老爺子之前，瓊華就先打了個電話。」

「她太慌張了，沒有打給三兒，卻是打給了我。」

不知哪戶人家放起爆竹，「劈哩啪啦」的炸響喚醒了月河鎮的夜。彷彿呼應著這個訊號似的，不同的方向不約而同地有如豆的光亮尖嘯著升空，在夜幕之上綻開璀璨的花火。

理應最熱鬧的除夕夜，傅為螢卻渾身發冷。

她自作多情所搞錯的遠近親疏，原來不止一樁。

頭腦中的空白散去後，還是茫然失措。

不知道該做些什麼，也不知道該去哪裡。

「轟隆隆」的煙火聲中，她看見江仲夏的嘴唇迅速開闔了幾下。她一個字也沒有捕捉到。

「什麼？」

江仲夏的表情頓時變得很無奈，將雙手攏到唇邊，彎過腰來，湊到她耳際：「我說！不談這些了！我們——去明月寺上香吧——」

這是月河鎮的另一個傳統。

除夕夜到明月寺上香、敲鐘。誰若能搶到初一零點時分敲響新年頭鐘的機會，這一整年都會福星高照。鎮上的老人家每年搶頭鐘都會引發一番混戰，年輕人並不迷信這些，但也願意在年夜飯後去燒一炷香，用一年裡唯一一次的虔誠，許個心願。

晚上十點多，明月寺的山門前擠得水泄不通。傅為螢好不容易買到了線香鑽出人群，抬頭在人山人海中已找不到江仲夏的身影。後面的人見她愣著不動，心急地推了她一把。傅為螢被推了個踉蹌，無奈，只好默默排回隊伍裡，暗暗祈禱江仲夏找不到她就自己上一把香回家。

外頭吵嚷擁擠，佛堂裡卻極靜。

淨手，焚香，跪於蒲團之上，三叩首，默念心願。傅為螢緊緊閉上眼睛，待香燃盡，再次三叩首。

也許線香的氣息真能凝神，從佛堂裡出來，再面對洶湧人潮的吵吵嚷嚷，傅為螢的心已安定了許多。零點的鐘聲敲響，嗡鳴綿長地漾開來，彷彿將籠罩在月河鎮上空的陰鬱塵埃都洗滌一空。距離他們出來已經一個多小時了，傅為螢想江仲夏應該早就回去了，便加緊腳步跨出山門。

一出去，就愣住了。

江仲夏站在石階旁的一盞燈籠下，雙手悠閒地插在口袋裡。彷彿感應到她的目光似的，他轉過臉來，微微一笑，抬手招一招。傅為螢大感意外，趕緊三步併作兩步走過去。

兩人橫穿過明月寺門前通明的燈火，並肩往外走。

江仲夏問：「許了什麼願？」

傅為螢失笑：「說出來就不靈啦。」

「是嗎？我還想跟你分享來著。」

「等實現了再分享也不遲啊。」

「有道理。」江仲夏突然停下腳步。

傅為螢慢了半拍，跟著停步，疑惑地回望他。

江仲夏那雙漂亮的桃花眼中好像盛著山門外的燈籠火光和天上的璀璨煙火，但他眼睛眨一眨，裡頭又像只剩下了她。

「既然如此，我就直接實現它好了。」他說著，傾過身來。

傅為螢錯愕地瞪大了眼，下意識地一偏頭。和一個微涼的吻一同落到她耳邊的，是江仲夏近乎嘆息的一聲——

「對不起啊，螢火蟲。」

傅為螢一震。

鬼使神差的，她陡然回過頭。只一眼，就捕捉到了那個熟悉的身影。

孤身立於燈火闌珊處，正遠遠望著他們的，是她本以為今夜不會回來的人。

江季夏。

第七章
孟春之月

1

江季夏很懊惱。

順風順水活過十七年人生的他，從沒有像現在這樣搞砸過某件事情，而且還一砸再砸。

「江仲夏喜歡長頭髮的」——如果時間能倒回二十一天前的晚上，他一定會毫不猶豫地，在這句話脫口而出之前，把那個愚蠢的自己打暈拖走。

世間的藉口千千萬，怎麼就偏偏找了最糟糕的一個呢。

江季夏頭痛地閉上眼。

除夕的傍晚，高速公路上很擁堵。車子開開停停，足足排了兩個多小時才駛上跨江大橋。過收費站時車身微微顛簸了一下，他皺起眉頭，聽見瓊華在一旁輕聲問：「你暈車嗎？」

他聽見了，但沒有回答。

傅為螢的頭髮長長了許多。那傢伙自己大大咧咧的，毫不留心形象管理，他卻是早就注意到了。故意保持了沉默，是因為腦海裡總浮現出在N大附中見過的那張舊照片。過肩的長髮，純白的長裙，站在鋼琴旁微微笑著，是他所陌生的模樣，但也是原本的，或者應該說是真正的傅為螢的模樣。她剪成短髮既是因為來月河後生活困窘而不得已，那麼現在境況好轉了，也就可以回歸原本的樣子了吧？

那傢伙抓起畫筆就渾然忘我，大概不會知道，在兩人相對而坐的時候，他經常會悄悄抬頭，用眼角的餘光去丈量她的髮尾。看著那髮尾一寸一寸地生長，越來越接近照片上的長度，他心裡竟然還有些隱祕的期待與歡喜。

傻乎乎的「王子病患者」，能為別人犧牲任何東西，甚至連一頭長髮都捨得。

英勇壯烈而愚蠢。

江季夏嘗試著用理性去分析自己那晚的衝動。冷不防瞧見惹禍精心血來潮、沒心沒肺地比劃著說要把頭髮再次剪短，幾個月的等待眼看著就要功虧一簣，急切制止也是人之常情吧。然而被惹禍精茫然地眨著眼一問「為什麼」，他卻啞然了。

他忘記了，傅為螢喜歡什麼樣的人生，他根本就沒有立場過問。

只能寄託於傅為螢殘存無幾的少女心，借了江仲夏的名義來達成目的。

可是當對方真如他所願因此而改了主意，他心裡卻又泛起一絲難以言喻的酸疼。

江季夏，你到底想怎麼樣啊？

內心最隱祕的角落彷彿分裂出一個暴躁的小人，抓住另一個茫然失措的自己瘋狂地搖著。搖得暴躁的小人都精疲力竭了，另一個自己卻仍舊回不過神。

他不知道傅為螢已經開始準備S大美院的藝考，疏忽了趕稿，繞著江仲夏轉是有正當理由的。後來發現是自己錯怪她，他著實懊悔，卻因天生彆扭的性格而開不了口去道歉。好在，理應團圓與祥和的除夕夜是個好契機，他本想藉著這個日子和傅為螢修復關係，一早從明月寺請了鬥香回家，連覺都顧不上補，便又跑去近郊的批發市場買了一堆仙女棒。他自己當然對這種幼稚的兒童煙火毫無興趣，但記得傅為螢曾經提過想在連載裡使用男女主角一起點仙女棒的橋段，覺得她一定會喜歡，於是返回家中後，小心翼翼地將仙女棒藏進房裡，一邊急切地等著太陽下山，一邊竭力構思著最自然的重新和傅為螢搭上話的方式。

卻不料電話響了。

瓊華的母親被獲准出獄過年，要他送瓊華去N市。

照顧瓊華，是老爺子親口指派的任務。父命難違，他心裡再不願意，也只能耐著性子去解決瓊家層出不窮的麻煩。先前，瓊家來了遠房親戚，瓊華要他大晚上陪她一起去接待，他也去了，除夕夜來這麼一招，他亦只能認命地接下任務，帶著瓊華出門。

他心裡計算得好好的，匆匆來回，還來得及吃上家裡的年夜飯，卻忽略了除夕夜道路上塞車的可能性。等他們終於趕到與瓊華母親約定的地點時，天已經黑透了。

瓊家垮了，鋪張的毛病卻還沒改。瓊華的母親住在N市市中心的一家五星級飯店。

江季夏把瓊華送進飯店的大廳，將行李遞給她，轉身欲走。瓊華顯然沒料到他想立刻返程的打算，驚訝過後，就是急切的挽留：「路上不好走，半夜都未必能到家，今晚就留下吧。媽媽訂了一大桌菜呢。」

飯店裝修得富麗堂皇，每一塊地磚都光可鑑人，目光所及之處找不到一粒塵埃。對「潔癖患者」來說，這理應是最舒適的環境，但江季夏一秒都不想多待，寧可忍受長途大巴混濁的空氣和骯髒的座椅，只想早點回到想見的人身邊。

他淡淡道：「不必了。」

瓊華咬著下唇，見他態度堅決，便退了一步：「那至少，上去和媽媽打聲招呼呀。」

江季夏隨手幫她按了電梯，以行動表明了拒絕的意思。

他本就對瓊家的長輩沒有什麼好感，經過傅為螢家的事情，更不覺得對方值得尊重和問候。跑這一趟，純粹是為了成全自家老爺子一份過剩的善心而已。

超出這界線的事情，他一件都不會做。

電梯來到一樓，「叮」的一聲打開門。瓊華紅著眼圈狠狠剮了他一眼，轉頭走進去。

從N市到月河的末班車八點發車。飯店距離客運站不遠，江季夏本想搭計程車過去，但看了看錶，估算了一下堵車的時間，覺得還是自己的雙腿更可靠。飯店大廳的側邊開著幾家奢侈品店，其中有家獨立設計品牌。江季夏轉身匆匆往外走，經過那家店時，被櫥窗裡的一枚水晶髮夾吸引了目光。

小小的銀色王冠，帥氣之中又透著幾分可愛，讓他一下子就想到了某個人。江季夏遲疑片刻，又看看錶，轉身進店。

「請給我這枚髮夾，禮盒包裝，謝謝。」

倒也沒有什麼特殊的目的，只不過看見了，想到了，就買下。傅為螢現在頭髮的長度還不能紮起來，別一枚髮夾倒是正合適。他自己沒有多想，卻禁不住店員小姐別有深意的打趣：「給女朋友的新年禮物呀？」

江季夏一愣，頓時覺得臉上有點發燒：「不是。」

「啊，那是準備表白嗎？」

「也不是。」

年三十，店裡不忙碌，難得來個客人，還是個說不上兩句話就害羞窘迫的俊秀少年，店員越發起勁地調侃他：「不好意思表白？還沒到火候？也沒關係啦，今天過節，當作新年禮物送出去也很自然的！」

最後江季夏幾乎是以一種落荒而逃的姿態離開的。

直逃到飯店的大門口，他才鬆了一口氣，看看手中的禮物袋。

紙袋上印著銀白的花體字，「KING & PRINCE（國王與王子）」。名字也適合。作為新年禮物——那店員的話，其實有道理啊。江季夏若有所思。

「這是要送給傅為螢的嗎？」

江季夏一愣，回過頭去。早該上了樓的瓊華，不知何時出現在他身後。

她紅著眼眶，死死地盯著他手中的紙袋：「你急著回去，原來是為了傅為螢嗎？」

那目光裡的陰鬱和仇恨太過駭人，江季夏皺了皺眉，垂手將袋子放到身後。既然是新年禮物，當然要圖個吉利喜慶，送出手之前先被人用那種眼光浸染過了，總不大好。然後，他淡淡地回了句：「與你何干？」

也不管兩人正站在飯店大門口，在眾目睽睽之下，瓊華帶著哭腔喊出來：「與我何干？！江季夏你這人是不是沒有心啊？這麼多年了，我沒有家人、沒有朋友，只有你救我幫我……你看不出來嗎？我……我喜歡你啊！」

含著淚楚楚可憐的美少女，除夕夜在大庭廣眾之下勇敢告白，這可真是一齣精彩的好戲。不少路人駐足圍觀，還有好事者起哄，要江季夏趕快回應。兩位當事人隔著幾步遠的距離相對而立，瓊華的目光直直地望著江季夏，好像根本沒有聽見周遭的人聲，而江季夏的目光冷冷地晃過幾個帶頭起哄的人，最後落到瓊華的臉上。

「你喜歡我，又與我何干？」

誰也料不到會是這麼不留情面的一句。

路人的起哄聲戛然而止。瓊華愕然瞪大了眼睛。

「我幫你，並非出於本意，你從來都知道的。而且我捫心自問，自己這些年來的行為舉止，應該也沒有什麼容易讓人產生誤會的地方。你要演灰姑娘，那是你的自由，但別把救命的王子戲份硬扣到我頭上來。何況，這世界上本來也沒有什麼白馬王子。」江季夏說著，忽然頓了頓，搖搖頭，「不，或許是有一個的，你還很幸運地遇上了……但那位心軟到愚蠢的王子殿下，被你親手推下樓了。」

瓊華身體一顫，含在眼眶裡許久的淚，終於跌落下來。

「你真的喜歡傅為螢嗎？」

這一次，江季夏正面回答了。

「對。」

「她到底有什麼好？！」瓊華歇斯底里地哭出了聲，「為什麼所有人都圍著她轉？為什麼所有的好事都落到她頭上？為什麼好東西從來都輪不到我？！這不公平！」

讓路人都疼惜的淚，江季夏卻無動於衷。

「真的沒有輪到你嗎？吃好穿好，生活安定，那傢伙千辛萬苦才能換到的東西，你不用費一點力氣就得到了。和她相比，你不是幸運得多嗎？除非，安定平穩的生活，對你而言根本不是一種幸福。

「因為你不勞而獲的好運已經太多了，而那傢伙除了自己辛辛苦苦存下來的一點可憐巴巴的安穩之外，什麼都沒有。所以，我決定把自己留給她——既然你一定要說公平。」

言盡於此。

江季夏說完，不再看她一眼，轉身離開。

身後傳來幽幽的一聲：「你把自己留給她，你以為她會要嗎？傅為螢喜歡江仲夏，長了眼睛的還有誰看不出來嗎？」

江季夏沒有回頭。

「給不給，是我的事情。要不要，是她的事情。」

說得淡然灑脫。

然而當他疲憊不堪地趕回月河，站在黯淡處，眼睜睜看見明月寺山門外通明燈火下的那兩人親密的一吻時，才終於明白，他捧出一顆心，對方不要，那顆心摔在地上，真是痛。

痛得他喘不過氣。

初遇傅為螢時總咬牙切齒地念叨著的一句話，突然又浮現在腦海中。

像是某種咒語，又像是命定的真理。

傅為螢那傢伙，果然是冤家，最強的惹禍精啊。

2

傅為螢一偏頭，躲開了那個本將落到嘴唇上的吻。

她驚駭之下猛地一發力，直接把江仲夏推了個踉蹌：「你……你幹什麼啊？！」晚飯那點甜米酒，不至於讓他喝醉發酒瘋吧？！

石階溼滑，江仲夏狼狽地扶住一旁的石獅，勉強站穩了身體，抬頭望向燈火所未及的長街盡頭。傅為螢下意識地將目光跟著投過去，一眼就看見了老柳樹下那道熟悉的身影。隔得太遠，江季夏又站在陰影裡，傅為螢看不清他的表情，只感覺他身體緊繃著，好像在拚命壓抑著什麼一般。

少頃，他轉身就走。

瞬息間千萬種念頭掠過傅為螢的腦海，太擁擠了，腦子裡反而成了一片空白。她一急，甩開江仲夏又試圖來拍她肩頭的手，慌忙地追上去。

明明江季夏是用走的，她是用跑的，可人山人海阻隔著，怎麼也追不上。傅為螢料定江季夏這深更半夜也沒別處可去，一咬牙，腳下轉了個彎，離開熙攘的大道去抄曲折小巷裡的近路，提前埋伏在回江家必經的橋口。

除夕的零點時分，一些人早早地歇下了，一些人熱鬧地聚在明月寺，城河畔格外寂靜。河風刺骨，傅為螢打著哆嗦等了半晌。就在她忍不住惶惑動搖起來，懷疑自己是不是等錯了地方的時候，終於看見江季夏浴著一身清冷的月光遠遠走來。

江季夏顯然是沒料到她會採取包抄戰術，愣了一瞬，轉頭就要原路返回。

傅為螢趕緊過去堵人：「你跑什麼啊？」

江季夏退了一步，和她保持距離：「非禮勿視。」

傅為螢愣了愣，反應過來，立刻漲紅了臉，激烈辯解：「不是你看到的那樣！他突然……哎，我也不知道怎麼回事，還好躲得及時。真是嚇死人了。」說著還心有餘悸地拍拍胸口。

她不知道的是，她面紅耳赤的樣子，讓這段話有了些欲蓋彌彰的味道。

江季夏別開眼：「江仲夏小心眼得很，你就這麼把他丟下，小心他生氣。」

哎喲，要論心眼小，誰小得過你呀——傅為螢把這句吐槽吞了回去。

先不管江季夏到底在鬧什麼彆扭，總之可不能再火上澆油了。

靠得近了，她才發現江季夏臉色蒼白。想來也是，平日裡省城月河不停歇地跑個來回都能把人累個夠嗆，更別提這過年堵車最厲害的時候了。碰巧口袋裡揣著張嫂剛炒的芝麻糖，她殷勤地遞過去：「累得夠嗆吧？吃塊糖緩緩。」說著瞥見江季夏手裡嶄新的紙袋，好奇道，「你手裡拎的是什麼？」

江季夏原本不想理她，聞言臉色變了變，接過糖，轉移話題：「沒什麼。」

「瓊華的媽媽給你的禮物嗎？」傅為螢也不知道自己為什麼會這麼問。

「不是。」江季夏頓了頓，「我送她到樓下而已，沒見她媽媽。」

「哦。」

他們的小紅花獎勵制度擱淺已久，但傅為螢殷勤慣了，很自然地伸手去接江季夏剝下來的糖紙。江季夏一愣，躲開，顧不上糖紙上還帶著碎屑，粗暴地揉了揉就塞進自己的衣服口袋裡。

傅為螢接了個空，手在半空中尷尬地懸了幾秒，默默收回去。

「為什麼不見？你不是要留在N市過夜的嗎？」

「誰說的？」

傅為螢猶豫著該不該出賣江仲夏。

她突然覺得很累。這些日子以來，她和江季夏的對話好像總找不到正確的軌道。她想聊的根本不是這些，衝動地追上來，歸根究柢，只是想要證實一個念頭——剛才看見江季夏的瞬間，掠過腦海的千萬種念頭裡最莫名其妙的，但也是讓她頃刻間心跳如擂鼓的一個。

他是為了吃她忙了一整天做出來的年夜飯，才不辭勞苦趕回來的嗎？或者換一種更大膽的說法，他是為了她，才匆忙回來的嗎？

傅為螢張了張口，還沒發出聲音，江季夏就知道了答案，嘲諷似的輕笑了聲：「江仲夏？他說什麼你都信啊。」

「當然不是每一句都信的。」

傅為螢咬咬牙：「你和瓊華，到底是什麼時候認識的？是瓊華來你家之後嗎？」

江季夏一愣。

「他說，你小學的時候去N市參加比賽，早就認識瓊華了，那時你們關係還很不錯。我不相信。關於這件事，我想聽你自己說。」

是真的嗎？

也許因為河風太寒涼，兩個人的嗓音都有些沙啞了。

「是。」江季夏說，「但是——」

傅為螢打斷他：「既然是真的，他又沒有騙我，我相信他又有什麼問題嗎？」

兩相靜默，唯有城河汩汩的流水聲。

心太冷了，身體也不禁打起哆嗦。傅為螢吸了吸鼻子，低聲說：「我又預支了一點稿費去修家裡的管道，很快就會搬回去的。」她頓了頓，「這段時間沒有你幫忙，我自己一個人趕連載，發現也沒什麼不行的。我可能還是更適合一個人待著吧。嗯，就這樣。」到最後，也不知道自己到底在說些什麼亂七八糟的東西，只能潦草地結束，擺擺手道了聲「拜拜」。

繼續往前，就會和江季夏同路回家。傅為螢遲疑了一瞬，決定折回明月寺去，繞個路再回去。她走過石橋，江季夏忽然大步追上來，沉著臉，一把扯過她。

右手用力握著她的手腕，扯得她轉過身。

左手卻是極輕柔地落在她的臉頰上，拇指一下一下地輕撫過她的耳際。

如果傅為螢清醒一些，應該能反應過來，那是江仲夏剛才親吻的位置。

可是這一整晚過得兵荒馬亂，她的腦袋裡一片混沌，只能愣愣地任由江季夏彎腰靠近。江季夏一路上風塵僕僕，圍巾、手套都沒顧上戴，指尖寒冰似的，觸上傅為螢的臉頰，終於驚得她渾身一震：「幹嘛？」

這種神色的江季夏，使她感到陌生，並本能地覺得危險。

而江季夏撫著傅為螢的臉，本是有些出神的。被她這麼一咆哮，也回過神，眼底閃過一絲錯愕，似乎也不明白自己為什麼會做出這個動作。傅為螢掙扎著就要向後退，江季夏來不及用理智思考，右手本能地又一使力，切斷她逃離的通路。

然後，左手變了動作。

傅為螢冷不防被捏住了腮幫子，頓時口齒不清地「嗚哇」哀號起來。

到底在發什麼神經啊！她說不清話，只能用眼神瘋狂地剮對方。

江季夏毫不退卻，像發現了有趣的遊戲一般，盡情地將她臉頰上的肉搓圓捏扁。他沒完沒了，傅為螢也有點生氣了，拳打腳踢地想掙脫。兩人相持之際，中間突然插進了第三個人的手，將他們隔開。

「三兒，不要欺負女孩子啊。」

江仲夏將傅為螢擋在身後，溫聲笑道。

江季夏拳腳功夫不如傅為螢，這麼比試一番，也有點狼狽了。見輕而易舉撥開自己的人是江仲夏，他的臉色更是一變，衝動地又捏起拳頭：「你到底在她面前亂說了些什麼？」

「我亂說了嗎？你不是已經對螢火蟲承認是真的了嗎？」

江季夏：「……」

「三兒，你今天大概是太累了，不太清醒。」

江仲夏無視了他的瞪視，拉過傅為螢。「我們走吧，螢火蟲。」

明明要回去同一個地方，三個人卻分成了兩路。

傅為螢因江季夏詭異的舉動而糾結困惑著，逕自沉默地低頭向前走。江仲夏見她情緒低落，故意在一旁講些笑話來開解，說著說著自己先笑得上氣不接下氣，唯一的聽眾卻毫不捧場。江仲夏並未氣餒，正要振作士氣再講個「糖果走在北極覺得好冷然後變成了冰糖」的悲劇故事，傅為螢忽然開口：「你是故意把江季夏和瓊華的事情告訴我的嗎？」

江仲夏沉默片刻，坦坦蕩蕩地承認：「是呀。」

他很認真地道：「我這麼喜歡你，對你這麼好，你的心裡卻還是只有三兒，我嫉妒呀。」

傅為螢停下腳步，愕然望著他。江仲夏眨眨眼，「噗」地笑出了聲：「當真了啊？逗你的啦。」說著又伸手揉亂她的頭髮，噘嘴做了個親吻的動作。

「剛才在明月寺門口，我也是先看見了三兒，才想要逗你們玩玩的，是不是嚇到了？我和三兒從小到大的相處模式就是這樣啦，現在想想可能是我小時候欺負三兒有點用力過猛了，搞得他現在有點神經過敏，什麼好東西都生怕我搶，哪怕本來不想要的，見我感興趣，也會立即改變主意占下……」

江季夏的行為，並沒有什麼特殊的寓意。

只是一個對他而言重要的，也或許不那麼重要的「好朋友」，被討厭的二哥搶走了，他很不高興，想要抹去二哥的痕跡。

僅此而已。

傅為螢自嘲地彎了彎嘴角。

她怎麼會有一瞬間，真的以為江季夏待她有什麼特別呢？

江仲夏一秒鐘也安靜不下來，突然「啊」地慘叫一聲：「哎，話說回來，螢火蟲你的初吻還在吧？幸好沒有親到嘴巴上，不然二哥的罪過可就大了！」

他執拗地追問著：「還在嗎？還在嗎？」

心裡的糾結頓時被攪和得煙消雲散，傅為螢漲紅著臉大吼：「在啦！所以不要再開這種無聊的玩笑了！」

3

一個人橫衝直撞地活著，最累，可是也最輕鬆。

初七，學校開學、公司恢復上班，沿街的店家也點了鞭炮重新開張。雖還在正月裡，但新年的氣息已淡去許多，月河鎮終於恢復了平日熱鬧的光景。

傅為螢幫小滿打包了一大堆年貨當零嘴，大包小包地將她送到了市裡，返程後自己又拎起剩餘的另一半行李，搬回了百花巷的方家老宅。

張嫂不清楚晚輩之間的糾葛，再三挽留她。傅為螢解釋不清自己心裡的尷尬彆扭，連她自己都還理不清自己的心情。一顆心差點被歉意壓垮，只能趁又一個張嫂外出打牌的午後，默默將過年期間折騰得一團狼藉的廚房清掃得潔淨發亮，然後悄無聲息地離開了。

一個多月沒住人，老平房裡積了厚厚一層灰。傅為螢挽起袖子，替方家老宅也進行了一次遲來的新年大掃除。最後拖完地，夜已深了，她餓得頭昏眼花，想煮碗麵來糊弄掉晚飯，但冰箱和櫃子裡都空空如也。

她打算咬咬牙忍過去，就這麼睡了。

突然有人敲門。

一開門，就對上了江仲夏笑吟吟的桃花眼。他抬起手臂，晃了晃食指上鉤著的袋子，鹽酥雞的香味直接把飢腸轆轆的傅為螢衝擊了個踉蹌：「家裡沒吃的了吧？二哥來送溫暖啦。」

傅為螢淚流滿面地將鹽酥雞請進門，還有一個贈品──好奇地東看西看的江仲夏。

「螢火蟲，你家漏風欸。」傅為螢狼吞虎嚥的時候，江家二王子站在窗戶下感受了片刻，犀利地指出。

傅為螢失手將竹籤狠狠插進了餐桌上。

「這麼破真是對不起了啊。」她皮笑肉不笑地道。

江仲夏哈哈笑了兩聲：「我沒有別的意思啦。明天一起去批發市場買厚膠帶吧，我幫你把窗戶縫貼起來。天還冷。」

傅為螢一愣，又塞了一塊鹽酥雞進嘴，含糊地點點頭：「嗯。」

除夕那夜，她嚴肅地向江仲夏聲明，往後禁止對她做任何的曖昧的玩笑舉動，如有違反，從此劃清界線。江仲夏答應了，也說到做到。讓傅為螢心驚膽戰的肢體接觸是沒了，可兩人之間的關係卻不見遠。對此，江仲夏振振有詞，說要接替江季夏的位置，成為傅為螢最好的朋友。

江仲夏三不五時地帶著點心小菜登門投餵，傅為螢吃著，他就坐在桌子對面，捧著臉，使勁地眨著那雙深情的桃花眼，充滿期待地追問：「今天也感覺到我的友情了嗎螢火蟲？」

二十多歲的人了，竟然還對這種幼稚的友情遊戲興致勃勃，傅為螢也是服氣。

S大美院的專業考試近在眼前，連載也恢復了正常交稿時間，傅為螢一邊忙於考試科目的練習，一邊趕連載，確實沒什麼時間料理三餐，並且差點又要重蹈初遇江季夏時餓到低血糖昏倒的覆轍。江仲夏的友情遊戲幫了大忙，她在香酥餅、牛肉粉絲小籠包、年糕團的攻勢下，不得不點頭承認了對方的「好朋友」地位。

江仲夏一高興，又衝出門去，把明月寺外的小吃街從頭到尾都打包了，小山一樣地捧回來堆在傅為螢面前：「多吃點多吃點！螢火蟲你太瘦了！」

傅為螢看見裡頭有一份芝麻湯圓，忽然反應過來，快到正月十五了。

「對了，螢火蟲。」

「嗯？」

「元宵節，要不要一起去放流花燈？」

江仲夏說，月河鎮的人有個迷信，元宵之夜在城河放下花燈，能保闔家團圓幸福。

傅為螢下意識想說自己哪有什麼「闔家團圓」可保，可轉念一琢磨，倘若放流花燈許下的心願真有用的話，祈求小滿平安長大也是好的。

她點點頭：「好。」

江仲夏興高采烈：「這就算是我們的第一次約會啦！螢火蟲你要穿漂亮一點哦！」

湯圓嗆進喉嚨裡，傅為螢撕心裂肺地咳起來。江仲夏趕緊倒水給她，她緩過氣來，無奈地白他一眼：「說好的不要再開這種無聊的玩笑呢？你又不是真的喜歡我。玩笑話說多了，等你真有了喜歡的人，不是給自己找麻煩嗎？」

江仲夏順手也給自己倒茶，聞言一愣，失手打翻了杯子。

熱騰騰的茶水把他的手燙紅了一片。傅為螢急得丟了湯匙一躍而起，慌忙去拿藥膏和抹布，被燙傷的江仲夏本人卻安靜地垂眸盯著紅腫的手背，莫名發楞著。

「螢火蟲……」

傅為螢正低頭給江仲夏抹藥，江仲夏反手抓住她的手，欲言又止。

「怎麼了？疼嗎？」傅為螢以為是自己下手太重了，頓時緊張。

江仲夏搖搖頭，笑了笑：「不，沒什麼。」

4

回到方家老宅生活之後，傅為螢反而真的和江仲夏走近了，她漸漸認識到，這人複雜的屬性之中尤其值得警惕的一個叫作「神煩」。看似笑眯眯特別好說話的樣子，其實任性固執得很，不達目的雖然不會冷臉動怒，卻能用一雙委屈巴巴的眼和一張嘮嘮叨叨的嘴把人煩得恨不得能跳城河。

答應了他「穿漂亮一點」，傅為螢還真不敢偷懶。

正月十五是個週五。放學鐘聲一響，她就狂奔回家翻箱倒櫃。

來月河的這段日子，她的個頭又長了不少，從N市帶來的衣服裙子都穿不下了。頭髮長到肩頭，因久未修剪而蓬亂毛糙，在頭頂上倔強地翹起的一撮怎麼壓也壓不下去。傅為螢束手無策之際，忽然有人敲門。

江仲夏說了，想靜候晚上的「驚喜」，所以今天不會過來。

還會有誰呢？

傅為螢很疑惑地去開門，見了來人，不禁發出一個愕然的單音：「咦？」

面無表情站在門口的，是手裡提著個大箱子的江季夏。

自從除夕那夜在城河邊不歡而散，傅為螢再也沒有跟江季夏打過照面，離開江家後更是沒有機會遇見。開學後倒是能在教室裡碰上，但新學期一開始，班裡就重新排了座位，傅為螢又回到了後門邊，離江季夏最遠的角落。兩人之間沒什麼說話的機會了，只有一次，江季夏午休結束回教室，彎腰撿起了傅為螢恰巧滾落在地的橡皮擦。傅為螢伸手去接，剛說了個「謝」字，江季夏卻將橡皮擦直接放在了桌上，目不斜視地走了。

幾天而已，恍惚間竟有種經年不見的感覺。

今天江季夏被訓導主任叫走了，沒有上下午的最後一節課。

現在怎麼會跑到這裡來？

「江仲夏約了你去放流花燈，對嗎？」江季夏問。

傅為螢詫異地張大了嘴：「你怎麼知……」

「他炫耀得恨不能讓全世界都知道。」江季夏淡淡道，忽然問出一個毫不相關的問題，「小紅花還剩多少？」

小紅花獎勵制度擱淺已久，中期集了不少，都沒用上。傅為螢跑回屋裡數了數，還剩三十幾朵。江季夏示意了一下手裡的箱子：「全部的小紅花，換一次變身，要不要？」

傅為螢還沒反應過來，他就逕自說：「反正以後也用不上了，我就當你要了。」

江季夏帶來一整套化妝工具、吹風機、捲髮棒，還有一套嶄新的呢絨裙子。

他將客廳裡的燈光開到大亮，把傅為螢按坐到桌邊，豎起梳妝鏡，夾起她額前的碎髮，動作嫻熟得彷彿演練過千百遍。傅為螢受到了不小的驚嚇——江季夏長相秀氣歸秀氣，但從沒聽說過他有這方面的興趣愛好啊？！

驚恐甚至蓋過了江季夏從天而降帶給她的錯愕。她呆張著嘴的結果是粉底全部堆在臉頰上，江季夏無奈地動手捏住她下巴，硬給她闔上嘴，解釋道：「張嫂以前跟著我媽拍電影，化妝很厲害。」江家臥虎藏龍，就連幫廚的張嫂，當年也是鼎鼎大名的一個人物，據說願一擲千金只求張嫂一化的女明星數不勝數。

「我們家沒有女兒，張嫂一身功夫沒處施展，就教給我了。」

傅為螢這一次是驚訝得瞪圓了眼睛。

江季夏嘆了口氣，手掌撫過她的眼皮：「閉眼，畫眉毛和眼線了。」

閉著眼，也能感覺到對方專注的目光。四目相對時那目光分明是冰冷的，可闔著眸時，它卻又像溫水般浸潤過身體，暖洋洋的，讓她一顆躁鬱的心不知不覺間變得安寧。江季夏的手還輕輕地捏在她的下巴上，筆刷輕柔地掃過她的眉間，她忽然有種荒謬的錯覺，好像自己是一件稍微用力就會損壞的珍寶，所以才會被如此珍重地對待。她想到畫眉這個動作的特殊含義，不禁心頭一顫，偷偷把眼睛睜開一條縫，去偷瞄江季夏。可是看見江季夏垂著眸細細描畫，心無雜念的模樣，又覺得自己這些繁雜的思緒可憎。

「別亂動。」

她感覺江季夏捏著自己下巴的手緊了一緊，趕緊定住：「哦！」

她頓了頓，還是忍不住疑惑地問：「你幹嘛要來幫我做這些？」

江季夏轉身擱下眉筆：「我做事情比較喜歡有始有終。」

「欸？」

江季夏搖搖頭，越過睫毛夾和腮紅，先挑出一支橘紅色的唇釉。傅為螢敏銳地察覺到這個動作裡暗暗含有「閉嘴」的意思，不敢再追問了。

與江仲夏約定的時間是晚上八點。

傅為螢最後換上衣服，牆上掛鐘剛好敲了八下。她顧不上細看鏡子裡自己的模樣，匆匆跳起來就要出門。衝到門邊，她遲疑地回頭看了一眼桌上的狼藉。江季夏說：「這些我來收拾。」

他頓了頓，又道：「等一下。」說著，大步走過來，抬手梳了梳她右耳邊的碎髮。

傅為螢愣在那，只感覺一道冰涼的觸感落在耳際。同時，江季夏傾過身，在她耳邊道：「元宵節快樂。」

傅為螢下意識地轉頭去看玻璃窗上自己的倒影。

耳邊多了一個水晶髮夾。小小的王冠形狀，向後攏住微捲的髮尾，露出耳尖，將裝扮過後原本太過甜美可愛的感覺抹淡了幾分，整個人顯得更瀟脫帥氣一些，也更像她自己一些。

「這……這個很貴吧？」傅為螢心裡喜歡，但又不免緊張，連忙抬手想要取下來，「不要了，今天河邊那麼多人，萬一擠丟了……」

江季夏阻止了她的動作：「沒關係。」

本來就是給你的。

他頓了頓，揚起嘴角笑了下，「快去吧。」

送走傅為螢，江季夏洗去手上的粉底，開始收拾桌子。熟悉的速寫本放在桌頭，一根針似的扎著他的眼。江季夏忽然覺得那本子好像薄了許多，疑惑地拿起來翻了翻，夾在本子裝訂線縫隙裡的碎紙屑雪花似的落下來。

一看就是撕去了很多頁的樣子。

中間的分鏡草稿他都看過。翻著翻著，就翻到了最後一頁。沐浴著滿月的光輝，在摩天水晶塔之上共舞的男女主角。男主角的五官畫得尤為精緻——怎麼看，都是江仲夏的模樣。

不是已經決定好了嗎？將本來就屬於她的南瓜馬車和玻璃鞋還給她，讓她恢復本來的模樣，漂漂亮亮地去江仲夏身邊。既然決定好了，怎麼心還是會痛呢？

江季夏「啪」地闔上速寫本，緊緊閉上眼。良久，他將本子輕輕放回原處，提起箱子離開，留下一室冷清，就像沒有來過一樣。

元宵之夜，河邊擁擠，他繞了遠路，橫穿過僻靜無人的小巷回到家，拿起電話撥通了一個熟悉的號碼。那邊正是淩晨時分，但江孟夏很快接起電話，聲音已經很清醒：「三兒，你想好了嗎？」

江季夏抿了抿唇：「嗯。」

「那我叫助理給你訂機票。留點時間辦手續和收拾行李，下個月月初過來好嗎？」

「不。」江季夏啞聲道，「越快越好。」

江孟夏很詫異，但身為一名傑出的模範兄長，他很尊重弟弟的意見，也很清楚不該問的事情不要追問的道理。聞言，他只是輕聲笑了笑，說：「譚助理正在S市出差，下週末回來。既然如此，你和他一起過來吧。」

下週末。

江季夏掛斷電話，目光落到牆頭的掛曆上。

正月二十四。

5

傅為螢被江季夏推出門時，整個人還是傻的。

四目相對之際，她險些伸出手去拉過對方，脫口說出「我們一起去放流花燈」的話。眼睜睜看著家門在面前關上，被正月刺骨的晚風一吹，她整個人就清醒了。她搖搖頭往外走，出了百花巷來到河邊，就被眼前的景象震住了。

今夜無人抬頭望月。

月亮最圓滿美好的元宵之夜，人間的街市比平日熱鬧得多。原本聚集在明月寺外的小攤販今天都擺到了河邊，賣點心零嘴的、玩遊戲的，爭相吆喝著。當然生意最好的還是賣各色花燈的小攤販，才剛八點，有些攤子上已經空了一半。水面上星星點點地漾著橘紅的火光，遠望過去，就像鋪了一條不見盡頭的光之長河。年輕的男孩女孩並肩蹲在河邊，在花燈上細細寫下什麼，然後將蠟燭點起來，一同小心翼翼地將之放流。

傅為螢忽然覺得有些不對勁。

這一路走來，似乎很少見到一家人一起出來的。老夫妻當然也有，但還是年輕情侶居多。她一邊疑惑著，一邊又因為迎面來人的目光而感到彆扭。久未如此鄭重打扮，走在人群裡只覺得周圍盡是打量過來的異樣目光，尷尬得她恨不得摀臉逃脫。正這麼想著，就看見前頭有個賣紙面具的小販，傅為螢趕緊跑過去，買了一張狐狸面具。面具攤的老闆是個慈眉善目的老太太，一邊找零一邊笑著打趣傅為螢：「小姑娘打扮得很用心哦，男朋友肯定開心吶。」看著傅為螢戴上面具，又說，「這麼做也對，等會兒見了面，揭了面具，才叫驚喜。」

傅為螢一愣，忽然有種不祥的預感。

「請問，這放流花燈的儀式，到底有什麼寓意？」

老太太驚訝了：「咦，你不知道嗎？」

傅為螢勉強擠出兩聲笑，但面具下的臉上並沒有笑意：「我是外地人。」

「哎，難怪。」老太太熱情地解釋道，「我們月河鎮，元宵夜在城河裡放花燈的傳統可有幾百年了，本來是祈願闔家團圓幸福的意思。但這些年啊，年輕人裡更流行的一個說法是，正月十五的晚上，有情人一起放流寫了兩個人名字的花燈，戀情就能順順利利、天長地久。」

傅為螢臉色驟變。

強打著精神謝過老太太，她轉頭大步往相約的石橋口走去。說得好好的，不再開這種幼稚無聊的玩笑，結果竟然在這裡埋了個最大的炸彈。

江！仲！夏！

傅為螢隔著面具，把牙齒磨得霍霍響。

她當然不能和江仲夏一起放流花燈了，只想趕快見到面，把話說明白了，取消這次「約會」就好。

她趕到石橋口時，江仲夏已經在那裡了。再怎麼咬牙切齒，恨不得打爆那食言而肥的傢伙的腦袋，傅為螢也不得不承認，人群中的江仲夏確實耀眼。他隨便倚著石橋墩，整個人都像在發著光一般，一眼就能看見。

傅為螢悲哀地發現，江仲夏的皮相符合自己審美觀的程度，甚至到了怒火滔天時多看他兩眼就能冷靜許多的地步。

她嘆了口氣，正要上前，忽見江仲夏對面還站著個熟悉的人。

瓊華。

她的臉上戴著面具，那兩個人都沒注意到她，繼續說著話。

瓊華不知道說了什麼，江仲夏輕嗤一聲，道：「你叫我回來，要我做的事情，我都已經辦到了。別人幫你到這個份上，你還不行，怪誰呢？」

傅為螢一愣，在離兩人極近的地方剎住腳。如遭雷擊。

江仲夏突然回到月河，是瓊華叫他回來的？

要他做的事情，都已經辦到的事情，是什麼？

江仲夏的態度很不屑，瓊華卻不為所動，還是輕輕柔柔的聲調：「今天這麼好的日子，你對她表白吧。她和你在一起了，就不會再阻礙我。」

「是嗎？你是方便了，可我這邊呢？在一起之後呢？」

「等我成功了，你再找個機會分手。」

「說得倒輕鬆。我為什麼要為了你犧牲自己的戀愛機會?」

瓊華皺眉:「你有喜歡的人了嗎?」

「沒有。」

「那有什麼關係?」一片暖色的火光裡,瓊華紅著眼眶,微微哽咽著,「江二哥,別忘了,這一切都是你欠我的。在我最絕望的那個晚上,要不是你惡作劇,攔下了我打給江季夏的電話,事情就不會變成現在這個樣子。你有什麼資格拒絕我?」

江仲夏閉了閉眼,道:「別的任何事情,我都可以對你有求必應,但關於傅為螢的這件事,到此為止。我明天就會回S市,你不用再多說了。」

晚上八點半,城河裡駛出一艘龍舟,破開橘紅色的光河。人群騷動起來,紛紛擁上石橋爭搶前排的位置,傅為螢冷不防被人擠掉了面具。江仲夏一側頭,恰巧與她正面相對。江仲夏滿臉錯愕,條件反射地轉頭和瓊華對視了一眼。他的這個動作讓傅為螢徹底心冷,轉身逆著人流就跑開了。

又一次。一個兩個的,都爭著做「好朋友」,又爭著背叛。這很好玩嗎?

「螢火蟲!」

傅為螢拚命跑著。人都擠在河畔,蜿蜒小巷裡空蕩冷清,她慌亂的腳步和急促的喘息幾乎能激起回聲。石板路上有滑膩的青苔,她知道江仲夏追在後頭,一著急,踩上青苔,就扭了腳。她疼得倒吸一口涼氣,就這麼倚著牆歇了片刻的工夫,江仲夏趕了上來。

「螢火蟲你聽我解釋……」

既然不是真正的好朋友,傅為螢就不想讓對方看見自己的難堪。她咬牙站直身體,掩飾住腳踝上鑽心的疼。

「還有什麼好解釋的？打著好朋友的旗號，卻是在為瓊華做事，我還能相信你嗎？從我們認識開始，你嘴裡有一句真話嗎？」

「有的。」沉默許久，江仲夏道，「你以為我開玩笑的那些話，其實都是真的。」

我嫉妒你心裡只有江季夏，是真的。

我說我忘記自己本來的目的，漸漸開始喜歡上你了，也是真的。

假作真時真亦假。真真假假，他到底是把自己繞了進去。

若非瓊華出現，將他的「喜歡」變成了一句要脅，本來今天晚上，他是真的想要告白的。

江仲夏凝望著傅為螢，那雙永遠帶著笑意的漂亮的桃花眼裡浮現出非常悲哀的神色。那悲哀太過濃密厚重，傅為螢不敢與之對視，生怕看一眼，就會忍不住流淚。

她咬著唇搖搖頭：「讓我一個人靜靜。」

她執拗地垂著頭，不肯對上江仲夏的視線。

良久，才聽他顫聲道：「好。一個人回家，注意安全。」

走出幾步，他又停下。夜風送來他輕輕的一句：「螢火蟲，你今晚這麼打扮，很漂亮。我……很高興。」

傅為螢握緊了拳頭。

等江仲夏的身影徹底消失在巷子盡頭，她才一瘸一拐地回家。

不遠的路，卻因舉步維艱，而走到了夜深。

推門只見滿室的昏暗淒清，一整晚的鬧劇就像一場荒誕不經的夢，夢裡她是一個人，夢醒來，現實裡的她依然只是一個人。傅為螢彷彿被抽空了全身的力氣，背靠著牆緩慢地蹲下身，環抱住膝蓋，將臉埋進臂彎。

就像給自己一個擁抱那樣。

她以為自己會哭的，但最終溢出脣邊的，卻是自嘲的笑聲。

不知在黑暗中待了多久，驟然響起的電話鈴聲驚醒了她。

腿麻了，起身太急，她撞倒了電話櫃，人也重重地摔了下去。電話落地，還在響，傅為螢難以解釋心頭驟然泛起的恐懼不安，急忙接起來。聽筒裡傳來小滿的幼兒園班主任的聲音：「是丁小滿的家長嗎？丁小滿食物中毒，正在市醫院急救，請盡快趕來！」

6

夜已深，客運站的班車早就停了。

班主任在電話裡將情形描述得極危急，還說醫生已經下了病危通知。傅為螢無論如何也等不到天亮，便咬牙敲響了隔壁的門，借來鄰居老太太買菜用的女式自行車。

大巴車一個小時的車程，騎自行車的話，三個小時總能到的。可是她忽略了一件事情。

車剛騎出百花巷，就失去了控制，歪歪扭扭地撞上了城河邊的石墩。還好放流花燈的人群已經散了。傅為螢連人帶車，狼狽地摔了一身灰。她咬著牙，紅著眼圈，用力捶打著自己扭傷的腳踝。先前還看不出什麼，此刻關節處已腫得老高，顯出駭人的紫紅色，稍微動一動，就鑽心地疼。

怎麼這麼沒用呢？一點小傷而已，怎麼就忍不了了呢？你原來是這麼——這麼軟弱的人嗎？

一下一下捶打著，彷彿疼痛的總額是有定量的，這樣親手釋放出來，就可以提前結束這傷痛的束縛。但如此自虐的舉動只是徒勞，她依然只能無力地癱坐在地。碩大的水珠滴落在面前的青石板上，很快洇開。她以為下雨了，可抬頭看見夜幕上仍舊明月高懸，才反應過來這水滴是從自己的眼眶裡滾落下來的。

地震那年，她十二歲。不上不下的年紀，通常來說是不會有人願意領養的。她做好了在福利院待到成年的心理準備，甚至很識相地嘗試透過幫忙照顧其他更年幼的孩子來證明自己的價值，好堵住背地裡說閒話譏諷她的工作人員的嘴。父母慘死，故鄉化為一片廢墟，她卻沒有太多的時間來自憐，謹慎地、卑微地、瞻前顧後地度過了生命裡最陰暗的一段時光。她記得很清楚，那天午後，她正在食堂裡守著孩子們吃點心，被一幫瘋跑著把牛奶和餅乾屑撒得到處都是的小屁孩折騰到快要崩潰，突然福利院裡一位管事務的老師叫了過去，把她帶到辦公室。辦公室的沙發椅上坐著一對中年夫婦，衣著簡樸，斯斯文文的樣子，見她來了，露出溫和的笑容。

「你就是阿螢嗎？」

那是她第一次見到丁寧生、方倩夫婦。

兩人婚後多年無子，本也是想領養個年幼的孩子。但在福利院裡參觀的時候，隔著玻璃窗看見傅為螢忙忙碌碌的樣子，又改變了主意。

方倩說：「阿螢，你還小，不必活得這麼辛苦。和我們一起回家吧。」

地震發生一百多天後，傅為螢第一次失聲痛哭。

方倩沒有再說話，但輕輕拍了拍她的那隻手，多麼像母親。

傅為螢跟著丁氏夫婦到了N市。她從前學的才藝，繪畫、鋼琴，都是花錢的東西。雖然丁氏夫婦待她很親，但傅為螢並不敢得寸進尺，便絕口不提這些。直到有一次，方倩帶她逛商場，途中去了趟洗手間，傅為螢獨自站在外面等，瞥見廠商做活動推廣放在商場大堂的琴，忍不住手癢，便上去彈了一段。一曲彈罷，一回頭，方倩不知什麼時候回來了，錯愕地站在她身後：「阿螢你會彈琴啊？怎麼不說呢？家裡沒有鋼琴，好久沒練，會生疏吧。」

傅為螢用盡百般藉口，也阻止不了方倩一回家就和丁寧生說了這件事。而丁寧生毫不猶豫地，隔天就把傅為螢領進琴行，給她買了一架施坦威立式鋼琴。

久久懸在半空中的心終於落了下去。傅為螢暗暗下定決心，要將丁氏夫婦當作親生父母一樣看待。可是她與養父母一家三口的日子沒過幾個月，方倩就懷孕了。

得知這個消息時，傅為螢整個人是傻的。

丁氏夫婦待她再好，畢竟是沒有血緣關係的。當他們有了自己的孩子，家裡還會有她的位置嗎？孩子尚未出世，傅為螢就已經有了種自己鳩占鵲巢的難堪感覺。掙扎再三，她向方倩提出了住校的想法。方倩先是驚訝，繼而很快明白了她的顧慮，一臉哭笑不得：「你這孩子啊，什麼都好，就是太看輕自己，太把自己當外人了。」說著，拉過她的手，放到已經微微隆起的肚皮上，溫柔地說，「這是你的妹妹呀。等妹妹出生了，你要我怎麼和她解釋姐姐不在家這件事情呢？」

方倩似乎是真的欣慰，不止一次說過：「你們這一輩的孩子都是獨生子女，等父母不在了就只剩自己一個人，太孤單太可憐了。這下可好，等我們走了，你們姐妹倆互相之間還能有個依靠，我們也能放心。」

傅為螢惶惶不安的情緒被安撫得平靜下來，開始全心全意地期待孩子的出生，甚至比丁氏夫婦還要鄭重和緊張。

丁寧生隨口一句「名字也不知道取什麼才好」，她就趕緊買了一本磚頭似的《辭海》，成天隨身攜帶著，隨時隨地、見縫插針地翻找琢磨，恨不能把所有寓意好的偏旁部首都塞進孩子的名字裡。數月間，螢光便利貼被她用了幾大包，時常琢磨一個字琢磨到最後都不認識了。那天，方倩已經入院待產，她陪在一旁，還捧著《辭海》念念叨叨。方倩被逗笑了，隨手一指她正在看的那一頁。

「一家人圓圓滿滿的，就叫小滿怎麼樣？」

丁小滿。

「圓圓滿滿」的「滿」。

傅為螢滿眼赤紅。

丁氏夫婦走得急，沒有留下任何遺言。她便將方倩懷著小滿時反覆說過的話當作了養父母的遺願，在靈前發誓，一定會好好照顧小滿，讓小滿有所依靠。可是現在小滿在醫院急救，而她連幾十公里的路都趕不過去。

傅為螢擦了一把淚，高高揚起手，又想狠狠捶打自己的腳踝。哪怕把心裡的疼轉移一些到肉體上也好。

夜色之中忽然傳來淩厲的一聲：「你在幹什麼？！」

下一秒，她的手腕就被人抓住了。傅為螢愕然抬頭，只見江季夏緊緊握著她的手。他氣喘吁吁，額際汗溼，神情惱怒，眉梢和嘴角不知為何有幾塊青紫。他用力拉起她：「腳怎麼會受傷？不好好上藥跑出來幹什麼？區區一個江仲夏值得你這麼自虐？！」

傅為螢耳朵裡嗡嗡的，只看見江季夏嘴脣開闔，根本聽不清他在說什麼。她反手握住江季夏的衣袖，淚水還在不斷地溢出眼眶：「小滿……」

江季夏一愣，全身的戾氣頓時消失：「小滿怎麼了？」

傅為螢腦子裡一團亂，像一臺壞掉的機器，只能吐出零碎的詞句。這麼顛三倒四地把眼下的絕境描述了一遍，江季夏居然聽懂了。他把傅為螢扶到城河邊的石墩上坐下，彎腰撣撣她衣擺和膝蓋上的灰塵，然後轉身去扶起橫躺在地、後輪還在空轉的自行車。

傅為螢茫然地看著他。

江季夏跨上車，回頭拍拍後座：「來——能自己過來嗎？」

「哎？」

江季夏說：「愣著幹嘛？上車，我載你去。」

傅為螢驚呆了。這個距離，裝備還是老到快要解體的女式自行車，連她都沒什麼把握，更不用說跑個三千公尺都昏倒的江季夏了。她結結巴巴地問：「你……你行嗎？」剛問出口就趕緊自我否定，連連搖頭，「不行的不行的——」

江季夏的臉黑了一半：「不試一下你怎麼知道我行不行？至少比你這瘸腿行！難道你真能等到早上

再坐大巴車過去？」

不能。

想想小滿還在急救室裡，生死未卜，傅為螢咬了咬唇。

「那……那麻煩你了。」

夜間風急，吹在臉上像刀剮似的，月河往市裡的國道上又是逆風。自行車老舊生鏽，鏈條也不知多久沒上油了，騎起來吱呀作響，彷彿下一秒鐘就要解體，每踩一圈都要費好大力氣。傅為螢緊緊抓著置物架的邊緣，聽見江季夏越來越急促和沉重的呼吸聲，心裡覺得十分虧欠和不安。她剛想說自己腳踝的疼可以忍耐，想提議換手，車子就猛地顛簸了一下。

纖細的置物架杠子不足以穩住身體，傅為螢手裡沒抓穩，差點又摔一回。

她嚇出一身冷汗，過快的心跳尚未平復，江季夏突然剎車。

他頭也不回，卻準確地反手抓過她手臂環在自己的腰上。

傅為螢一驚：「不用……」

「這夜裡黑漆漆的，萬一把你落在半路上了可怎麼找？」江季夏不容置疑地道，還像確認一般，在她環扣於他身前的雙手上握了握，才重新踩起車。

這麼一來，傅為螢的整張臉相當於埋在了江季夏背上。少年的脊背還不寬闊，卻擋住了全部的凜冽寒風，讓後座的她的臉上終於能積蓄起一點熱氣。

前頭正面迎著風的江季夏該有多冷啊。傅為螢想。

可是平日裡最嬌氣怕累的小王子，一聲也沒有抱怨，只壓抑著越來越疲憊的喘息，埋頭拚命往前騎著。

傳為螢突然又回憶起童年曾與父母去看過的電影裡的那首歌。

「Someday my prince will come」——現實之中不會有王子來的。她早就死心了。

可這不是來了嗎？

雖然並沒有騎著白馬，而是騎著破破爛爛的女式自行車。

7

幾十公里的路，江季夏載著傳為螢，騎了整整四個半小時。

車頭轉過彎，市醫院的正門出現在視野中時，已是深夜兩點。

傳為螢不等江季夏停穩，就迫不及待地跳下車。傷腳落地時她疼得倒吸了一口涼氣，卻硬是忍住了哀號，一瘸一拐地往門裡跑。她跑出沒幾步，就聽身後「哐啷」一聲巨響。回頭一看，江季夏以和四個半小時前的她一樣狼狽的姿勢，連人帶車摔倒在地。傳為螢嚇了一跳，連忙單腳跳著要折回去扶他。

江季夏精疲力竭，撐在地上好半晌爬不起來，也說不出話，只能虛弱地抬起手揮了揮，口型是：「別管我，你先去。」

傳為螢遲疑一瞬，說：「那你先休息一下，不能自己上樓的話我一會兒下來接你。」

江季夏點點頭，又用口型催了一遍：「快去。」

他的嘴唇發白，乾裂得可怕。傅為螢覺得眼眶又有點發酸了，狠心點點頭，轉身往大門裡跑。

急救室在十二樓。

走廊被蒼白的燈光照得晃眼，空氣裡充斥著一股刺鼻的消毒水味。最盡頭的手術室大門上亮著一抹刺目的猩紅，傅為螢一出電梯就直奔著那盞紅燈跑過去，被緊閉的門攔住了腳步，才注意到門外長椅上坐著小滿的幼兒園班主任。

「好端端的，怎麼會食物中毒？！」傅為螢質問對方。

班主任剛畢業，年紀不比傅為螢大多少。出了這麼大的事，她也是一臉慌張。

太慌張了，就撒不好謊。

先是說小滿自己調皮，吃了和幼兒園食堂晚餐相剋的零食。傅為螢追問吃了什麼晚餐、什麼零食，她又支支吾吾地答不上來。傅為螢心裡生疑，聲音忍不住大了起來。她雖然才十八歲，個子卻比嬌小的班主任高出不只一個頭，皺著眉的樣子相當有威懾力。班主任嚇得直哆嗦，一不小心就吐露了實情。

原來小滿不是食物中毒，而是遭到同班調皮的孩子捉弄，被逼著吃下了教室裡盆栽的葉子。那盆栽，是有毒的滴水觀音。

前段日子月河鎮剛爆出新聞，一戶人家的寶貝孫子貪嘴，誤吃了家中滴水觀音的葉片致死。這事情可憐也荒唐，一時間鎮上口耳相傳，鬧得盡人皆知。那戶人家後來怎麼樣了傅為螢不清楚，但滴水觀音要命這一點，她記得真真切切。

小滿說不定會死……

光是想一想這個可能性，傅為螢就覺得五臟六腑冒著寒氣。

情緒找不到出口，她如困獸般在走廊轉了幾圈，忍不住朝著班主任低吼：「小滿被欺負，你們老師幹什麼的？為什麼沒發現？為什麼沒有阻止？！小滿那麼聰明，那麼懂事，誰會欺負她——」

她越說越失控，乃至於捏緊拳頭，朝那啞口無言、噤若寒蟬的班主任揮過去。

柔柔弱弱的班主任躲也不會躲，鼻頭一抽又要哭。

還好在一旁聽到了完整對話的江季夏及時將傅為螢的手攔在半空：「打她也解決不了問題的，反而會讓我們這邊理虧。」

傅為螢也是一時頭腦發熱，清醒過來，頓時嚇出一身害怕的冷汗。

江季夏吹了一路冷風，鼻尖紅紅的，嘴唇也灰白乾裂，眉梢唇角還有詭異的青紫，與平時的模樣相比可以說是形象全毀。饒是如此，被他從天而降地這麼一救，班主任還是紅了臉，結結巴巴地說「謝謝」。江季夏皺著眉，淡淡地瞥了她一眼，沒有理會對方的羞窘，冷冷道：「你的責任之後再追究，先把那個孩子的家長找來。還有，如果幼兒園裡你說話不算數的話，把說話有用的人一起帶來。」

年輕的班主任一臉受傷，失魂落魄地走了。

護士聽說家屬趕到，拿著表格來讓傅為螢簽了字。很快，走廊裡只剩下傅為螢和江季夏二人。

「我衝動了。」傅為螢頹然跌坐在長椅上，「要不是你，我就做傻事了。」

江季夏坐到她身邊，沉默片刻後說：「關心則亂。」

「可我真的關心小滿嗎？」傅為螢苦笑著搖搖頭，「小滿太懂事了，生怕我為她吃太多苦，她知道寄宿能讓我輕鬆很多，所以受了什麼委屈都不肯說。她被欺負得厲害，連飯都沒法好好吃，之前你和我一起到幼兒園看小滿的時候明明發現她瘦了，我卻沒有放在心上……如果當時我再多認真想想，如果我觀察小滿再仔細一點，就不會發生這種事……我在小滿爸媽的靈前發過誓的，會把她照顧好，我也以為自己做到了，還自我感覺良好得不得了，結果卻……」

她抱住頭，幾乎說不下去。

江季夏伸出手，想拍拍她，手懸在半空，猶豫了一瞬，又默默地收回去。

「你確實已經做得很好了。我想，小滿也是知道這一點，才選擇瞞著你的。」

「不要太過自責。」他說。

傅為螢低頭發著呆，也不知道聽不聽得進勸說。

這時，手術室上的紅燈突然滅了。傅為螢就像感應到了一般，猛然抬頭，繼而「蹭」地站起身，嘶啞的聲音發著抖：「怎……怎麼樣了？」

小滿的手術進行得很成功，但還需要轉到普通病房觀察數日。

小小的身體卻受了這麼大的罪，小滿一從手術臺上下來就陷入了昏睡。傅為螢摸摸她的脖頸，摸到滿手溼冷黏膩，便打了熱水來給小滿擦身。江季夏避嫌，主動退了出去，傅為螢擦完端著盆子出來倒水的時候見他正倚著走廊的牆壁閉目養神。江季夏沒睡著，傅為螢一開門，他就睜開了眼，要接她手裡的塑膠盆。傅為螢側身避開：「你已經很累了，這點事我來吧。」

江季夏沒有再爭搶，但緊跟著她去了水房，又跟著折回來。

傅為螢心裡一塊巨石落地，終於有了餘裕的精力好奇別的事。

「你臉上怎麼了？」

小江王子身嬌體弱，讓他騎了幾十公里自行車傅為螢都愧疚難安，怎麼還有人捨得往他臉上打？

江季夏聞言，臉色變了變，下意識地摸了摸嘴角的青紫。

傅為螢以為他不願意說，想想兩人之間關係確實不似從前，不能因為江季夏幫了她這回，就自作多情地以為他們回歸了無話不談的好友關係。她推門走進病房，藉著收拾床頭櫃的動作，想驅散這凝滯的尷尬。卻不料這時，江季夏在後頭含糊地開了口：「江仲夏動的手。」

傅為螢失手打翻了熱水瓶。她回過頭，用眼神朝江季夏發射問號和驚嘆號。江季夏右手虛虛攏在唇邊，輕咳一聲：「不過我也把他的眼窩打腫了，我贏了。」

傅為螢：「……」

問題不在這裡好嗎？！

經歷過小滿的事情，再回頭去想撞見江仲夏和瓊華對話的場景，傅為螢突然覺得那也沒什麼值得介意的了。她單純站在一個旁觀者的角度，哭笑不得：「過節呢，你們幹嘛——」

十幾年都熬下來了，怎麼偏偏今天動了手？

江季夏蹙著眉，低聲道：「我看見他早早地回來了，覺得很奇怪。」

傅為螢：「……」

「我就去問他。」

傅為螢：「……」

「然後他才承認，他約你放流花燈的目的不單純。」

傅為螢目瞪口呆：「然後你就揮拳頭了？」

江季夏轉頭，又咳一聲：「嗯。」

「為什麼？」

「騙人感情的混蛋，難道不欠揍嗎？」

傅為螢眨了眨眼睛，一頭霧水：「騙誰感情？」

江季夏和她對視，對她的避重就輕十分惱火：「不是你嗎？」

傅為螢又眨眨眼，隱約摸到一點頭緒，不可思議地道：「你以為我喜歡江仲夏？！」

難道不是嗎？江季夏都懶得說了，直接用眼神反問她。

這也太荒謬了，若非自己就是當事人，傅為螢簡直要被逗笑：「哪裡來的誤會啊？我沒在月河過過年，不知道你們這裡元宵節放流花燈有特殊寓意，只是想給小滿放盞燈祈福，才答應他的。」想想沒放成的那盞燈，再看看病床上面無血色、昏睡不醒的小滿，她神色黯然，「出門之後才感覺不對，碰上江仲夏的時候我正想跟他取消約定呢。難過當然也是有一點，畢竟我是真的把他當朋友……但真談不上喜歡不喜歡的。」

說著，她低頭扯了扯身上的衣服。嶄新的，淺色的呢絨，這一晚又跌又摔，蹭了不少泥灰，皺得好似梅乾菜：「就是糟蹋了你好不容易幫我準備的衣服。抱歉，我會洗乾淨還給你的。」

本來就是給你的。江季夏抿抿唇，嚥回這句話，改口道：「那麼，小紅花我也還給你。這一次的換取，就算取消吧。」

傅為螢不明白江季夏的意思，可是江季夏別過眼，並不肯多解釋。

傅為螢太熟悉他這小動作了。小江王子式的耍賴沉默，再怎麼逼也逼不出答案的。她就自我安慰地找了個江季夏或許是想藉著把小紅花獎勵制度繼續下去來修復他們的好朋友關係的理由，換了個話題：

「不過，你怎麼會以為我喜歡江仲夏？我做了什麼不該做的事了嗎？」

江季夏突然僵住了。

非但沒有──事實上，傅為螢從來不是和人拉近了關係之後就會得意忘形的性格，在江家時的舉止也一直都很規矩守禮，連張嫂都挑不出一點錯處。

他尷尬地搖搖頭：「我偷看了。」

「哎？」

「你的本子。之前去S市那次，回程的車上你不肯給我看的速寫，還有後面連載的男主角原型，都是江仲夏吧。」

傅為螢一愣，才回想起來他說的是哪張速寫。她簡單地說了一遍在出版社附近偶遇江仲夏的事情，說著說著，忍不住「噗」地笑出聲：「要說喜歡可能也沒錯吧，就是喜歡他那張臉而已啊。我是漫畫作者欸，故事裡有多少角色，如果一個一個的原型都要真情實感地喜歡過去，幾顆心也不夠分吧？何況你和江仲夏幾乎是一個模子裡刻出來的，把那張速寫的五官細節稍微做點調整，不是更像你才對嗎？」

江季夏猛地回憶起自己早先那自戀的誤解，感覺耳根有點發燒。

而傅為螢則突然想起一件事。

要說她的漫畫最初的靈感，應該從江季夏彈奏的鋼琴曲激發創作的《黛安的迷航》算起才對。

她笑了笑，打算將這件事當作自己的小祕密，永遠埋藏起來。

「對了，你是什麼時候看速寫本的？看見最後一頁了嗎？」

實在不好意思承認自己看過兩次，江季夏只好含糊地「嗯」了一聲。

傅為螢伸了個懶腰：「那就是我設想的《魔法少女滿月》的大結局啦。是在我們之前一起看月食的那天晚上想到的，這麼說來，故事的原型確實也有你呢。」

她打著呵欠，睏倦地眯起眼睛。

「也不知道還要多久呢……快點畫到那裡就好了。」

8

當天晚上，傅為螢是趴在小滿的病床邊睡著的。

她也不敢睡得太死，每隔半個小時就睜眼確認一次小滿的情況，摸摸她的額頭掌心。到了清晨時分，睏過了勁，整個人就徹底清醒了。傅為螢悄悄拿起保溫瓶出了門，到走廊盡頭的茶水間裡倒去靜置一夜後變得溫涼的水，重新裝好熱水，再躡手躡腳地返回。

這是個晴天。清晨六點半，太陽剛剛冒了頭。病房裡的窗簾薄透，寬度又不夠，遮不嚴實，淡金色的眩目亮光從窗簾的縫隙間透進來，剛巧落到趴睡在病床另一側的江季夏的眼睫上。

江季夏確實累壞了，睡得很沉。傅為螢盯著那塊在他睫毛間跳躍的光斑出了一會兒神，忽見他眉頭皺了皺，眼皮也微顫了幾下，似是要被晨光晃醒。

她不假思索地伸出手去，覆住了江季夏的眼。

掌心的黑暗製造了安全的假像，江季夏的呼吸回歸了綿長安穩，傅為螢卻瞪著自己的手發起了呆，怎麼也想不通自己剛才的衝動是從何而來。可是既然這麼做了，再收手也不像話。她也不忍心讓江季夏這麼早就醒來，只能虛倚著床沿，維持著這個彆扭的姿勢，心裡琢磨著下一步該怎麼做。

今天幼兒園校方應該還會來人，估計欺負小滿的那個孩子的家長也會來。同齡人總誇讚她英勇可靠，當她無所不能，只有她自己知道，要和真正的成年人打交道，還是為這麼嚴重的事，她心裡其實是沒有底的。

有句她最怕聽到的話，在送小滿轉學的時候，校方就說過一次了——

「和你說不通，叫你們家長來。」

不管她是什麼樣的人，也不管她事實上已經擔起了多麼沉重的生活。他們只看她的年紀，就可以急急忙忙地、武斷地否決掉她。

人和人之間是真的很不同啊。傅為螢在心裡嘆息一聲。

有麥芒那樣平等尊重她的成年人，也有校方代表這樣剛愎武斷的成年人。

如果報警呢？打起官司，她又應付得來嗎？

無論如何，不能再將小滿留在這所幼兒園了。可是這麼倉促的情況下又要去哪裡找學費合適並且絕不會再發生類似情況的幼兒園？

該怎麼辦才好？

晨光刺眼，但並不灼人。傅為螢腦子裡亂七八糟地想著事情，不知等了多久，直到走廊開始響起人聲的時候，那塊光斑才從她的手背上移開。她腰酸背痛，但依然盡量放輕手腳，悄無聲息地起身出門去醫院的食堂買早飯。

因為是週六，探視時間從上午就開始了。傅為螢拎著餐盒回來的時候，住院大樓裡探視家屬進出往來，已十分喧囂熱鬧。大多家屬來時都捎了早飯，或是自家精心料理的，或是早餐鋪子裡買的，被那些熱騰騰的香氣襯著，她從食堂買來的半冷不熱的豆漿和油條就顯得十分寒酸隨便了。

給病房裡受了苦的兩個人，是有點拿不出手。

傅為螢走到病房門口，止步，摸摸口袋裡的零錢，又轉頭。

她不熟悉市醫院周邊的情況，便去護士站打聽附近哪裡有好吃的早餐，準備趁校方還沒露面、硬仗還沒打起來的時候先去買回來。護士站只有一名小護士，一對衣著光鮮的中年夫婦正在做諮詢，傅為螢便排在他們後頭。

無意間聽見一句：「請問丁小滿的病房是哪間？」她一愣，還沒來得及反應，小護士就抬手指過來：「巧了，丁小滿的家屬在這呢。」

中年夫婦回過頭，傅為螢和他們對上目光，隱隱覺得對方來意不善。

果然，女人瞧見她手裡的早飯，毫不客氣地嚷嚷：「孩子住院了，就吃這些？」

「我正準備出去重新買。」被陌生人指著鼻子挑刺，傅為螢也不禁惱火，硬邦邦地頂回去一句，又問，「你們是誰？」

竟然不是陌生人。

這對中年夫婦是丁家遠親，男人是丁寧生叔祖父一脈的人，早年去了北方P市，如今生意做得很大，唯一的遺憾是年過五十還沒有孩子。他們聽說了丁寧生和方倩的事情，想著小滿和他們到底有些血緣關係，便起了收養她的念頭。

兩人千里迢迢趕到月河，卻撲了個空。好不容易打聽到小滿的下落，知道了小滿中毒急救的前因後果，在見到傅為螢之前，就已對她心生不滿。

「不是親姐姐，到底不會盡心盡力。」女人上下打量著傅為螢，露出嫌棄的神色，「自己倒打扮得漂漂亮亮，也不管妹妹過的什麼苦日子。我們丁家也不是沒人了，怎麼能把小滿交給你！」

傅為螢折騰一個通宵，根本沒顧上洗漱。聞言一愣，摸了摸臉，才想起江季夏幫她化的妝還沒卸。她不願多解釋，也不可能就這麼放手把小滿交給素不相識的遠方親戚。餘光瞥見年輕的班主任帶著園長出了電梯，傅為螢顧不上再搭理這兩個人，也來不及出去重新買早飯了，便將豆漿油條交給護士拜託她查房時捎去，沉了沉心氣，迎著班主任和園長走過去。

校方和對方家長的反應不出她所料。

對方家長不肯露面，料定了她小小年紀打不起官司，透過校方提出私了。

校方急著維護幼兒園的名譽，也站在對方那邊，道貌岸然地勸她，官司一打，拖上幾年，能把她那點家底耗空，最後還未必能得到理想的結果。園長說著，代替對方家長提出了一個賠償數字。傅為螢氣急反笑：「你們是不是覺得我還是高中生，好糊弄？這點錢連小滿的手術費和住院費都不夠，還擺出一張大方的臉，給誰看？」

園長啞然，又換上哀戚的表情，說對方也是單親家庭，母親在外工作，生活不易，望傅為螢多加體諒云云。傅為螢懶得聽這些廢話，壓抑著怒火，拂袖而去。

她心情不平靜，擠不出笑臉，便打算在外頭轉一圈再回小滿身邊。看見醫院側門邊窄巷裡有賣蘿蔔絲餅和豆腐腦的，便各打包了兩份，帶回病房。

離開住院部時，她沒有關注中年夫婦的去向。她也不擔心那對夫婦接近小滿，小滿警戒心強，也很聽她的話，對離間她們姐妹感情的人從來都不假辭色。所以，當她強打起精神裝出興高采烈的模樣捧著蘿蔔絲餅和豆腐腦推門而入，卻看見女人打包了高檔連鎖店的昂貴早餐坐在床邊餵小滿的其樂融融的景象時，是真的傻了。

江季夏正蹙著眉站在窗下，見她回來，趕緊大步走來，低聲道：「抱歉，她自稱是你家的親戚，我沒好攔。」

「嗯，不是你的錯。」傅為螢輕呼一口氣，分出一份蘿蔔絲餅和豆腐腦給他，「隔壁病房空著，你先去吃早飯吧。我來和她談談。」

不等江季夏接手，小滿的聲音就插進來：「姐姐，這位姨姨說我可以去她家住。」女人剛餵給她一勺蟹粉豆腐羹，看小滿好好地吞下了，又貼心地拿了張紙巾給她擦嘴。小滿乖乖等女人替她擦去了嘴上的油膩，才接著道：「我想去。」

傅為螢手腕一顫，裝著豆腐腦的不鏽鋼餐盒墜地，發出刺耳的「哐啷」一聲。

湯水灑了滿地。

還不等她消化眼前的事，身後又響起男人的聲音：「幼兒園的人呢？我的律師到了，把他們帶來，直接和律師交涉。敢多廢話就上法庭，這點官司我還打得起。」

9

傅為螢轉頭大步走出醫院，被冷風一吹，再回想剛才屋裡一片混亂，小滿最後確實是揮開了女人，叫了聲「姐姐」的。冷靜下來，她也能理解小滿的選擇，甚至也知道，這是正確的，而且似乎是唯一的選擇。

小滿想的是放她自由。

而她想的是，那對夫婦可以給小滿安定富足的生活和一個公道。

可是人的理智與感情往往是矛盾的。

多可笑啊。那些曾經追著她喊「王子殿下A」的人，倘若知道了她騎的白馬根本就是紙糊的，事實上她連唯一想要保護的人都留不住，又會是什麼表情呢？

她停下腳步，從醫院外牆的玻璃倒影裡看見自己的模樣。雙眼赤紅，泛著血絲，嘴唇顫抖得不像樣子。太難看了，也難怪小滿會突然改了強裝出的冷淡態度，那樣怯怯地喚她。傅為螢閉了閉眼，聽見身後有人追出來。

「你還好嗎？」

「當然不好。」不用睜眼，也知道來的是誰。

還能有誰？

江季夏繞到她面前，遲疑片刻：「小滿走了，你怎麼辦？」

傅為螢以為自己腦袋裡會一片空白，但令她詫異的是，答案居然很快地浮現出來，而她說出口的時候，也十分平靜。

「小滿走了，方郁還下落不明，我待在月河也沒有意義，倒不如回家去吧。」

「N市？」

傅為螢搖了搖頭：「家。我真正的家，H市。」

「可是你在那邊也沒有地方可住……」

「橫豎是要回去的。現在不回，等到了高考，也還是要回原籍考試。我和國中班主任還有些聯繫，請她幫忙申請同校的高中部，應該不會很困難。至於住處，隨便租個房子應付半年就是了。」說著說著，她竟然覺得這樣的計畫真的很不錯，「我在月河也沒有什麼好的記憶，準備幫小滿收拾完行李就走，之後也不會再回來了。你有時間，就去H市找我玩吧。雖然經歷了地震，但好吃好玩的東西應該還有的。」

她期待著江季夏的答覆，就像期待著這半年時光並非虛度的最後一線證明一般。

然而這期待落空了。

江季夏先是一愣，繼而陷入了沉默。沉默片刻，好像又察覺到這沉默十分不合時宜，他慌忙開口：

「其實我……」

傅為螢不忍心讓他為難地編造藉口，擺擺手打斷他。

「也不強求啦。沒有時間，就算了。」

好像也是在對自己說，這半年的時光，就算了。

10

收養小滿的丁氏夫婦不肯讓小滿再回月河的老房子裡受罪，等小滿出了院，就訂了市裡最好的飯店住著，一邊繼續和校方、對方家長交涉，一邊打發傅為螢回家收拾小滿的行李。

在月河生活了大半年，傅為螢本來以為收拾出來的大包小包會堆積如山，沒想到兩個手提袋就夠裝了。回頭再翻翻袋子裡，洗漱用品、磨到掉色脫線的玩具小熊、半新不舊的幾件衣服，僅此而已。她真的沒給小滿買過什麼好東西。袋子裡這些，等小滿到了P市，丁氏夫婦也肯定會立刻丟棄，再替她買新的、更好的吧。

傅為螢垂眸呆立片刻，打開書桌抽屜。

當初被小滿偷偷寄給《藍櫻桃》的畫稿，刊登之後麥芒又把原稿還給了她。她摸了摸畫稿，將它們藏進了袋子的最下層。

至少，有這麼一件東西不會被丟掉，也夠了吧。她想。

收拾小滿的行李的同時，她把自己的東西也打包了起來。左手是小滿的東西，右手是她自己的工具箱和日用品，走到門邊，最後回頭看了一眼。

滿室空曠冷清，就像她們根本沒有來過一樣。

傅為螢走得悄無聲息。

來時一個人，滿心傷痕。走時還是一個人，換了滿心空落。

她辦理轉學手續的事情只有覃老師知道。班主任還是那副善良的熱心腸，問她要不要去班上和同學們道個別。傅為螢自從宣傳看板和打工事件後在學校裡就很低調了，因為從未正式澄清，大家對她的看法也就沒有改觀。傅為螢想了想，搖搖頭：「算了。」

鄭重地對覃老師道過謝，離開學校後，她又去了孟記大排檔一趟。不巧孟記臨時歇業，捲簾門上貼著告示，孟叔孟嬸出去休假了，一個月後才回來。傅為螢只能蹲在門外寫了張字條，夾到後面廚房的窗縫裡，並暗暗祈禱這一個月裡不要有狂風暴雨，能讓孟叔孟嬸回來時順利看到她的留言。

做完這一切，傅為螢就去了長途客運站。

先到市裡，送去小滿的行李，然後前往H市。

H市重建後，她還未回來過。

明明是故鄉，卻又像世上最陌生的地方。好在，到一座新的城市落腳，重新開始生活，這件事她並不是第一次做。何況現在孑然一身，什麼都好將就，問題也變得簡單許多。

母校還在原址。她物色了附近的出租房，然後到校門口和國中班主任碰頭，一起去高中部辦理借讀手續。因為從月河帶來的成績單不算特別出類拔萃，所以沒能分到實驗班。但她對理科普通班並無不滿，畢竟同班有好幾個她的老同學，省了重新融入新班級的過程，每天過得倒也熱鬧。

只不過時不時地，傅為螢還會回想起在月河高中時認識的一些人。

不是他們後來露著鄙夷的眼神稱她「騙子」的模樣，而是最初笑容真摯熱誠地、半開玩笑半認真地喊她「王子殿下A」的樣子。

沒有什麼事情會是絕對的虛無。只要發生了，總會留下點痕跡的——至少，在記憶裡。

H市作為省城，高中的課程強度比月河高中那樣的縣中要小很多。即使高三已經到了最後衝刺階段，也依然沒有加時安排早讀和晚自習。傅為螢調整著自己的步調，盡量合理分配文化課的學習、藝考的準備和連載趕稿的時間。

還撥出半天來，回「家」去看了看。

新區當年坍塌為一片廢墟，後來開始了漫長的重建，如今仍未完成。傅為螢走過細雨後略有些泥濘的土路，遠遠眺望著那片巨大的工地，耳畔依稀又響起了父母最後的叮囑——

做一個健忘的人吧。

痛苦的事情，難過的事情，受到傷害的事情，能忘就忘了吧。

不過，高興的事情，幸福的事情，被人溫柔對待的事情，要好好記著。

然後，積極地，活下去。

她蹲下身，伸出手去，指尖輕觸冰冷潮溼的泥土。

「爸，媽，我現在算是……很積極地活著了嗎？」

沒有人給她答案，她依然只能一個人咬牙繼續摸索。

忙碌的日子總是過得飛快。一眨眼，就到了S大美院專業考試的日子。傅為螢向班主任告了假，再度前往S市。上千名考生將S大主校區周邊的大小飯店賓館擠得爆滿，幸好有麥芒幫忙打點，傅為螢得以在距離考場最近的S大招待所落腳。

考試從隔天清晨開始。傳為螢報考的動畫系屬設計學科，共考三科——命題色彩創作，三小時；命題素描創作，三小時；命題速寫創作，一小時。

傅為螢在招待所安頓下來，想再做些練習。麥芒卻搶了她的紙筆，拉她出去吃宵夜：「不差這最後一時半刻的了！最後關頭，吃飽睡好才是正經！」

傅為螢想想，也有道理。小滿走了，她不用再背負另一個人的人生而活著了，偶爾放鬆些也無妨。她們去吃火鍋。等待鍋底沸騰的時候，傅為螢突然說：「謝謝你啊，麥芒姐。」

麥芒仍瘋狂地在菜單上打鉤，聞言，頭也不抬地擺擺手：「沒什麼好謝的啦。S大招待所和我們公司有業務聯繫，搶訂個房間很容易的。」

「我不是說訂房間的事情。」水氣蒸騰而上，氤氳彌漫，染溼了傅為螢的臉頰，「而是一直以來的所有事。願意認真對待小滿胡鬧寄過去的畫稿，願意專程到月河找我，願意給我連載的機會……」

還有，願意改變我的人生。

麥芒停了筆，掀起眼皮，若有所思地盯著她瞧了片刻，然後忽然笑了：「如果一定要這麼說的話，你應該謝謝你自己。」

「哎？」

「如果你沒有將自己變成現在這樣的人，那我也不會有這一切的願意。」

傅為螢一愣，還待說些什麼，然而麥芒的歡呼為這個話題打上了休止符：「湯滾了湯滾了！快下肉！」

結果真如麥芒所言，傅為螢吃得太撐，飽腹感帶來了睏意，她一回房就倒頭昏睡過去，根本沒機會體驗什麼大考前的緊張失眠，一覺睡到大天亮。

少了考前的鞏固練習，感覺卻出奇的好。

睜眼時天剛微微亮。傅為螢起床沖了個澡，吃過招待所提供的自助早餐，有條不紊地整理檢查准考證、顏料、畫筆、畫板，然後背著包下樓。從招待所走到考試大樓只需要五分鐘，距離考試開始還有一個多小時。她以為自己算是很早到的了，卻沒想到美院大樓前的小廣場上已經擠得水泄不通了。

大多數考生都有人陪考。考生本人捧著畫具、精神緊繃，而陪考的，或親人或老師，就在一旁溫聲勸慰，手裡提著飲料點心關切地問考生要不要再吃點喝點。傅為螢孤身陷於人山人海中，心裡有些羨慕。

原本麥芒也想來陪她的，可是新一期的《藍櫻桃》今天出清，麥芒身為主編實在走不開。

傅為螢找了個稍微清靜些的牆角，默默等到了入場鐘聲敲響的時刻。

考試大樓的大門打開，人群騷動起來，考生蜂擁而入。傅為螢也拎起包，準備入場。然而她無意間一回頭，視線捕捉到一個熟悉的身影。她忽然僵在了原地，隨即不假思索地丟了沉重的背包，拔腿就追。

方郁！

傅為螢顧不上周圍考生不斷投來的驚疑目光，用力撥開人群，逆著人流向外跑。

好不容易衝到人群最邊邊，斜地裡突然伸出一隻手來，拉住了她。

「你幹什麼？」

是江季夏。

江季夏怎麼會在這裡？！

醫院一別後，他們便再沒見過面，傅為螢愕然與之對視著，腦中一片空白。江季夏又問了一遍，她才「啊」地一聲驚醒：「我看見方郁了！她還沒走遠！」

在小滿的事情上，被方郁帶走的財物，是她最後一件心事。追回那些本來屬於小滿的東西，也是她能為小滿做的最後一件事。

傅為螢想甩開江季夏的手，可是他牢牢握著她，瞪著眼睛，一臉難以置信：

「那你要棄考嗎？！小滿的財物要追，你自己的未來呢？你為這場考試付出了多少——」

江季夏咬咬牙，鬆了手，定定地望著她：「如果你信得過我的話，你進去，安心考試。這件事交給我。」

他偷偷來陪考，沒有告訴任何人。本來只想遠遠目送她，並不打算露面的。

可是他更不能眼睜睜地看著她再一次「王子病」發作，為了別人而犧牲自己。

更何況這一次，將被犧牲的是她的夢想與未來。

江季夏望著她的眼睛，又說了一遍「交給我」。

既然你死也改不掉傻毛病，總忍不住捨身去保護別人，那就讓我來保護你吧。

11

三場考完，已是下午。

考生們精疲力竭地慢吞吞走出考場，立刻便有陪考的家長或老師迎上去噓寒問暖。唯有傅為螢是匆忙小跑出來的，一出門，就四下張望尋找著。一隻手落在她的肩膀上，傅為螢回頭，江季夏朝她笑了笑：「我在這裡。放心，任務完成了。」

江季夏將她帶到了S大附近的派出所。

方郁正在做筆錄，正和員警交涉的是一名西裝革履、三十多歲模樣的男子。見他們來，男子和員警打了聲招呼，起身迎上來，對傅為螢自我介紹道：「我是江孟夏先生的助理，我姓譚。」

江季夏說，譚助理很擅長處理民事案件，正好在S市出差，就來幫忙。

傅為螢一聽，自然連連道謝。譚助理的表情卻有些奇怪：「其實，我也沒幫上什麼。」

因為方郁一被抓住，就立刻招供了。

而傅為螢也終於知道了，十多年前發生在月河鎮的另一個故事。

方郁是個美人。鳳目紅脣，明豔張揚，天生盛氣淩人的長相。即使在她蹉跎歲月、被酒精掏空了身體的如今，依然能從眉眼間她窺見年輕時的光彩。月河鎮的人都說，方倩與方郁，真不像親姐妹。方倩長相普通，性格也與桀驁不馴、我行我素的方郁截然相反，溫婉而柔弱。丁寧生和方氏姐妹是青梅竹馬。

青梅竹馬的關係可以是三個人的，戀情卻只能是兩個人的。

沒有人會不被方郁的光芒所吸引，丁寧生亦然。而優秀聰明的方郁也看不上其他同齡的男生，除了與她同樣出色的丁寧生。可是悲劇就在於，方郁認清並坦然承認了自己的心意，而丁寧生沒有。

丁寧生將自己對方郁的喜歡誤當作同類之間的惺惺相惜，又將對比方郁更需要人疼惜照顧的方倩的同情憐憫，誤當作了愛。

他選擇了方倩。

後來，丁寧生帶方倩離開了月河。而遭到親人和戀人同時背叛的方郁，走不出過去的傷痛，只能用酒精和放縱的玩樂來自我催眠。她恨小滿，因為小滿的存在無異於每時每刻提醒著她，當年那場徹底毀了她的背叛。

可恨之人亦有可憐之處。

方郁欠著鉅款，東躲西藏，卻一點也沒有取用從老宅捲走的財物。員警從她用假名登記投宿的地下賓館裡將那些東西翻找了出來，竟然都是原封不動的。

傅為螢因震驚而久久地沉默著。

震驚於用溫柔和善良拯救了她的丁氏夫婦，竟也有愚昧自私傷人的一面，而荒唐墮落的方郁，懷抱著仇恨，遷怒於小滿，卻也有著她的清高和驕傲。傅為螢經歷過再多的生活考驗，也終究只有十八歲，對人性的認識還不到這種地步，一時間大受衝擊。她忍不住想，如果沒有丁寧生和方倩的背叛，如今的方郁又會是什麼樣的？

江季夏看穿了她的想法，嘆了一口氣：「方家和丁家的事情，我大哥知道一些。當年方郁也在我家學畫，用老爺子的話說，是百年不見的天才。老爺子當時已經準備給她策劃個展了，只可惜還沒和方郁本人商量，就先傳來了丁寧生和方倩在一起的消息。」

一場令人痛惜的天才的毀滅。方倩和丁寧生是罪魁禍首，燃燒了自己的所有來照亮戀情的方郁本人，也是罪魁禍首。

「如果方郁能更自私一點，一切就會不一樣了吧？」傅為螢嘆道。

江季夏聞言，用很微妙的目光看了她一眼：「是吧。」

只可惜，已經過去的事情，沒有如果。所幸「現在」，還來得及改變。

12

傅為螢清點了財物，聯繫了丁氏夫婦來認領。譚助理說，會安排S市分公司的手下來負責跟進這件事情，傅為螢可以安心回去上學。傅為螢想想剩下的也就是丁家和方家的糾葛，和她確實沒什麼關聯，便聽從了譚助理的建議，不打算再盤桓在S市了。

她謝過了譚助理的好意，回S大招待所收拾了行李，前往客運站。

江季夏說自己也要回月河，硬是和她同路去了車站。傅為螢心裡閃過一絲訝異，明明譚助理有車可以接送，江季夏卻偏偏要坐髒兮兮的客運大巴，難不成潔癖終於痊癒了？不過江季夏近來的反常行為已經太多了，她也沒細問，買了最近一班回H市的車票，就和江季夏並肩坐在候車室裡有一下沒一下地閒聊。

聊張嫂最近的牌運，聊月河高中第一次模擬考的排名，聊新一期《魔法少女滿月》的讀者投票數。很輕鬆地說著，並不用特意想話題，聊得沒話了，兩相沉默著也不會覺得尷尬。傅為螢回想起自己第一次和江季夏在美術教室獨處時膽戰心驚的心情，對比此刻，忍不住想笑。

傅為螢離開了月河，一些避諱也就淡了，她主動問起江仲夏和瓊華的近況。江季夏說，江仲夏跟劇組進一座荒山裡拍戲了，宣稱此番殺青後必定名揚四海，臨走前留下了百來張「一定會升值」的簽名照，卻被張嫂無意間當柴燒了。至於瓊華，因為瓊母爭取到了減刑，她便也搬離江家，隨母親回了N市。傅為螢吃了她不少苦頭，卻也懶得再去想報復什麼的了。對瓊華那種性格的人而言，回到親生父母身邊、回到安穩平凡的生活中，或許就是一種最大的懲罰了吧。

不知不覺間，就到了開往H市的客運大巴檢票發車的時刻。

傅為螢伸了個懶腰起身，拎起包。

「那麼，我先走啦。」她笑著朝江季夏擺擺手，「拜拜。」

江季夏動了動嘴脣，眼底好像有千言萬語，可是最後說出口的也只有一句：「嗯，拜拜。」

他目送著傅為螢的身影消失在檢票口。

半小時後發車，開往月河的車票握在掌心裡，有了輕微的皺褶。車票上寫的檢票口在另一邊，但江季夏轉身往相反的方向走去。他直接出了候車大廳，經過售票口時見一名中年男子正為下一班往月河去的大巴票已售罄而和工作人員吵得臉紅脖子粗，便上前叫住對方，將手裡的車票遞過去：「送給你。」

懶得多解釋什麼，送出了票，他就轉身離開。

外面下著小雨，譚助理撐著傘等在一輛黑色SUV旁。見江季夏出來了，便打開後座車門請他上車，自己也坐到駕駛座上：「機票改簽到晚上了，還來得及。」

雨滴越來越大，激烈地打在窗上，蜿蜒著繪出龜裂般的紋路。

水氣茫茫，根本什麼都看不見，江季夏卻只盯著窗外出神，並不接話。

譚助理調整了一下照後鏡，從鏡子裡看他：「這麼一聲不吭地走了真的好嗎？少女漫畫發展到這裡就是高潮了哦，女主角恍然大悟，狂奔趕到機場什麼的，可是幾十年來廣受好評的經典橋段呢！如果是悲劇故事的話，搞不好女主角半路上還會出一點小小的或大大的……」

事故。他想說。

江季夏打斷他：「請不要烏鴉嘴。」

誰也想不到譚助理那副社會精英的皮囊下居然藏著顆粉嫩的少女心。

譚助理笑了笑，發動了車子，駛離客運站：「我當然更希望這是個喜劇。」

13

大巴剛駛出客運站，外面就下雨了。

細密稀疏的雨點落在窗上，很快就蒸發掉，若不仔細盯著看根本就不會察覺。但很快，雨滴變大，一顆顆擊打得玻璃窗啪啪作響。

傅為螢獨自坐在最末排，撐著下巴盯著窗外發呆。

大巴車和一輛黑色 SUV 並排停在紅綠燈路口，等了片刻，信號燈跳轉為綠色，SUV 先發動起來，右轉。傅為螢目送著那車影越來越小，越來越模糊，直到它終於消失在滂沱雨幕中時，大巴車也終於動了，直向前駛去。

車廂內開著暖風，窗戶上很快就起了霧氣。傅為螢抬起手，在上面畫了個大大的圓。

滿月。

想了想，又畫了一朵花。

花好月圓。

嗯，雖然花不算很好，月也不是很圓。她這麼想著，被自己的腹誹逗笑了。

笑著笑著，嘴角卻又垂了下去。

找到了方郁，還回了丁氏夫婦遺留的財物，考完了S大美院的專業考試，接下來就只要專心趕連載和備戰高考就可以了。她的人生已經很久沒有這麼輕鬆過了，可是她心裡怎麼就一點都歡喜不起來呢？總覺得好像有什麼很重要的東西，被她丟在了原地一般。

大巴駛過緩衝帶，車身輕微顛簸，口袋裡有硬物戳了她一下。

傳為螢感到痛，在衣服口袋裡掏了掏，把那東西拿出來。

小巧的銀色王冠，在她的掌心裡熠熠閃著光。

是元宵那夜，江季夏別在她耳邊的髮夾。正月十六那天早上跑出醫院後，她原本想還給江季夏的，但江季夏說什麼也不肯收回去。這次來S市考試，收拾行李時，她鬼使神差地將這枚髮夾放進口袋裡，當作了護身符。

那時，她是怎麼也沒料想到江季夏本人會突然出現在考場外的。

可是她又為什麼會想到要帶著江季夏送的髮夾來安定心神的呢？

到底是怎樣的感情，才會讓一個人覺得，隨身攜帶著另一個人贈送的物品，很有安全感？

所謂的「好朋友」，可能這樣嗎？

我是不是……早就喜歡上江季夏了？

這句話浮現在腦海中時，傅為螢發現，自己竟然一點都不驚訝。

只緊接著想——那江季夏對我，又是什麼感覺？

她要問清楚。問清楚自己，也問清楚江季夏。

大巴停在又一個紅綠燈路口，再往前開，就出城區了。傅為螢猛吸一口氣，起身衝到車前：「不好意思，我要下車！」

司機驚疑地向她確認：「這麼大的雨，這裡也不好招計程車……」

見傅為螢態度堅決，他也不好再勸，只「唉唉」地嘆了兩口氣說：「年輕人總是這麼衝動。」他打開了車門，又在傅為螢下車前叫住她，從駕駛座旁的儲物櫃裡掏了一把傘遞過去：「想做什麼都好，安全第一啊。」

傅為螢一愣，繼而眼眶一熱，鄭重地接過了傘：「謝謝您。」

托這把傘的福，傅為螢衝破滂沱雨幕返回客運站時，身上還留了幾塊乾爽的地方。候車大廳裡依然喧囂吵嚷，人來人往。但熙攘的人群裡，早沒了她要找的那一個。

她趕緊去查班車時刻表——江季夏買的那一班早就已經開走了。

從S市往月河去的大巴車每小時一班，下一班也很快就要發車。傅為螢一聽還有空位，趕緊買了張票，狂奔著去檢票口。

到達月河時，已是深夜。

離開不過一段時間，竟已恍如隔世。

傅為螢直奔江家，撞上出門扔垃圾的張嫂。張嫂又驚又喜，拉著她連聲說「瘦了」，又問她的近況。傅為螢好不容易才瞄準一個空隙，插嘴問江季夏有沒有回來。張嫂詫異地望著她：「你不知道嗎？」

「哎？」

「三兒也走啦，去他大哥那邊考大學。從S市出發，就是今天的飛機呢。傍晚來過一次電話，說有事情耽擱了，改簽了晚上的航班，算算現在也該起飛了。」

傅為螢如遭雷擊，瞬息之間想通了許多事情。

江季夏突然出現在考場外，或許就是想臨走之前再看她一次。

耽擱他的，是她和方郁的事情。

他根本就沒打算再回月河。

可同時也有更糊塗的地方。既然如此，為什麼要騙她？為什麼要和她一起去車站？

江季夏他到底——到底在想什麼？

傅為螢心頭一團亂麻，視線無意識地落到張嫂手中整整齊齊紮成一捆的舊書上：「張嫂，這些是？」江家沒有女兒，瓊華離開時把私人物品全部帶走了，哪來這麼多的時尚雜誌？

張嫂也低頭看了看，笑了：「這些啊，是三兒的。」

「咦？！」

「他還不讓我說呢。元宵節那會兒，也不知道是要幹什麼，突然買了這一大堆回來，天天埋頭研究現在流行什麼女裝品牌、什麼搭配，還非要我教他化妝和做頭髮，可把我給嚇壞了。要不是過完元宵之後他就再沒碰過那堆裙子和化妝品，我都要給老夫人打小報告了！對了，小傅你和三兒關係好，知道他弄這些東西是幹什麼去了嗎？」

知道啊。因為他學這些，都是為了她。

可是她，竟然也是現在才知道。

傅為螢不知道自己是怎麼離開江家的。

放空了頭腦，漫無目的地走著走著，就走到了城河邊。此夜無月，亦無星，水面上一片平靜的黑。突然，極遠處有一點如豆的光亮忽閃了一下，橙紅色的。傅為螢以為是自己眼花，可定睛細看，竟真是一盞花燈隨著水波漂流而至。

元宵夜早就過去了，怎麼還會有花燈？

起了風，花燈被轉了方向的水流推到了岸邊。傅為螢被心裡一股微妙的預感驅使著，沿著石階下到水邊，小心翼翼地捧起了那盞燈。

月河人道，戀人於元宵夜共同放流寫有兩人姓名的花燈於城河之中，便可平安共度一生。而她手中的花燈上，曾幫她謄抄過無數遍漫畫對白、她再熟悉不過的字跡寫著：季夏之月，腐草為螢。

當一個彆扭的笨蛋，遇上一個遲鈍的傻子，就會是這樣令人哭笑不得的結果吧？

傅為螢捧著那盞燈，「噗哧」一聲笑了，同時也有眼淚落了下來。

「真的是笨蛋啊。」

時為孟春之月。是一年之中，距離季夏之月最遠的時候。

但這也意味著，從此刻起，每過一天，都是朝季夏更靠近了一步。

尾聲

季夏之月

傅為螢被麥芒打來的電話鈴聲叫醒時，才睡了不到兩個小時。厚重的窗簾拉得嚴絲合縫，完全遮蓋了盛夏的灼熱日光，室內一片昏黑。傅為螢睡眼惺松，腦袋裡混混沌沌的，一時間竟有些不知今夕何夕。嗡嗚還在持續著，她閉著眼，在被窩裡摸索了好半晌，才在通話自動掛斷前摸到了手機。按下接聽鍵，再打開揚聲器，這兩個動作就耗盡了她全部的力氣。她把手機丟在枕邊，臉整個埋進枕頭裡，啞著嗓子悶悶地「喂」了一聲。

寂靜房間裡驟然炸響的怒吼驚得她險些滾下床：「該死的！你怎麼還在睡懶覺？！」

傅為螢歷盡艱辛地爬起身，盤腿坐著，下意識地反駁：「怎麼叫睡懶覺，我趕完結紀念彩圖趕了個通宵……」

「你自己作死拖稿怪誰呀！說好兩點來會場的呢？！是不是忘了今天是什麼日子？！」

唔……什麼日子呢？

傅為螢打了個呵欠，將還在不斷傳出麥芒的嘶吼的手機留在床頭，光腳踩著被空調冷氣吹得冰涼的實木地板走到窗邊，抬手拉開窗簾。突然的光亮刺得她眯了眯眼，也映亮了床頭櫃上的桌曆。右下角用螢光筆劃著大大的圈。

烈日炎炎的七月末，《魔法少女滿月》連載十週年暨完結紀念展開幕的前一天。

也是舊曆六月十五，季夏之月——江季夏的生日。

好說歹說，總算說得麥芒信了她會在一個小時內出現在紀念展的會場。傅為螢掛斷電話，盯著手機螢幕發了一會兒呆，又點開訊息畫面。零點發給江季夏的那條「生日快樂」還孤零零地懸在那裡，沒有得到回覆。

距離她在月河鎮的城河裡撿到江季夏臨走前留下的那盞花燈，已經十年了。當時那哭笑不得的心情卻還鮮明如昨日。

一個彆扭的笨蛋，不敢當面承認對她的心意，就悶不吭聲地跑了。而她自己也是個遲鈍的傻子，江季夏為她做了那麼多事情，她竟還在「好朋友」的怪圈裡打著轉自欺欺人。

很難說欣喜和懊惱之中哪個占了上風。她小心翼翼地把花燈捧回了H市，和水晶髮夾一起放在桌上，放過了等待S大美院藝考合格通知書發來的日子，放過了一個又一個挑燈趕稿和複習備考的夜晚，放過了六月上旬最緊張和沉重的三天。

高考結束，她也賺了小半年的稿費。

向張嫂問清江季夏在西雅圖的位址和聯繫方式，二話不說就飛過去敲門。當時小江王子呆若木雞的表情，隔十年再回憶，還是會讓她忍不住「噗」地笑出聲來。

傅為螢在西雅圖過完了高中的最後一個暑假。她是帶著畫具去的，江季夏沒什麼事，也還會幫忙描一描線、貼一貼網點。兩人彼此之間正式的當面告白和《魔法少女滿月》男女主角的告白是同時進行的。那天晚上，傅為螢想破了腦袋也想不出合意的臺詞，就拉江季夏一起「頭腦風暴」。面對面的，你憋一句，我憋一句，直白肉麻的、平淡隱晦的，各種類型都琢磨了一遍。起初還是在正經想臺詞，可是說著說著，兩人突然覺得這場景十分詭異，不約而同地漲紅了臉，錯開了目光。

「就『我喜歡你』吧。」傅為螢拍板，「還是簡單直接一點最好。」

江季夏輕咳一聲：「嗯。」

他們之間猜來猜去，還盡是猜錯，實在浪費了太多時間，便順勢約定了，以後有什麼話都要直說。

江季夏後來在耶魯讀了藝術學院，開始接觸一些策展方面的工作。傅為螢不知道江季夏是從什麼時候開始對策展感興趣的，只是覺得以他的頭腦，明明可以選其他更容易做出成就的專業。對此，江季夏的回答是：「那些對我而言，都只是擅長，而不是興趣。其實我到現在也還不清楚自己究竟喜歡做什麼，但你不是說過，如果找不到夢想的話，眼前的事情就先出手做做看好了？」

好吧，無法反駁，確實是她說過的。

於是他們便開始了漫長的晝夜相錯的時光。在地球兩端，每天你的早晨、我的深夜，我的深夜、你的早晨，各一通電話。見面的機會其實也不少，寒假以及策展工作需要到國內出差時，江季夏回國，暑假及《魔法少女滿月》單行本上市賺得大筆稿費時，傅為螢去美國。偶爾的，兩人都閒暇時，或者傅為螢提到《魔法少女滿月》最新的連載內容需要到哪裡取材時，他們還會約個地方碰面，一起旅行。

兩個人都不是黏人怕寂寞的性格，見不到面時，就各自努力搭建著自己的王國。疲憊了，想想在地球的另一端還有一個人和自己一起努力著，身體裡就彷彿又生出無窮的力量。

他們之間不是朝朝暮暮，卻更勝朝朝暮暮。

傅為螢覺得這樣的戀情很完美。

然而從半年前開始，江季夏就故態復萌，又回復到神出鬼沒、說話做事遮遮掩掩的狀態。訊息和電話越來越少，過年也不回國，五月時傅為螢說要過去，他竟然一本正經地宣稱自己在澳洲出差。傅為螢簡直要被氣笑了，正好《魔法少女滿月》走到尾聲，動畫和手機遊戲也做得紅火，麥芒說要給她辦簽售會和紀念展。手頭的工作忙起來了，傅為螢分身乏術，也沒精力再去追究江季夏在搞什麼鬼，只在極少有的能喘息休息的時間暗暗發誓，等忙過了這陣一定要去當面逮他，再看一次他呆若木雞的樣子。

然而她怎麼也想不到，江季夏會過分到連生日的祝福簡訊都不回。

思及此，傅為螢在恆光廣場門口下計程車時，臉色還是陰沉沉的。

《魔法少女滿月》連載十週年暨完結紀念展從幾個月前開始設計和搭建，會場選在了恆光廣場頂樓的空中大廳。這座新建成的商業廣場位於江灘最中心地段，空中大廳在兩百多公尺高的五十二層上，三百六十度玻璃幕牆環繞，能將江景和繁華的都市景觀盡收眼底。這是恆光廣場第一次開放空中大廳舉辦商業美術展，也是百川社第一次參與策劃作品紀念展，雙方上上下下都繃緊了神經，在展覽正式開幕之前還要再召集全部相關人員做最後的檢查和確認，順便把傅為螢這個原著作者也提前請到了現場。

其他人早就已經到空中大廳，麥芒專程跑下來接她。一見面，麥芒就捧著臉尖叫起來：「怎麼這麼邋邋遢遢的就來了？！策展團隊的 boss 今天也來了啊！」

《魔法少女滿月》作品展請到了美國的策展團隊。對方有意進軍亞洲，在S市設立工作室，所以也很重視這次合作。

傅為螢低頭看看自己。

白T恤，牛仔褲，黑球鞋。全都乾乾淨淨，沒毛病啊。為什麼麥芒尖叫得好像她穿了睡衣出來一樣？

她又研究了一下對面麥芒的裝扮——妝容精緻，頭髮打理得一絲不亂，脖子上一串光澤亮潤、一看就價值不菲的珍珠項鍊，裙子和高跟鞋也都是時尚大牌的當季最新款，整個人簡直可以立刻拉去走紅毯。

傅為螢依稀回憶起來，昨晚麥芒好像確實在電話裡提過，要穿正裝。

只不過當時她正埋頭瘋狂上色，所有話都左耳進右朵出。

她有點心虛了。「他……他總不會因為我穿得醜就取消合作吧。」

麥芒恨鐵不成鋼地瞪她：「到底也是個名人了，能不能注意一點形象管理！」

傅為螢悶頭聽訓，無心再想杳無音信的江季夏，灰溜溜地被麥芒帶上了樓。好在受邀參加預展的個個都是人精，心裡再怎麼犯嘀咕，臉上都還是熱絡地笑著，客客氣氣地稱傅為螢為「作者老師」，並紛紛表示「如果有什麼不合適的地方請一定要提出來」。

整個空中大廳共分為六個展廳，序章、終章，中間四個正式的章節。傅為螢沒有參與策劃，原稿和資料、草稿的整理工作也都是由麥芒協助完成的，她這個原著作者倒像是個純粹的旁觀者，能夠安然享受參觀的樂趣了。

第二個展廳展出了許多人設草圖和分鏡稿，都是從最初那本速寫本上摘出來的影印件。

傅為螢駐足望了其中那幅男主角最初的人設圖良久。明明是自己手下畫出來的東西，竟然陌生得像是第一次見。她心裡也沒有別的什麼感想，只有一個聲音在說，哎呀，原來十七歲的江季夏，是這麼個模樣啊。當初怎麼會覺得這是江仲夏呢？

她這一停步，就和大家分開了。

懶得戴上禮貌的笑臉面具和人應酬寒暄，她也就不急著追，一個人悠閒地在展廳裡閒晃。第四章之後突然出現了一條岔路，一邊通向終章，而另一邊則攔著幕布，上頭掛了個「STAFF ONLY」（員工通道）的牌子。要說這是員工通道，未免也太顯眼了些，可是若要說是尚未布置好的展廳，明天就正式開展了，怎麼剛才展會負責人的臉上一點慌張的神色也沒有呢？傅為螢好奇起來，伸出手，想撩開布幕看一看。

展會負責人急急忙忙跑過來：「作者老師，這後面是只有工作人員才能進去的！」

傅為螢詫異地指著自己的鼻子：「我不算工作人員嗎？」

「裡頭亂糟糟的，沒什麼好看的。」負責人賠著笑，「您是貴客，看我們的成果就行了。」

這話好似有理，可再細細一琢磨，又好像有種欲蓋彌彰的感覺。

傅為螢沒有堅持，卻在跟著負責人離開時，又回頭多看了一眼那塊布幕。詭異的是，讓麥芒精神緊繃的那位「策展團隊的boss」到最後也沒露面。

相關人員全部參觀完紀念展時，已是傍晚時分了。從空中大廳的落地窗望出去的暮色極美，恆光廣場方面貼心地在同一樓層面朝江灘的餐廳裡準備了慶功酒會，好讓眾人一邊賞景一邊多聊點。單純聯絡感情的、趁機聊合作的，你來我往，直從暮色四合說到了燈火璀璨。

傅為螢這個漫畫原著作者再怎麼躲閃，也逃避不了話題焦點的身份——聽了一耳朵《魔法少女滿月》周邊的銷售情況、恆光廣場對下一次與《魔法少女滿月》展開更深度合作的誠摯期望，以及被問了無數次接下來新作的創作計畫後，她終於受不了了，扯扯麥芒：「什麼時候能走？」

麥芒一面微笑應對恆光廣場的專案部經理，一面反手掐過來：「不准偷跑！」

「我很睏欸。」

「出去醒醒酒是可以的。」麥芒頓了頓，又說，「展廳那邊現在沒人。難得你造了這麼個故事世界出來，難得還成真了，不如你自己再去看看吧。」

傅為螢一愣，立刻回家倒頭昏睡的欲望竟然真的淡了些。

她點點頭：「好。」

好像她十年的時光，就這麼濃縮到了兩百公尺高空之上的六個展廳裡。

彷彿一個人又將這段光陰重走了一遍似的，她忽然更強烈地思念起現實的十年裡陪伴在她身邊的人。她在終章前止步，拿出手機，又看了一眼仍舊孤零零地懸在那的「生日快樂」，咬咬牙，撥通了對方的號碼。

與此同時，她發現白天攔在右手邊岔路前的那塊「STAFF ONLY」的牌子不見了。耳邊急促地「嘟嘟」響了兩聲，緊接著和等待接聽的長音一同打破這展廳寂靜的，是遠遠傳來的連續嗡鳴聲。傅為螢愣了愣，將手機從耳邊拿開，仔細去分辨，確定嗡鳴是從右邊岔路傳來的。

她難以置信地瞪大了眼。

然後，猛地掀開那塊布幕，向聲音來處奔去。

原來這裡還存在著第七個展廳。

撩開布幕看見它背後的世界時，傅為螢恍惚間有種錯覺，彷彿她穿越的其實是異想世界與現實的分界線。否則，最早在那寒冷狹窄的招待所裡，她獨自一人流著淚畫下的場景，男女主角共舞的摩天水晶塔，怎麼會活生生地鋪展在了她眼前？

偌大圓廳的正中央，一盞孤燈投下淺淡的光輝，映亮了兩個真人大小的人偶。

是她的男女主角，穿著結局的服裝，男主角微微躬身，真的在向女主角邀舞似的。

女主角輕盈純白的裙尾柔柔地落在鏡子般的大理石地面上，好像一隻被驚醒便會振翅飛走不見的美麗蝴蝶。而作為背景的玻璃幕牆透明純澈如水晶，其外，一輪碩大的、微紅的圓月正高懸於藏藍夜空。

傅為螢呆立半晌，才反應過來，嗡鳴是從玻璃幕牆下傳來的。
那道人影站在月光的陰影中，她第一眼沒有注意到。
她掛斷了電話，對面的嗡鳴也戛然而止。
傅為螢突然覺得喉嚨乾澀得厲害，嘗試著叫：「江……季夏？」
那道人影動了動，向前走了一步。
他的面貌一點點地現在了皎白「月光」下，褪去了少年時的秀麗與青澀，卻依舊是一副英俊得有如童話故事裡走出來的模樣。
從少年到如今，傅為螢看這張臉看了十年，早就對他的相貌免疫，張口就想罵他神神祕祕的在搞什麼鬼。她還沒出聲，江季夏就搶先道：「你的小紅花還剩多少？」
「哎？」傅為螢一頭霧水，「就還是那麼多啊。」
三十幾朵。十年前元宵夜的「換取」取消後，貼著小紅花的本子就沒再動過了。
突然說這個幹嘛？
傅為螢眨了眨眼睛，隱約有種預感。果然，二十七歲的江季夏低沉悅耳的聲音，跨越了漫長的十年時光，和十七歲的那個江季夏清越的嗓音重疊起來，在她耳邊響起——
「全部的小紅花，換一次變身，要不要？」
傅為螢還沒反應過來，他就逕自說：「既然你已經來了，我就當你要了。」
你已經打造好了一個夢幻世界，那麼就讓我來讓它成真。
讓它真的可以承載得下，我們的花好月圓。

後記

1

我對「腐草為螢」這四個字，一向有著很執拗的想像。

夏末時節，暑氣未消。白晝仍悶熱，入夜後卻有溫涼的風徐徐而至。河邊的繁茂荒草悄然腐壞，融入水畔的泥濘黑土之中。在誰也不會留心在意的那片陰暗角落裡，它們沉默地等待著，耐心等到下一個夏天，終於在璀璨星河再次橫渡過遼闊夜幕時，化作點點如豆的光亮，掙脫了黑暗，輕盈地飄浮起來。螢火蟲的光亮與水面的波光、天幕的星光相輝映，我想，大概不會有比這更美的夏夜之景了吧。

當然了，如今我們都知道，事實上螢火蟲絕非腐草化生而成的，古人的這個認識只是一種很可愛的誤解而已。

然而，我們理智聰明地搞清楚了螢火蟲的由來，同時卻也漸漸失去了牠們。

城市裡越來越難看見螢火蟲。我老家所在的小鎮，內外兩條城河（即書中「月河」的原型）前些年大肆拓寬了河道，堤岸都砌上了規矩齊整的水泥步道，也不再適合螢火蟲生存。黑夜之中螢火蟲飛舞的美景似乎只存在於遙遠的童年回憶裡，那畫面隨著年歲的增長而逐漸模糊，乃至於竟然像是臆想出的存在了。直到去年初夏的一個晚上，身在日本的我散步到久我山，恰巧遇上了當地的螢火蟲祭典——名為神田川和玉川上水的兩條小小的河流，在清水橋和岩崎橋周邊。平日沿河會點著路燈的，那天卻是漆黑一片。因是當地傳統的夏季活動，附近居民都聚集而來，人極多，可是大家在黑暗中都安靜地沉默著。並不寬闊的水面上浮著點點微光們明明滅滅地閃爍著，好像繁星從天而降。

我終於再度邂逅了螢火蟲。

不知為何，一時間我根本想不起什麼關於螢火蟲的現代科學解說。腦海中最先浮現出的，還是「腐草為螢」。

陷入最泥濘黯淡的絕望處，卻從不怨天尤人、自艾自憐，從不放棄相信自己會有破土重生、發出光芒的一天。而終究讓她重新發光的，不是幸運，不是偶然，不是別的什麼人的垂憐喜愛，正是她自己那顆堅強勇敢的心。

我太喜歡這樣的女孩了。

然後，就有了傅為螢。

2

在《公主病》的後記裡我曾寫過，對晏多樂，我是站在第三者的立場上去試圖理解她，「若你願意走近她，其實她很美」。而這一次，在傅為螢身上，則寄託了更多我自己所渴望擁有的東西。

最先看到《王子病》人物小傳的朋友問我，晏多樂和傅為螢，同樣都是堅強獨立的女主角，要怎麼寫出她們的不同？她問得直接且不留情面，而這個問題，我確實是沒有想過的。我以為自己會被問倒，張口結舌個三五分鐘，然後花上好長一段時間來重新打磨人設。可是連我自己都感到意外的是，答案彷彿一早就預備好了似的，不假思索便脫口而出——她們不一樣的。

她們很不一樣。

雖然都是獨行俠，但晏多樂淡泊灑脫，而傅為螢則是帥氣磊落。晏多樂曾遭到至親之人的背叛和拋棄，往後喜怒哀樂便都深藏在心，除了牽著她走出黑夜的奧利維耶和夏佐，她不再信任任何人，也不再輕易對誰交付真情實感。傅為螢與她截然相反，雖然經歷過兩次家破人亡的悲劇，論身世要比晏多樂慘得多，可是無論親生父母還是養父母，都真心疼愛著她，用心教會她積極正面的生活態度。在這樣的環境裡成長的傅為螢，自然便有了一份難得的純摯天真。她頑強能幹，獨自一人也能活得有模有樣，卻還願意相信，所有的善意都是真的，所有主動親近她的人都是好的。

晏多樂式的堅強太難做到了。相較之下，傅為螢更像是一個平平凡凡的人。一個平凡如你我，都有可能成為的那種人。

傅為螢式的堅強——

看清這個世界可以多麼冷酷，然後，卻依然相信它是美的，依然愛它。

3

關於《王子病》這個題目。

它的誕生純屬巧合。我印象很深刻，那是在《公主病》快要上市時，某天計劃做宣傳周邊的時候，誤把日文的「公主病」寫丟了一個片假名，變成了「王子病」。當時只把它當成一個神奇的筆誤，和責編綠貓一起捧腹哈哈大笑了一通，就輕輕地放了過去。之後是五一黃金週，《公主病》正式上市，恰逢愛格十週年的紀念活動，我便專程回了趟國，參加了一場西安的簽售會，匆匆往返。回到東京時，剛剛走出成田機場、乘上開往市內的Skyliner（京成電鐵），鬼使神差的，突然就動了心念，給綠貓發信息道，我真的想寫《王子病》了。

童年時也曾幻想過南瓜馬車和玻璃鞋。在還沒有電腦和網路、電視節目也乏善可陳的那個年代，我們小女孩的樂趣之一，就是趁父母不在家時偷偷扯出媽媽的大絲巾披在肩頭（用浴巾代替亦可），幻想自己得到了仙女的魔法，正在華美的舞會上和英俊的王子翩翩起舞。

可是幼時最憧憬的灰姑娘，如今卻成了我最無法理解的存在。

失了仙女的魔法、沒有南瓜馬車與玻璃鞋，仙杜瑞拉就泯然於眾人。

這邏輯難道不奇怪嗎？

以她為主角的故事，可是她本人自始至終所做的，竟然只有等待。

等一位仙女給予魔法，等一輛南瓜馬車和一雙玻璃鞋，等一名王子的到來。

如果灰姑娘一定是這樣的角色，那我寧可我的女主角不要是仙杜瑞拉。我希望她不需要王子帶著玻璃鞋來贈予她一個「從此以後幸福美滿生活在一起」的結局，不需要王子披荊斬棘來解救。因為，她可以自己就是那個英勇的王子。

我也希望我自己亦可以如此。

與其等待不知何時駛來的南瓜馬車，不如自己翻身躍上白馬自由奔向遠方。

玻璃鞋脆弱易碎，穿上又難走，穿著它還怎麼能瀟灑地去屠龍？

不要再說「我等」。而是說，「我要」。

喜歡著灰姑娘、憧憬旁人所給予的魔法的那個我，早就不知道消失在時光的哪一個岔路口了。但很奇妙的，我居然一點也不覺得可惜。

有可能是因為，我真的，更加喜歡現在的這個自己吧。

4

關於《王子病》寫作期間兩個有趣的巧合。

正文故事是按舊曆的月份來劃分章節的。寫到後半部分時正值臘月末，因為學校有事，今年沒能回國過年。朋友們都不在東京，一個人沒什麼意思，索性連除夕夜都懶得過了，年夜飯也沒準備，就著便利店的三明治和便當在家悶頭趕稿。快到零點時，正好寫到「季冬之月」末尾，故事裡也在過除夕。

巧得過頭了，恍惚間不禁有種自己正淩駕於次元壁之上的錯覺。

同樣的事情，在正文完稿時又發生了一次。

故事裡寫到傳為螢最後撿到了江季夏漂流河中的元宵花燈，而我交了稿子回國那天，恰好是舊曆十五。我的老家和月河鎮一樣，保留著元宵夜點燈的習俗。從浦東機場換車回到家時夜色已晚，車子從黑漆漆的國道往城裡開，遠遠地先看見的不是霓虹路燈，而是一片暖融融的橙紅火光。

那瞬間，我是真的像傳為螢一樣，有種跨越了異想世界與現實的分界線的錯覺了。

5

接下來是慣例的感謝時間。

感謝親愛的編輯。在《公主病》完結後鼓勵並支持我繼續寫出《王子病》這個故事、總是嚴格要求卻也願意給予作者最大的信任和自由的綠貓，以及在《王子病》校對過程中細心提出許多有益修改意見的顧七。

感謝所有愛我的，和願意包容趕稿期間駝鳥般躲避又剛愎自用的我的人。

感謝將這本書讀到這裡的你。

6

寫下這篇後記時正是春分之日。家門前的那棵染井吉野剛剛生出花苞，卻被一場突如其來的暴風雪打得狼狽不堪。本來以為今年的櫻花會就此全部完蛋了，可是剛剛撐傘下樓去看了看，大部分花苞都還頑強地存留在枝頭，甚至還有一兩朵，竟然在紛揚的大雪中悄無聲息地綻開了。

腐草之中生出的螢火蟲，風雪之中綻開的櫻花。我想，這世界，就是因為這些微小的美麗存在，才會在冷酷的同時，也還顯得如此可愛吧。

我們下一本書再見。

二〇一八年三月二十一日於東京　朱熙

高寶書版集團
gobooks.com.tw

YH 007
王子病

作　　者　朱熙
責任編輯　林子鈺
封面設計　Ancy PI
內頁排版　賴姵均
企　　劃　何嘉雯

發 行 人　朱凱蕾
出　　版　英屬維京群島商高寶國際有限公司台灣分公司
　　　　　Global Group Holdings, Ltd.
地　　址　台北市內湖區洲子街88號3樓
網　　址　gobooks.com.tw
電　　話　(02) 27992788
電　　郵　readers@gobooks.com.tw（讀者服務部）
　　　　　pr@gobooks.com.tw（公關諮詢部）
傳　　真　出版部(02) 27990909　行銷部 (02) 27993088
郵政劃撥　19394552
戶　　名　英屬維京群島商高寶國際有限公司台灣分公司
發　　行　英屬維京群島商高寶國際有限公司台灣分公司
初　　版　2020年2月

國家圖書館出版品預行編目(CIP)資料

王子病／朱熙著; -- 初版. -- 臺北市：高寶國際出版：高寶國際發行, 2020.02
面；　公分. --

ISBN 978-986-361-769-3(平裝)

857.7　　108020147

GOBOOKS
& SITAK
GROUP©